SOS eines Teenagers

Roman

Claus Cant

Impressum

Auflage (2024)
Illustrationen:
Umschlaggestaltung: Claus Cant

Inhaltsverzeichnis

1 Mein fünfzehnter Geburtstag

1. Mai 1968 in einer Kleinstadt in Schleswig- Holstein. Mama, meine Großeltern, meine zwei Schwestern und ich, hatten in der *guten* Stube rund um den Wohnzimmertisch Platz genommen. Nur Papa fehlte noch. In der Mitte stand der mit meinem Namen und einer Fünfzehn verzierte Käsekuchen. Ein Kunstwerk. Mama konnte großartig Kuchen backen.

»Wo bleibt Papa nur?«, fragte sie in die Runde.

Ich zuckte mit den Achseln und musterte sie. Mama hatte ihre leicht ergrauten Haare zu einem Dutt hochgesteckt.

Mein Blick wanderte weiter. Meine Schwestern trugen ihr Haar zu Pferdeschwänzen gebunden, dazu lange Röcke, die die Knöchel bedeckten und hochgeschlossene Blusen. Oma hatte ein elegantes, dunkelblaues Samtkleid angezogen. Opa und ich steckten in dunklen Anzügen. Meine Hose war etwas zu lang. Mama sagte dazu: »Da wächst du noch rein.«

Plötzlich ging die Tür auf und Papa betrat den Raum. Mit stolzer Brust baute er sich breitbeinig vor uns auf.

»Na, wie gefalle ich euch?«

Mama schlug die Hände über den Kopf zusammen. »Waldemar, das ist doch nicht dein Ernst. Wo hast du denn das Teil ausgegraben? Das Jackett ist doch viel zu eng.«

»Finde ich nicht«, entgegnete er erhobenen Hauptes, kam auf mich zu und hob den Arm. Ich zuckte kurz. Er streichelte mir durchs Haar, so ungewohnt sanft. »Na, mein Großer, noch einmal alles Gute zu deinem Geburtstag«, sagte er und setzte sich neben mich.

Ich starrte auf seinen gestreiften Anzug. Eine goldene Anstecknadel blinkte mir entgegen.

»Hast du die zum achtzehnten Geburtstag geschenkt bekommen?«

»Wieso?«

»Weil da eine 18 draufsteht.«

Vor Schreck wäre er fast vom Stuhl gefallen. Er sprang auf, fummelte hektisch an seinem Revers herum, bis er die Nadel gelöst hatte. Er ging zur Kommode, riss eine Schublade auf und ließ sie darin verschwinden.

»Was bedeutet die 18?«

»Das ist ein Andenken an früher.«

»Warum hast du sie jetzt abgenommen?«

Papas Gesicht war kreideweiß, er schwieg. Er steckte sich eine Zigarette in den Mund, zündete sie an und nahm einen tiefen Zug. Er rannte hin und her, ohne ein Wort zu sagen.

Opa Horst beugte sich zu mir herüber: »Die Zahl 18 steht für Adolf Hitler. Der erste Buchstabe im Alphabet ist das *A*, der achte das *H*«, flüsterte er. »Ich glaube, dein Papa hat vergessen, sie abzunehmen.«

»Du wolltest doch nicht mehr rauchen, Papa«, rief Ruth dazwischen. Sie war ein Jahr jünger als ich und meine Lieblingsschwester. Daniela war zwölf. Sie war eine Petzliese und konnte nichts für sich behalten. Wir gingen alle drei auf dieselbe Realschule. »Das erzähl ich Papa und Mama«, drohte sie nicht nur, wenn sie mich beim Rauchen auf dem Schulhof erwischt hatte.

Mama drehte sich zu Papa um. »Komm, setz dich, Waldemar. Wir wollen anfangen.«

Papa nickte. Er ging zum Aschenbecher auf der Vitrine, drückte die Zigarette aus und setzte sich wieder neben mich.

»Erzähl doch noch einmal eine Geschichte aus eurer Heimat.«

Papa und meine Großeltern hatten früher auf einem Gut in der Nähe von Insterburg ca. 100 Kilometer östlich von Königsberg in Ostpreußen gelebt. Ich konnte nicht genug kriegen, von den Geschichten aus dieser Zeit.

»Warte, bis wir gebetet haben«, sagte er und faltete die Hände. »Komm Herr Jesus, sei unser Gast und segne, was du uns bescheret hast. Amen.«

Während Mama jedem ein Stückchen Kuchen auf den Teller legte, lehnte sich Papa zurück. Er blickte in die Runde und holte tief Luft.

»Ja Junge ...«, begann er, »das waren Zeiten. Wir besaßen ein großes Anwesen und riesige Ländereien. Wir hatten Personal, vier Knechte, drei Mägde. Und viele Tiere gab es auf unserem Gut, Pferde, Kühe, Hühner und den Hofhund Rufus, der immer Ärger mit den Katzen hatte.«

Meine Großmutter senkte den Blick und ergänzte: »Jungchen, das war eine andere Welt. Wir waren angesehene Leute und verkehrten in den besten Kreisen. Dann kam dieser verfluchte Krieg ...«

Papa nahm ein Stück Kuchen in den Mund, schmatzte und leckte sich die Lippen. »Sophie dein Käsekuchen schmeckt wieder fantastisch.«

Alle nickten zustimmend.

»Wenn Hitler den Krieg gewonnen hätte, sähe es in Deutschland jetzt anders aus«, sagte Papa.

»Aber ihr habt doch alles verloren durch ihn und den Krieg, oder nicht?«, fragte ich nach. Er atmete tief durch.

»Er hatte auch gute Seiten. Er hat die Autobahn gebaut und Tausenden von Menschen einen Arbeitsplatz gegeben. Was glaubst du, wie es vor Hitler in Deutschland ausgesehen hat? Überall Schlangen von Arbeitslosen vor den Suppenküchen. Er hat die Leute wieder in Brot gebracht. Und er hat den Deutschen ihren Stolz zurückgegeben. Auch der Krieg war am Anfang eine gute Sache. Wir haben gewonnen. Wir haben Gebiete im Osten zurückerobert und die Hälfte von Polen dazu. Wir haben Frankreich besiegt und ihnen Versailles heimgezahlt. Und die Engländer haben wir rausgeworfen aus Europa.«

Er hielt einen Moment inne und rieb sich den Nacken. »Dann ist er aber zu weit gegangen. Er hätte den Krieg nur vorher beenden sollen.«

Papas Augen funkelten vor Wut.

»Lass gut sein, Waldemar«, versuchte Mama ihn zu beruhigen.

Ich schaute Papa an. *Sollte ich ihm die Frage stellen?* Und dann traute ich mich. »Warst du auch ein Nazi?«

Er zögerte. Meine Großeltern tauschten seltsame Blicke aus.

»Nicht so richtig. Ich war in der Hitlerjugend.«

»Aber im Krieg bist du doch gewesen. Du hast mir deine Narben am Bauch gezeigt.«

Ich streckte meine Hand aus und berührte mit den Fingerkuppen seine Schläfe. »Und das hast du von einem Streifschuss.«

Mit einer schroffen Handbewegung stieß er mich zurück.

»Ich war nicht lange im Krieg. Erst gegen Ende, als alles schon bergab ging. Ich war nur ein paar Monate an der Front«, sagte er. Seine Stimme klang gereizt.

»Ja, ja, dein Vater war ein guter, tapferer Soldat. Er hat bis zum Schluss gekämpft«, bemerkte Oma mit einem ironischen Unterton.

Ich beugte mich nach vorne und wurde immer mutiger. »Hast du denn auch auf Menschen geschossen?«, platzte es aus mir heraus.

Papa antwortete nicht.

»Lass uns mal das Thema wechseln«, sagte Mama.

»Das ist ja wieder einmal typisch, Sophie. Du möchtest am liebsten die Vergangenheit aus deinem Gedächtnis streichen«, bemerkte Oma.

»Hitler hätte den Engländern den Rest geben sollen, anstatt in Russland einzumarschieren. Russland ... da ist schon Napoleon nicht weit gekommen. Wenn wir den Krieg gewonnen hätten, wären wir jetzt die Herren in Europa und ich wäre Herr auf unserem Gut«, lamentierte Papa.

»Und ich die Herrin«, ergänzte Mama und lehnte sich grinsend zurück.

»Erzähl weiter, Papa.«

»Als die Russen immer näher an Ostpreußen heranrückten, wussten wir, dass es zu Ende geht. An einem Dienstag im Februar 1945 erhielten wir den Räumungsbefehl. Kannst du dich daran noch erinnern?«, fragte Papa wehmütig und schaute Opa an.

Der nickte und ergänzte: »Ja, Marek legte zwei Kastenwagen mit Stroh aus und montierte über jeden eine Plane. Die Hausmädchen packten die nötigsten Dinge ein, warme Kleidung und Verpflegung.«

Ich beugte mich vor. »Und dann ging es los?«

»Ja«, antwortete Papa. »Früh, am Morgen, gleich am nächsten Tag. Die Zeit drängte. In der Ferne hörten wir bereits den Kanonendonner der Russen. Marek holte vier Trakehner aus dem Stall und spannte sie vor die Wagen. Die Landschaft war mit Schnee bedeckt und es war kalt, minus fünfundzwanzig Grad, unser Atem gefror an den Nasenlöchern.«

»Ich lenkte den ersten, Marek den zweiten Planwagen mit zwei Mägden«, ergänzte Opa. »Die anderen Bediensteten wollten den Hof nicht verlassen und blieben zurück.« Seine Augen glänzten.

Oma senkte den Kopf. »Was aus ihnen wohl geworden ist?«, fragte sie mit leiser Stimme.

Ich rutschte auf dem Stuhl hin und her. »Und wie ging es dann weiter?«

»Wir wollten eigentlich auf dem Landweg direkt nach Westen fliehen, doch dann erfuhren wir, dass russische Panzer schon bei Elbing die Küste erreicht und den Fluchtweg abgeschnitten hatten. Der einzige Ausweg blieb die Flucht über den Hafen Pillau am Frischen Haff. Bereits am ersten Tag warfen russische Schlachtflieger Bomben mitten in die Fuhrwerke. Danach kamen sie zurück und schossen mit ihren Bordkanonen in die wehrlosen Flüchtlinge. Sie drehten bei, griffen noch mal an, wieder und wieder, bis sie keine Munition mehr hatten ...«

Er hielt kurz inne.

»Erzähl weiter«, Papa.

»Nachdem die Attacke zu Ende war, hörten wir die getroffenen Pferde wiehern und die verwundeten Menschen schreien. Überall lagen Tote herum. Die waren schrecklich zugerichtet. Es war ein Bild des Grauens.«

Papa schaute auf den Boden.

»Und wo habt ihr geschlafen?«, wollte ich wissen.

»Manchmal in Scheunen, leerstehenden Häusern oder Schulen und häufig unter freiem Himmel. Es war ein harter Winter. Teilweise war das Schneetreiben so dicht, dass wir kaum die Wagen vor oder hinter uns sehen konnten. Eisige Ostwinde und furchtbare Schneestürme machten das Vorwärtskommen zur Qual.«

Papa holte tief Luft. »Irgendwann war der zweite Wagen mit Marek und dem größten Teil unseres Proviants verschwunden«, sagte er leise.

Ich bemerkte, wie seine Unterlippe zitterte.

»Und wir wissen bis heute nicht, was passiert ist.«

Einen Moment lang herrschte Schweigen.

»Und ihr hattet nichts mehr zu essen?«, fragte ich.

»Nur noch etwas Brot, aber das war trocken und gefroren«, sagte Papa. »Einmal bekamen wir auf einem Bauernhof eine warme Steckrübensuppe.«

Er legte den Kopf in die Hände und fuhr mit zittriger Stimme fort.

»Überall, wo wir hinkamen, dasselbe Bild: eine weiße, verwüstete Landschaft, Wagen am Wegesrand, in Schneewehen stecken geblieben, tote Pferde, tote Soldaten und die Leichen von Zivilisten, meist alte und Kinder.« Er zögerte und schluckte. »Und dann die Scheune ...«

»Nein Waldemar, nicht vor den Kindern«, unterbrach Mama.

»Lass ihn doch, die Kinder sollen wissen, was wir alles durchgemacht haben«, widersprach Oma.

Papa zögerte, blickte Mama an und sagte: »Sophie, ich glaube, meine Mutter hat recht.«

Mama sprang auf und verließ wutschnaubend das Zimmer. Manchmal war sie etwas launisch und aufbrausend, aber meistens beruhigte sie sich schnell wieder.

Papa schaute ihr schweigend hinterher. Ich wippte ungeduldig mit den Beinen. Schließlich räusperte er sich und erzählte die Geschichte weiter.

»Einmal fuhren wir zwei Tage und Nächte hintereinander, ohne auszuspannen. Wir haben die Pferde richtig geschunden. Die Russen waren gefährlich nahe. Endlich glaubten wir uns halbwegs in Sicherheit. Da entdeckte ich eine Scheune. Wir hielten an, sprangen vom Wagen und öffneten das Scheunentor, um nachzuschauen, ob es darin etwas gab, was wir gebrauchen konnten. Wir fanden einen Schatz. Der Schuppen war bis zum Dach mit Strohballen gefüllt. Könnt ihr euch überhaupt vorstellen, was das für uns und die Pferde bedeutete?«, fragte Papa und schaute uns Kinder tief in die Augen.

Dann verfinsterte sich seine Miene. »Womöglich hat Mama recht, vielleicht sollte ich euch diese Szene ersparen.«

»Nein, Papa erzähl schon weiter!«

Er musterte meine Großeltern. Sie nickten ihm zu.

»Wir spannten die Pferde ab, führten sie zum Heu und durchsuchten die Scheune nach nützlichen Gegenständen. Plötzlich ein Schrei.«

Papa zögerte einen Moment und holte tief Luft. »Deine Oma hatte etwas gefunden. Ein Bündel, aus zwei Kissen, fest miteinander verschnürt. Oben schaute ein Gesicht daraus hervor. Das Gesicht eines Kindes, höchstens ein Jahr alt. Es sah aus, als ob es schliefe. Es hatte noch rosige Wangen.« Er schwieg einen Moment und rieb sich die Augen. »Aber es war tot.« Betretenes Schweigen. Meine Geschwister wischten sich die Tränen mit einem Taschentuch ab, meine Großeltern schauten sich versteinert an.

Oma schüttelte den Kopf und schaute mir tief in die Augen. Ihr Blick war so durchdringend, dass ich mich nicht vom Fleck rühren konnte. »Mein Gott, in welcher Hölle waren wir dort gelandet. Mütter, die ihre Kinder unbestattet liegen ließen«, fluchte sie und schlug mit der Faust auf den Tisch. »Alles nur wegen des Braunen.«

Ich schaute in die kreidebleichen Gesichter meiner Schwestern. Sie hatten sich eng aneinandergeschmiegt und zitterten am ganzen Körper. Nur das Schluchzen von Oma war zu hören.

»Und als wir endlich in Pillau angekommen waren, kreisten russische Flieger über der Stadt und bombardierten den Hafen. Eine Bombe schlug zwanzig Meter neben uns ein. Im Wasser trieben Koffer und Taschen. Wir mussten unseren Planwagen und Pferde zurücklassen. Irgendwie haben wir es nach Kopenhagen und von da aus weiter nach Lübeck geschafft, mit Gottes Hilfe. Kinder, das könnt ihr euch nicht vorstellen«, fuhr Oma fort.

Plötzlich tauchte Mama wieder auf. »Seid ihr endlich fertig mit euren Kriegsgeschichten?«

Keiner antwortete.

Sie ging zur Vitrine und nahm zwei Flaschen und fünf Gläser, die sie auf den Tisch stellte. Den Männern goss sie einen Weinbrand, den Frauen einen Kirschlikör ein. Sie sah mich an. »Zur Feier des Tages darfst du heute einen Schnaps mittrinken.« Sie erhob ihr Glas.

»Prost, auf unser Geburtstagskind. Aber jetzt lasst uns über die Zukunft sprechen.«

Opa stand auf und prostete mir zu. »Auf dich, mein Junge. Darauf, dass wir eines Tages in unsere verlorene Heimat zurückkehren können. Und dann wirst du den Hof übernehmen. Prost!«

Opa kippte den Schnaps in einem Rutsch runter. Ich nippte am Glas, schüttelte mich und stellte es auf den Tisch zurück.

»Aber uns geht es doch jetzt auch ganz gut«, erwiderte ich. »Ich fühle mich hier wohl.«

»Da hast du recht mein Junge, aber Heimat ist Heimat.«

Ich stutzte, wollte Opa jedoch nicht widersprechen.

»Lukas hat recht, uns geht es gut«, sagte Mama. »Wir haben genug zu essen, ein kleines Einfamilienreihenhaus und liebe Kinder. Das Wichtigste ist, wir haben eine neue Heimat in der Gemeinde gefunden und Jesus als unseren Erlöser ins Herz geschlossen. Lasst uns an die Zukunft denken.«

Papa nickte, wogegen Oma und Opa regungslos Mamas Ausführungen folgten.

Mama redete nicht gerne über die Vergangenheit. Vielleicht war das auch nicht so wichtig. Die schlimme Zeit war vorbei. Und im Hier und jetzt bewunderte ich Papa. Wie er sein Leben nach der Flucht in der Fremde gemeistert und wie er eine neue Existenz aufgebaut hatte.

Er erzählte mir immer wieder davon, wie schwer das Leben kurz nach Kriegsende gewesen sei. Nach der Ankunft in Lübeck lebte er zunächst mit meinen Großeltern in Sammellagern, bevor sie in eine schäbige Zweizimmerwohnung in einem alten Fachwerkhaus ohne Heizung, Bad und Toilette umzogen. Für zehn Bewohner gab es zwei Plumpsklos im Hof.

Erst nachdem Papa Mama kennengelernt und geheiratet hatte, ging es aufwärts. Er bekam eine Stelle in der Versicherungsbranche angeboten und verdiente für damalige Verhältnisse gutes Geld. Der neue Chef war gleichzeitig das Oberhaupt einer freikirchlichen Gemeinde. Alle nannten ihn nur Bruder Johannes. Er gewährte unserer Familie ein zinsloses Darlehen, sodass meine Eltern ein kleines Reihenhaus kaufen konnten.

Papa und Mama waren von der Hilfsbereitschaft so beeindruckt, dass sie der Gemeinde beitraten. Die Gläubigen hießen sie mit offenen Armen in ihrer Mitte willkommen. Meine Eltern sprachen immer von ihrer neuen Heimat. Jeden Sonntag besuchten sie den Gottesdienst. Sie konnten es kaum erwarten, die Frohe Botschaft zu hören und unter ihresgleichen zu sein. Auch meine Geschwister und ich freuten uns riesig. Wir wurden während der Andacht von Schwester Brunhilde im Nebenraum betreut, die uns aus der *Bibel* vorlas und zusammen mit uns betete. Manchmal durften wir sogar im Freien spielen: Seilspringen, Verstecken, *Wer hat Angst vorm schwarzen Mann*, Gummitwist und vieles mehr. Es war für uns der Höhepunkt der Woche. Unser Leben verlief so wunderbar harmonisch.

2 Sünde in der Badewanne

An einem Samstagvormittag, Ende Mai, durfte ich wie immer als Erster in die Badewanne steigen. Meine Schwestern folgten mir. Sie mussten im selben Wasser baden.

Genüsslich verteilte ich den Schaum über meinem Körper. Von draußen hörte ich Mamas Stimme. Sie sang:

»Seit ich ausging, dich zu suchen,
seit ich unterm Kreuz dich fand,
ist die Brücke abgebrochen,
die mich mit der Welt verband ...«

Es war eines von den Liedern aus der Bibelstunde. Ich stimmte mit ein. Durch den Gesang waren wir verbunden, wie eine unbesiegbare Gemeinschaft.

Mama und Papa gaben mir ein sicheres Zuhause, Geborgenheit und, das war das Wichtigste, sie machten aufgrund ihres festen Glaubens alles richtig.

Wir lebten bescheiden, aber vermissten nichts: keinen Fernseher, kein Radio, keine sündhaften Veranstaltungen wie Kirmes, Volksfeste oder Vereine. Unser Leben war von Jesus Christus geprägt. Seine Liebe gab uns Sinn und festen Boden unter den Füßen. Mama sprach immer von einer inneren und äußeren Keuschheit, die wir streng einhalten mussten. So durften zum Beispiel die Frauen keine Hosen tragen, sich nicht schminken oder die Haare färben. Als besonders schwere Sünden galten Hochmut, Neid und sexuelle Verfehlungen.

Ich nahm den Lappen, ein Stück Seife und wusch mir den Hals. Ich weiß nicht warum, aber plötzlich kam mir Marie in den Sinn. Sie war ein zierliches Mädchen aus meiner Klasse, mindestens einen Kopf kleiner als ich. Neulich hatte sie mich angelächelt, mitten im Unterricht, einfach so. Ich fragte mich zum ersten Mal, was draußen, außerhalb meiner Familie und der Gemeinde auf mich wartete.

Marie war sehr krank und fehlte oft in der Schule. Wenn sie anwesend war, musste sie oft in einem Nebenraum inhalieren.

Ich schloss die Augen und sah sie vor mir. Ganz nah. Ihr blondes Haar glänzte, ihre taubenblauen Augen funkelten, ihre zarten rosa Lippen waren leicht geöffnet. Ihr Schönheitsfleck am Kinn lachte mich an.

Behutsam streifte ich den Waschlappen über meinen Bauch. Ich merkte, wie etwas mit mir passierte, wie sich eine merkwürdige Kraft in meinen Körper schlich.

Der Teufel hat dich ergriffen, flehte eine innere Stimme. *Hör sofort auf damit!*

Ich biss mir auf die Lippen und kniff mit Daumen und Fingern, so fest ich konnte, in meine Oberschenkel. Aber ich spürte keinen Schmerz. Im Gegenteil, mein Penis wurde noch größer. Ich betrachtete meinen Schoß. Unfassbar, mit welcher Gewalt der Teufel zugeschlagen hatte. Mir wurde fast schwindelig, mein ganzer Körper glühte. Meine linke Hand näherte sich dem sündigen Teil. Ich konnte nicht anders. Ich umfasste meinen Penis mit der Handfläche und begann ihn mit sanften Auf- und Abwärtsbewegungen zu reiben, immer schneller und fester.

»Marie ...«, stöhnte ich. Und dann passierte es einfach. Mein Körper zitterte und Sekunden später explodierte er. Ich hatte das Gefühl, als wenn jemand einen Wasserhahn in mir aufgedreht hätte.

»Lukas, was ist los? Soll ich dir den Rücken waschen?«, rief Mama von draußen.

Ich zuckte zusammen und stotterte. »Nein, ich bin schon fertig.«

In dem Moment öffnete sich die Tür und sie steckte ihren Kopf durch den Spalt.

»Ist alles in Ordnung?«

Panikartig legte ich meine Hände auf den Schoß.

»Ja ... mach ... die Tür bi ... tt ... e zu, es zieht.« Sie verschwand keineswegs wieder. Stattdessen trat sie ein, schlug die Tür hinter sich zu und starrte auf meinen Schoß.

»Du hast doch nicht etwa Hand an dich gelegt?«

»Was meinst du?«, fragte ich.

»Nimm die Hände mal weg.«

»Nein Mama, ich schäme mich so sehr.«

Sie kam auf mich zu und holte mit einer Hand aus. Reflexartig hielt ich mir die Hände vors Gesicht und schloss die Augen. Und dann knallte es.

»Schande!«, rief sie.

Ich versank vor Scham im Boden. Wie konnte ich mich nur so gehen lassen? Wie konnte ich meinen Eltern das antun?

»Schau mich an Lukas.«

Meine Hände zitterten. Langsam ließ ich sie nach unten gleiten und öffnete die Augen.

Sie hatte sich über mich gebeugt. Ihr Blick war starr, fast unheimlich.

»Das darf nicht wahr sein«, sagte sie, zog den Stopfen aus der Wanne und fasste sich an den Kopf. Bevor sie das Badezimmer verließ, drehte sich noch einmal um.

»Gott wird dich dafür bestrafen.«

Für einen Moment schwieg sie und dann kullerten plötzlich Tränen über ihre Wangen. Sie kam zurück, griff in das Wandregal und knallte eine Flasche Scheuermittel auf den Toilettendeckel.

»Du schrubbst die Wanne gründlich sauber. Deine Schwestern können unmöglich in dem teuflischen Wasser baden.«

Wutschnaubend verließ sie das Badezimmer und knallte die Tür zu.

»Ruth, Daniela, ihr müsst warten. Das Wasser muss erst neu aufgeheizt werden«, hörte ich sie keifen.

Ich war wie gelähmt. Mit zittrigen Knien stieg ich aus der Wanne und trocknete mich ab. Bevor ich mich anzog, betrachtete ich noch einmal meinen Körper. Obwohl der Teufel schon fast wieder verschwunden war, schüttelte ich mich vor Ekel.

Dann nahm ich einen Schwamm und das Reinigungsmittel, schrubbte die Wanne und spülte sie mit dem letzten warmen Wasser sorgfältig ab. Auf Zehenspitzen schlich ich mich nach unten in die Küche.

Plötzlich stand Mama mit erhobener Hand hinter mir. »Du gehst sofort auf dein Zimmer«, schrie sie. »Du bist vom Teufel besessen.«

Ich traute mich nicht, ihr zu widersprechen. Schweigend und mit hängendem Kopf ging ich die Treppe wieder hinauf.

»Und dort bleibst du, bis der Papa zurückkommt, und rührst dich nicht vom Fleck. Verstanden?«, rief sie mir noch hinterher.

»Ja, Mama«, antwortete ich leise.

»Was? Ich habe dich nicht verstanden.«

Ich holte tief Luft: »Ja, Mama.«

Ich legte mich aufs Bett und starrte an die Decke. Tausend Fragen gingen mir durch den Kopf. Wie konnte ich das nur tun? Ob mir Mama meinen Fehltritt noch einmal verzeihen könnte, oder Papa? Würde Jesus mich jetzt noch lieben? Durfte ich meine Eltern auch in Zukunft zur Gemeinde begleiten? Und wie würde die Strafe Gottes aussehen?

Ich faltete die Hände.

»Lieber Gott, ich schäme mich so. Ich weiß, dass ich gesündigt habe. Beschütze mich vor weiteren unkeuschen Handlungen und gib meinen Eltern die Kraft, die sie brauchen, um mich auf den richtigen Weg zurückzubringen. Amen.«

3 Schläge im Namen des Herrn

Am Mittag hörte ich, wie Papa von der Arbeit nach Hause kam. Ich öffnete die Kinderzimmertür und lauschte. Mama las Ruth und Daniela aus der *Bibel* vor.

»Hallo ihr Lieben, endlich Wochenende.«

Wie üblich begrüßte er Mama und meine Schwestern mit einem saftigen Kuss.

»Papa, du kratzt. Hast du dich heute nicht rasiert?«, hörte ich Ruth sagen.

»Habe ich ganz vergessen«, antwortete er.

»Alles gut? Wo ist Lukas, Sophie?«

»Waldemar, ich muss sofort mit dir sprechen.«

Ich hörte, wie sie nach nebenan ins Wohnzimmer gingen, und die Tür hinter ihnen zu fiel.

Ich legte mich zurück aufs Bett und zog mir die Decke bis zum Kinn hoch.

Kurze Zeit später polterte es auf der Treppe. Das konnte nur Papa sein. Er riss die Tür so heftig auf, dass sie gegen die Wand krachte. Ich zuckte zusammen. Er war mit einem Rohrstock und einer *Bibel* bewaffnet. Er warf die Heilige Schrift auf den Schreibtisch, riss mir die Decke weg und zog mich an den Füßen aus dem Bett. Ich knallte mit Bauch und Gesicht auf den Boden.

»Steh auf, du elender Sünder! Du hast den Pfad der Tugend verlassen! Du hast Jesus und uns beschmutzt!«

Er packte mich am Kragen und zog mich zu sich hoch. »Hose runter!«

Ich wusste gar nicht, wie mir geschah. Da stand mein Vater mit einem Stock vor mir. Ich konnte es nicht glauben. Ich öffnete den Gürtel und ließ die Hose bis zu den Füßen heruntergleiten.

»Und jetzt die Unterhose und dann beugst du dich über das Bett.«

Ich zitterte am ganzen Körper und folgte seinen Anweisungen. Plötzlich sausten die Hiebe auf mich herab. Ein, zwei, drei Mal, auf den nackten Hintern. Jeder Schlag brannte wie Feuer. Endlich hörte er auf, dachte ich. Ich japste nach Luft.

»Junge, du hast uns fürchterlich enttäuscht. Du hast uns und Gott hintergangen.«

»Bitte nicht mehr schlagen, Papa. Ich werde es nie wieder tun.«

Er holte erneut aus und ließ weitere sieben Schläge folgen.

»Zehn Schläge, einer für jedes Gebot. Ich hoffe, das wird deine Seele reinigen.«

Ich verbiss mir das Brennen auf den Po. Meine Tränen konnte ich jedoch nicht zurückhalten.

»Wenn ich jetzt leiden muss, tue ich dann Buße, Papa? Wird dann alles wieder gut?«, fragte ich und schnappte nach Luft.

»Vielleicht, aber heute bleibst du im Bett«, sagte er und verließ den Raum.

Ich zog die Hose hoch, legte mich ins Bett und rollte mich wie eine Kugel zusammen.

Nach kurzer Zeit kam Papa noch einmal zurück. »Hier, du weißt ja, die *Bibel* irrt nie. Lese die Stellen. Vielleicht kannst du dann auch uns verstehen«, sagte er und überreichte mir einen Zettel.

Dann verschwand er wieder.

Ich las die Notiz: Sprüche 13,24, Sprüche 29,15, nahm die *Bibel* in die Hand und schlug die entsprechenden Stellen auf.

Wer seine Rute schont, der hasst seinen Sohn;
wer ihn aber lieb hat, der züchtigt ihn bald.

Rute und Strafe gibt Weisheit; aber ein Knabe, sich selbst überlassen, macht seiner Mutter Schande.

Ich hatte die Schläge verdient. Ich richtete mich auf und schlug mit dem Kopf gegen die Wand. Einmal, zweimal und immer wieder bis mir das Blut von der Stirn über die Lippen lief.

»Ruhe da oben, sonst knallt es!«, schallte Papas Stimme durch das ganze Haus.

In der Nacht konnte ich kaum schlafen. Um vier Uhr schlich ich mich ins Badezimmer und zog vorsichtig die Hose hinunter. Der Stoff rieb über meine Haut wie ein Reibeisen. In meiner Unterhose waren Blutspuren. Ich nahm einen Spiegel aus der Kulturtasche und hielt ihn so, dass ich die betroffenen Stellen sehen konnte. Schwielen und Striemen bedeckten mein ganzes Hinterteil. Es brannte wie Feuer.

Ich zog die Hose behutsam hoch und humpelte zurück ins Bett. Wieder starrte ich an die Decke. Ich fühlte mich leer und als Sohn nutzlos - ich hatte versagt. Irgendwann bin ich dann eingeschlafen und erst am Morgen wieder aufgewacht.

4 Vergebung der Schuld

Mama stand vor meinem Bett und weckte mich.

»Frühstück, wir warten schon alle auf dich. Hier hast du frische Unterwäsche. Am besten du gibst mir die Dreckige gleich mit.«

Ich wollte mich aufrichten und aus dem Bett steigen. Aber egal, wie ich mich bewegte, ich hatte fürchterliche Schmerzen. Mama reichte mir die Hand und half mir auf zu stehen. Ich stand vor ihr, zog mich aus und übergab ihr meine dreckige Unterwäsche.

»Was sind denn das für komische Flecken?«, fragte sie und hielt sich die Unterhose unter die Nase.

»Das ist …« Ich zögerte. »Ich weiß es auch nicht so genau.«

Sie blickte auf meine Scham.

»Ich kenne ein Mittel gegen die Sünde. Ganz ohne Schläge. Ich kann sie dir austreiben.«

»Wie meinst du das, Mama?«

»Das erklär ich dir, wenn es wieder so weit ist.«

»Ich versteh nicht, was du meinst?«

»Warte ab, bis wir mal ganz alleine sind. Aber jetzt zieh dich schnell an und dann frühstücken wir alle zusammen«, sagte sie und ging nach unten.

Ich nahm frische Wäsche aus dem Schrank und zog mich an. Es dauerte eine Ewigkeit.

Langsam, wie ein alter Mann, stieg ich Stufe um Stufe die Treppe hinunter und ging mit bedächtigen

Schritten ins Esszimmer. Alle hatten ihre Hände gefaltet und ihre Köpfe tief über den Tisch geneigt.

»Schön, dass ihr auf mich gewartet habt«, sagte ich. Keiner blickte auf. Keiner sagte etwas, nicht einmal meine Schwestern. Ich setze mich auf den Platz direkt gegenüber Papa.

»Lasst uns zum Herrn beten.«

Wir schlossen die Augen: »Vater, segne diese Speise, uns zur Kraft und dir zum Preise. Zwei Dinge, Herr, sind not, die gib nach deiner Huld: Gib uns das täglich Brot, vergib uns unsre Schuld. Komm, Herr Jesus, sei unser Gast, und segne, was du uns bescheret hast. Danket dem Herrn, denn er ist freundlich, und seine Güte währet.«

Ich wartete auf das Amen, aber das kam nicht. Stattdessen fuhr Papa fort: »Herr wir bitten dich, unseren Sohn nicht zu verstoßen. Hilf ihm, zu dir zurückzukehren, rette seine Seele, denn dein ist das Reich und die Seligkeit ... Amen.«

Totenstille.

Ich blickte auf. Papa hielt die Augen geschlossen und verharrte in seiner demütigen Position, die Stirn tief in Falten gelegt. Ruth schaute zu mir herüber, traute sich aber anscheinend nicht, etwas zu sagen.

»Guten Appetit«, durchbrach Papa die Stille.

Nachdem wir eingestimmt hatten, senkte sich wieder Stille über die Tafel. Wir Kinder schmierten uns Brötchen mit Butter und Marmelade. Papa schenkte Mama einen Kaffee ein. Erst als unsere Eltern ihr Brot belegt hatten, wagten wir den ersten Bissen.

Ich rutschte auf dem Stuhl hin und her. Ich brachte kaum etwas herunter, wollte mir die Schmerzen aber nicht anmerken lassen.

Das Sonntagsfrühstück war bisher immer die Zeit, an der die gesamte Familie rege und fröhliche Gespräche führte. An diesem Tag war es anders. Ein Schweigen hing über uns, das niemand zu brechen wagte.

Schließlich schaute mich Papa beschwörend an und fragte: »Hast du die Bibelzitate gelesen?«

»Ja, habe ich, Papa.«

»Hast du sie auch verstanden?«

»Ja, ich glaube schon.«

»Glaubst du, du bist ein Sünder?«

»Ja, das glaube ich.«

»Ist Jesus für dich auferstanden und sind deshalb all deine Sünden vergeben, wenn du ihn darum bittest?«

»Ja, das glaube ich.«

»Dann wirst du heute Nachmittag, in Anwesenheit der Brüder und Schwestern der Gemeinde, Jesus in Form eines offenen Gebetes um Vergebung bitten.«

»Ja Papa«, sagte ich, ohne zu überlegen. »Darf ich jetzt aufstehen?«

»Nein, du bleibst sitzen, bis wir alle fertig sind.«

Nach einer halben Stunde zog ich mich schweigend auf mein Zimmer zurück. Ich war froh, dass mir meine Eltern einen Weg aufgezeigt hatten, wie ich mich wieder vom Teufel befreien konnte.

5 Die große Ehre

Am Nachmittag war es so weit. Wir fuhren zum Gemeindehaus.

Als wir ankamen, liefen Ruth und Daniela direkt zu dem Nebengebäude, in dem die Kinderstunde stattfand. Sie wurden freundlich von Schwester Brunhilde in die Arme genommen und drehten sich noch einmal um.

»Tschüss, Mama, tschüss Papa. Bis nachher«, riefen sie im Chor. »Bis später, ihr Lieben.«

Ich folgte meinen Eltern in Richtung Hauptgebäude. Ich war stolz, nicht mehr zu den Kleinen zu gehören, und gespannt, was mich erwarten würde. Gleichzeitig war ich nervös wegen des offenen Gebetes.

Vor dem Eingang wartete die Gemeinde. Männer in dunklen Anzügen, einige rauchten, Frauen mit langen Röcken oder hochgeschlossenen Kleidern. Alle plauderten miteinander.

»Guck mal, die da drüben«, sagte ich zu Mama. »Die sieht aber lustig aus. Was trägt die denn für eine komische Mütze?«

Mama hielt den Zeigefinger vor den Mund. »Nicht so laut Lukas. Das ist Schwester Johanna aus dem Erzgebirge«, flüsterte sie mir ins Ohr. »Die Haube gehört zu ihrer Tracht.«

Wir betraten den Saal. Bruder Johannes kam federnd und leichten Schrittes auf uns zu. Ich erkannte ihn sofort. Er hatte mich vor einem Jahr getauft. Meine zweite Taufe. Damals durfte ich frei entscheiden. Ich ganz alleine. Ein tolles Gefühl, auch wenn ich den Taufablauf selbst eher in zwiespältiger Erinnerung behalten hatte. Aber seit diesem Zeitpunkt war ich endlich volles Mitglied der Gemeinde.

Bruder Johannes strahlte. Er war braun gebrannt, als wenn er gerade aus dem Urlaub zurückgekehrt wäre. Am Revers seines dunkelbraunen Nadelstreifenanzugs trug er eine Ansteckplakette mit einem Kreuz. Das Motiv sah aus wie ein Orden.

»Gottes Segen. Wie geht es euch, Schwester Sophie und Bruder Waldemar?«, fragte er.

»Gut. Wir freuen uns auf die heutige Botschaft des Herrn, Bruder Johannes«, sagte Papa.

Dann wandte er sich an mich. Da stand er vor mir, der große Meister der Gemeinde, blickte mir fest in die Augen und reichte mir die Hand. Sein Händedruck war kräftig und seine Augen trafen mich wie ein Blitz.

»Du hast dich aber verändert, Lukas.«

»Ja, Bruder Johannes.«

»Kannst du dich noch daran erinnern, wie ich dich getauft habe?«

»Natürlich.«

»Du warst so tapfer. Du hast weder geschrien noch geweint«, bemerkte er mit einem Lächeln. »Und heute kommst du zum ersten Mal mit deinen Eltern in die Andacht. Das ist großartig.«

»Ja Bruder Johannes. Ich freue mich schon.«

»Das wird dir gefallen. Wir sind eine eingeschworene Truppe und halten immer zusammen. Wie die Besatzung auf einem Schiff. Hast du schon mal einen Bootsausflug gemacht? Alle halten zusammen. Alle sind aufeinander angewiesen und jeder kann sich auf den anderen verlassen. Wir sind die Auserwählten. Die wilde See kann uns nichts anhaben, denn wir haben uns und den Herrn, der uns leitet. Das Ganze ist ein Riesenspaß, obwohl unser Boot eigentlich mehr wie ein Rettungsboot ist. Willkommen an Bord.«

Sein Blick war so durchdringend, ich bekam fast weiche Knie.

»Deine Eltern haben mir erzählt, dass du dich heute aktiv am offenen Gebet beteiligen möchtest. Gratuliere. Das ist ein wichtiger Moment für jeden, der sich dem Erlöser verschrieben hat. Du brauchst keine Angst zu haben.«

Er legte seine Hand auf meinen Kopf. Sie war schwer und hart, aber dennoch fühlte sich seine Berührung beinahe zart an. Ein völlig neues Gefühl durchströmte meinen Körper. War es ein Wunder? War es die Liebe des Herrn, die mich durchströmte? Alle meine Ängste waren wie weggeblasen.

»Danke«, sagte ich.

»Wir sehen uns vielleicht später noch«, sagte er und tänzelte in Richtung Eingang.

Ich war mächtig stolz. Bruder Johannes hatte mir ein paar Minuten seiner kostbaren Zeit geschenkt. Mit herausgestreckter Brust sah ich meine Eltern an. Die nickten mir lächelnd zu und führten mich in den Gemeindesaal. Er war karg ausgestattet. Auf einer kleinen Bühne stand die Kanzel mit der Aufschrift: Jesus liebt dich. Daneben stand ein Harmonium. Im Saal waren einfache Holzstühle aufgereiht. Die Wände waren gekälkt. Die einzige Dekoration bestand aus zwei großen Kreuzen aus dunklem Holz, die an der Stirnwand angebracht waren, und ein einzelner bunter Blumenstrauß, auf einer der Fensterbänke.

Der Raum war bereits gut gefüllt. Etwa fünfzig Leute waren anwesend. Ich sah auch einige Kinder in meinem Alter. Drei Plätze in der Mitte waren noch frei.

»Schön euch zu sehen, Bruder Waldemar und Schwester Sophie, der Herr sei mit euch«, flüsterte die Dame am Anfang der Stuhlreihe und lächelte mir zu. Sie und die anderen standen auf, so dass wir zu den freien Plätzen gelangen konnten. Wir falteten die Hände und sprachen ein kurzes stilles Gebet. Bevor wir uns setzten, nahmen wir das Liederbuch mit der Aufschrift *Das Reichsgesangsbuch* vom Stuhl und warteten andächtig.

Es herrschte eine gespenstische Stille, die nur durch das Knarren der Stühle und von gelegentlichem Räuspern und Husten unterbrochen wurde.

Ein Herr betrat die Bühne und setzte sich an das Harmonium. »Das ist Bruder Günther«, flüsterte mir Papa zu. Der Harmoniumspieler wedelte mit den Armen, holte tief Luft und schlug in die Tasten.

»Großer Gott, wir loben dich,
Herr, wir preisen deine Stärke.
Vor dir neigt die Erde sich
und bewundert deine Werke.
Wie du warst vor aller Zeit,
so bleibst du in Ewigkeit.«

Es folgte ein weiteres Lied und dann ergriff der Prediger das Wort. Er lächelte und streckte seine Arme nach oben.

»Gott sei mit euch, liebe Gemeinde. Liebe Gemeinde, gut sein ohne Gott? Geht das überhaupt? Neulich fragte mich ein Arbeitskollege, ob ich ihn am Sonntagnachmittag nicht einmal besuchen könnte.

Der Sonntag ist mir heilig, antwortete ich. Den verbringe ich mit meinen Brüdern und Schwestern in der Gemeinde. Diesen Tag habe ich meinem Erlöser, Jesus Christus, gewidmet. Nur mit seiner Hilfe kann ich ein wirklich guter Mensch sein.

Ich bin auch ohne ihn ein guter Mensch, man kann gut sein ohne Gott, behauptete er.

Komm doch einmal mit in unsere Gemeinde, da wirst du den Unterschied kennenlernen. Ich habe für meinen Kollegen gebetet. Und stellt euch vor, heute sitzt er unter uns, halleluja.«

»Halleluja«, erwiderte die Gemeinde.

»Gott hat mein Gebet erhört, halleluja.«

»Halleluja.«

»Bruder Arnold, steh doch einmal auf …«

Die Predigt riss mich nicht gerade vom Hocker. Ich bekam den Rest des Vortrages gar nicht mehr mit. Ich war nervös und dieses Gefühl wurde schlimmer, je näher das offene Gebet auf mich zukam.

Als Erster ergriff Bruder Johannes das Wort.

»Herr, hilf mir, das zu tun, was du möchtest, dass ich tue. Hilf mir, meine Verantwortung in der Familie und der Gemeinde wahrzunehmen. Herr, ich danke dir für deine Geduld, für deine große Liebe und die Ruhe in der Nacht, die du mir geschenkt hast. Amen.«

Na, ruhig war meine letzte Nacht nicht gerade gewesen, dachte ich, als ich wieder Schmerzen im Gesäß verspürte.

Nur etwa jeder Fünfte ergriff die Gelegenheit, direkt mit Jesus und Gott in Verbindung zu treten. Daher rückte der Moment, an dem ich an die Reihe war, schneller näher, als ich befürchtet hatte. Ich schielte nach links.

Der Herr am Ende der Stuhlreihe hatte sein Gebet gerade beendet, bevor eine größere Pause eintrat.

Papa stieß mich mit dem Ellbogen in die Seite.

»So, jetzt du«, sagte er bestimmt.

Ich zögerte. Mein Herz pochte. Ich spürte den Atem meines Vaters.

Meine Hände zitterten, aber ich versuchte, mir die Angst nicht anmerken zu lassen.

»Ich bin ein Sünder.«

»Lauter, die Brüder und Schwestern verstehen dich nicht.«

»Ich bin ein Sünder«, rief ich in die Runde.

»Ich habe ...«

Ich stoppte und senkte den Kopf. Erneut spürte ich den Ellbogen Papas. Ich richtete mich wieder auf, holte tief Luft und dann sprudelte es aus mir heraus.

»Ich habe gestern in der Badewanne gesündigt. Ich danke Gott und meinen Eltern, dass sie mir geholfen haben, den Weg zu dir, Herr Jesus Christus, zurückzufinden. Amen«, sagte ich in einem Atemzug.

Schweigen. Einige Leute drehten die Köpfe nach mir um. Ich versteckte mein Gesicht hinter meinen Händen. Ich fühlte mich unwohl, war aber gleichzeitig erleichtert und froh, dass ich es hinter mich gebracht hatte.

Nach Abschluss der offenen Gebete zückten die Brüder und Schwestern die Gesangsbücher. *Lobe den Herren, den mächtigen König der Ehren ...* schallte es inbrünstig aus den Kehlen der Anwesenden.

Dann ergriff der Prediger wieder das Wort:

»Nächste Woche kommt Bruder Gottfried zu uns. Ich hoffe, ich sehe euch dann alle wieder. Halleluja!«

»Halleluja«, erwiderte die Gemeinde.

»Die Kollekte am Ausgang ist bestimmt für die Renovierung unseres schönen Gemeindehauses, ergänzte der Prediger, also spendet reichlich.« Er breitete die Arme aus und stimmte das *Vater Unser* an. Ein Chor aus gedämpft klingenden Stimmen folgte ihm.

Nach Verlassen des Gemeindehauses nahmen mich Papa und Mama in die Mitte und hakten mich freudestrahlend unter. Meine Schwestern stießen dazu und folgten uns auf dem Weg zum Auto.

»Wir sind so stolz auf dich, dass du die Wahrheit erkannt hast und Jesus wieder in dein Leben gelassen hast«, sagte Papa.

»Selbstbefriedigung ist etwas Schlimmes! Schon das Wort macht das deutlich: Ich befriedige, erfülle nicht den anderen, sondern mich selbst. Derjenige, der das tut, denkt nur an sich«, fuhr er fort und machte eine kurze Pause.

»Verstehst du das, Lukas?«

»Du meinst, man tut das nur für sich?«

»Ja, Selbstbefriedigung ist eine amputierte Sexualität.«

»Was ist amputierte Sexualität, Papa?«

Er zögerte und blickte Mama Hilfe suchend an.

»Kannst du ihm das bitte erklären.«

Sie blieb stehen und verharrte für einen Moment, bevor sie sagte: »Kinder geht schon mal mit Papa vor.« Sie hakte mich unter und wir trotteten langsam hinterher.

»Also pass auf, Lukas, Sexualität ist zunächst einmal etwas Schönes, aber nur in der Ehe. Selbstbefriedigung ist grundsätzlich etwas Verwerfliches, auch innerhalb der Ehe. Sie ist eine Sucht, sie erzeugt Unreinheit und damit Sünde. Sie ist wie eine Droge. Irgendwann kann man ohne sie nicht mehr leben oder einschlafen. Sie führt tatsächlich zu einer verkrüppelten Sexualität. Dann muss die von Gott geschenkte, erfüllte Sexualität erst wieder gelernt werden. Weißt du, was ich meine?«

»Ja, Mama, ich glaube schon«, antwortete ich, ohne es wirklich verstanden zu haben.

»Danke Mama, ich hab dich so lieb.«

Ich war erleichtert. Alles war wieder gut. Mama lächelte kurz, bevor sie wieder ernst wurde.

»Und noch etwas. Außerdem bekommt man von Selbstbefriedung einen krummen Rücken, man kann sogar erblinden.«

Ich riss vor Schreck die Augen auf und spürte plötzlich ein Ziehen im Kreuz.

»Das ist ja furchtbar.«

»Komm, lass uns ein Stück laufen. Dann holen wir die anderen wieder ein.«

»Alles geklärt?«, erkundigte sich Papa.

»Alles in bester Ordnung, Papa. Halleluja!«, antwortete ich.

Papa strahlte über das ganze Gesicht.

Wir stiegen ins Auto und fuhren los. Unterwegs hielt er an einer Eisdiele an.

»Es war ein wunderschöner Tag. Zur Belohnung bekommt ihr alle ein Eis.«

»Hurra«, schrien wir Kinder im Chor.

»Bitte Zitrone«, rief ich Papa noch hinterher.

»Schokolade, Schokolade«, bettelten Ruth und Daniela.

Der Tag hätte nicht besser verlaufen können. Wir waren alle glücklich. Papa und Mama freuten sich, dass ich den Weg zurück zu Jesus gefunden hatte. Ich war froh, dass sie mir meinen Fehltritt verziehen hatten, und auch meinen Schwestern merkte man die Erleichterung an.

Die nächste Woche verlief harmonisch. Am Samstag unternahmen wir einen Ausflug an die Elbe. Immer wieder dankten wir Gott für alles, was er uns geschenkt hatte: die neue Heimat, Sicherheit, unser Glück.

Am Abend lasen wir gemeinsam in der *Bibel* und spielten anschließend eine Runde, *Mensch ärgere Dich nicht.*

Ich stand morgens eine halbe Stunde früher auf, um vor der Schule noch die Heilige Schrift zu studieren.

6 Hänseleien

Am Montagmorgen auf dem Schulhof kam Daniel aus der Parallelklasse mit seiner Clique auf mich zu. Die Jungen stellten sich im Halbkreis vor mir auf. Daniel neigte den Kopf zur Seite und nach einem Moment des Schweigens, in dem die Umstehenden auf mich herab grinsten, fragte er in einem unverfänglichen Plauderton: »Hast du heute Lust, mit ins Kino zu kommen? Es gibt einen echt guten Aufklärungsfilm, Helga. Würde dir guttun. – Na kommst du mit?«

Ich spürte, wie mir die Röte ins Gesicht stieg. Um mich herum brach ein höhnisches Gelächter los.

»Ne, kann ich nicht. Ich hab schon was anderes vor.«

»Komm, lass doch den Penner. Der wird doch nie erwachsen«, sagte Olaf und zeigte mir den Stinkefinger.

Nur einen Tag später legten mir meine Mitschüler heimlich das Nacktfoto einer Frau in die Schultasche. Als ich zu Hause den Schweinkram entdeckte, erschrak ich so sehr, dass ich es sofort zusammenknüllte und in den Papierkorb warf.

Ich saß da, an meinem Schreibtisch, und blickte verstohlen auf das kleine Knäuel, das in dem Abfallbehälter lag. Ich spürte den Teufel, der sich an mir zu schaffen machte.

Jetzt nur an etwas anderes denken. Ich zündete eine Kerze an, nahm die *Bibel* und schlug zufällig eine Seite auf: *Hesekiel 23.*

Sie aber trieb es immer so weiter. Sie dachte an ihre Jugendzeit, wo sie sich den Ägyptern hingegeben hatte, und bekam Sehnsucht nach ihren Freunden von damals, den Männern, deren Glied so groß wird wie das eines Esels und deren Samenerguss so mächtig ist wie der eines Hengstes. Sie wollte es wieder mit ihnen treiben wie in ihrer Jugend, als man in Ägypten ihre Brüste gedrückt hatte.

So etwas steht in der *Bibel*? Das kann doch nicht wahr sein, dachte ich. Schlagartig schlug ich das Buch wieder zu. Ich hatte mir Linderung versprochen, aber das genaue Gegenteil war eingetreten.

Ich holte das Foto wieder aus dem Papierkorb und faltete es auf dem Schoß auseinander. Ein sündiges Pochen erfasste meinen Körper. Ich konnte mich nicht dagegen wehren. Ich stand auf und zog meine Hose hastig herunter. Mein Penis hatte sich bereits aufgerichtet. Ich nahm ihn fest in die Hand und rieb ihn einige Male auf und ab. Ich stöhnte, atmete schneller und schneller und spürte das rhythmische Zucken meiner Muskeln im Becken. Es war wie ein Rausch. Ich kam. Mein Samenerguss war so heftig, dass sogar die *Bibel* in Mitleidenschaft gezogen wurde.

Immer noch außer Puste verharrte ich für einen Moment. Ich fühlte mich erleichtert, ohne irgendein Ziehen im Rücken.

Der Teufel verschwand wieder und dann kamen zuerst die Scham und dann die Angst. Ich zog die Hose hoch, stürmte ins Badezimmer, holte Klopapier und einen Waschlappen und beseitigte gründlich alle Spuren meiner Sünde. Ich nahm das Nacktfoto, hielt es über die Kerze, legte es auf eine Untertasse und wartete, bis die Flammen es ganz verzehrt hatten. Das Häuflein Asche warf ich aus dem Fenster.

Am nächsten Morgen, zu Beginn der ersten Unterrichtsstunde, kamen die Jungs auf mich zugestürmt und kicherten.

»Na, was sagt dein Jesus zu der nackten Dirn? Haste dir einen runtergeholt?«, fragte Daniel.

»Warum macht ihr so etwas? Lasst mich doch einfach in Ruhe. Ich habe das Bild auf der Stelle vernichtet.«

Ich drehte mich um und entdeckte Marie, die ihre blonden Haare zu einem Pferdeschwanz gebunden hatte und mich mitleidig anschaute, als wollte sie mir sagen: Ich verstehe dich.

Am liebsten hätte ich sie jetzt angesprochen, traute mich aber nicht.

Am Mittwoch kam es noch schlimmer. Als ich in der Pause die Toilette auf dem Schulhof betrat, um zu pinkeln, stand plötzlich Jochen, ein Mitschüler aus meiner Klasse, neben mir. Ich schielte zu ihm hinüber und sah, wie er seine Hose öffnete. Anstatt ein Geschäft zu verrichten, begann er sein Geschlechtsteil zu massieren. Sein Penis wurde größer.

Nur weg hier. Ich schaffte es gerade noch den Reißverschluss zu schließen, drehte mich um und wollte abhauen, aber einige Jungs versperrten mir den Weg.

»Weißte, wie man das nennt?«, fragte einer und zeigte auf Jochen.

»Lasst mich in Ruhe«, schrie ich aus voller Kehle.

Sie hielten mich fest. Daniel wollte meine Hose herunterziehen.

»Ei, ei, wo isser denn, der Kleine? Zeig mal, was du drauf hast. Oder biste ein Schwucko?«

Ich wehrte mich mit Händen und Füßen und brüllte, so laut ich konnte, um Hilfe.

Plötzlich stand der Hausmeister in der Tür. »Was ist hier los?«

»Alles in Ordnung, Herr Peters«, sagte Daniel. Kichernd verließen er und die anderen Jungs die Toilette.

Ich war fix und fertig und zitterte. Ich nahm alles um mich herum nur noch verschwommen wahr. Vorsichtig tastete ich mich auf den Schulhof. Ich hatte das Gefühl, als ob mich alle angafften. Ich setzte mich auf eine Bank und vergrub mein Gesicht in den Händen.

»Du darfst die Jungs nicht ernst nehmen«, hörte ich eine Stimme sagen.

Ich blickte auf. Vor mir stand eine Gestalt im Gegenlicht, verschwommen.

»Die müssen sich in der Clique beweisen«, sagte sie.

Ich fing an, wirres Zeug zu reden.

»Wer bist du? Der Teufel? Lass mich in Ruhe ...«

»Ich bin es, Marie.«

Ich rieb mir die Augen und schaute ihr ins Gesicht. »Marie«, entgegnete ich erleichtert. »Wo sind die anderen?«

»Hast du die Klingel nicht gehört? Der Unterricht hat wieder angefangen. Ich habe auf dich gewartet.«

Ich sprang auf und wollte ins Gebäude laufen. Marie hielt mich fest.

»Warte einen Moment. Du bist ja völlig verstört. Du kannst jetzt unmöglich in den Unterricht gehen. Komm, setz dich wieder.« Sie griff meine Hand, drückte mich auf die Bank und nahm neben mir Platz.

»War es sehr schlimm?«, fragte sie mitfühlend.

Ich bekam kein Wort heraus. Sie legte ihren Arm auf meine Schulter.

»Du brauchst nicht darüber zu sprechen, wenn du nicht möchtest.«

Ich schaute ihr in die Augen.

»Marie, wenn du wüsstest, was ich gesehen habe …«, ich schluckte, »… was sie mit mir machen wollten und was sie zu mir gesagt haben, würdest du die Frage nicht stellen …«

Sie streichelte mir sanft durch Haar. »Ich werde mit den Jungs reden. Ich denke, die wissen gar nicht, was sie angestellt haben. Lass uns nach der Schule noch einmal darüber sprechen.«

Mir lief ein Schauer über den Rücken. *Was passierte hier gerade?* So hatte noch nie jemand mit mir gesprochen. Ich war verunsichert und dankbar zugleich. Mein Blick streifte ihr Gesicht und ihre tiefblauen Augen.

»Es ist schön, mit dir zu reden. Es geht mir bereits besser.«

»Dann lass uns jetzt in den Unterricht gehen.«

Als wir den Klassenraum betraten, wurde es schlagartig still. Überall gaffende Blicke.

»Warum kommt ihr zu spät?«, fragte Frau Wienands.

»Lukas ging es nicht gut. Ihm war schwindelig«, antwortete Marie. Einige Schüler konnten sich ein Grinsen nicht verkneifen.

Nach der letzten Unterrichtsstunde kam Marie im Flur direkt auf mich zu.

»Wow, ein Wunder. Guckt mal, die zwei haben was miteinander«, hörte ich einen Mitschüler hinter unserem Rücken sagen. »Marie, zeig's ihm. Der Macker muss mal richtig durchgenudelt werden«, sagte ein anderer.

Sie ging gar nicht auf die Bemerkungen ein, griff meine Hand und führte mich nach draußen.

»Hör nicht auf sie, die stecken mitten in der Pubertät und wissen nicht, wohin mit ihrer Energie.«

Während sie das sagte, lächelte sie und schaute mich mit ihren taubenblauen Augen an. Ihr Blick traf mich, wie ich es vorher noch bei keinem Menschen erlebt hatte.

Sie begleitete mich bis zur Straße, blieb stehen und musterte mich. »Magst du mich noch ein Stück begleiten?

»Leider nicht. Meine Mama ... meine Mutter wartet mit dem Essen auf mich.«

»Vielleicht ein anderes Mal. Wir sehen uns ja übermorgen in der Schule wieder. Halt die Ohren steif. Tschüss.«

Ich sah sie verblüfft an. »Warum erst übermorgen?«

»Morgen ist ein Feiertag, Christi Himmelfahrt.«

»Ach ja, hatte ich ganz vergessen. Dann bis übermorgen. Tschüss«, erwiderte ich.

Ich schaute ihr hinterher. Ihr Pferdeschwanz wehte im Wind wie eine goldene Fahne. Dieses Mädchen hatte etwas, was ich gar nicht beschreiben konnte, was mich aber magisch anzog. Schade, dass morgen ein Feiertag war, dachte ich.

7 Der Ausraster

Bevor ich am Freitag zur Schule ging, erinnerte ich Mama noch einmal an das Endspiel um die Schulmeisterschaft.

»Du brauchst heute nicht mit dem Mittagessen auf mich zu warten. Wir spielen nach dem Unterricht gegen die Parallelklasse.«

»Doch nicht etwa Fußball?«

»Doch.«

»Muss das denn sein?«

»Ja, die können auf mich nicht verzichten. Außerdem ist die Teilnahme für alle Schüler verpflichtend.«

»Na ja, wenn es sein muss«, stöhnte sie. »Aber nach dem Spiel kommst du sofort nach Hause. Versprochen?«

»Ja, Mama, versprochen.«

Ich ging auf sie zu und umarmte sie. »Du bist die beste Mama der Welt«, sagte ich und gab ihr einen Kuss auf die Wange. Sie forderte mehr und zeigte auf ihren Mund. Ich schloss die Augen und gehorchte. Jemand anders kam mir in den Sinn. Ob ich sie heute noch sehen würde?

»Bis später.« Ich schnappte mir die Schul- und Sporttasche und düste los.

Ich schaute mich auf dem Schulhof um. Von Marie keine Spur. Auch im Unterricht tauchte sie nicht auf. Meine gute Laune war dahin.

Vor dem Match trafen wir uns in der Umkleidekabine der Turnhalle.

Herr Wilms, unser Betreuer, machte uns richtig heiß.

»So Jungs, zeigt, was ihr draufhabt, und macht sie fertig! Ich will euch bis zum Umfallen kämpfen sehen! Scheut keinen Zweikampf!«

Wir bauten uns im Kreis auf. »Wie heißt unser Schlachtruf?«, fragte Jochen.

»Einer für alle! – Alle für einen! Zicke Zacke, Zicke zacke! – Heu, Heu, Heu!«, brüllten wir im Chor.

»Auf geht's, Jungs!«

Wir klatschten uns ab, einer nach dem anderen.

Das war einer der wenigen Momente, in denen ich das Gefühl hatte, von meinen Mitschülern akzeptiert zu werden.

Wir liefen in die Halle. Mich traf fast der Schlag. Marie saß in der zweiten Reihe der Tribüne und winkte mir mit beiden Händen zu. Ihr Lächeln war ansteckend. Ich wollte zurückwinken, doch jemand stieß mich von hinten heftig gegen die Rippen.

Ich drehte mich um. Es war Daniel, der Mannschaftskapitän der gegnerischen Mannschaft. Er baute sich vor mir auf, stemmte die Hände in die Hüften und mit einem herablassenden Blick sagte er: »Du wirst heute kein Tor schießen. Dafür werde ich sorgen.«

Schon kurz nach Anpfiff grätschte er mir von hinten in die Beine, sodass ich mit dem Kopf auf den Boden knallte. Er grinste. Ich war froh, dass ich mich nicht ernsthaft verletzt hatte und weiterspielen konnte. Daniel wich mir nicht mehr von der Seite. Immer wieder zerrte er an meinem Trikot herum oder wollte mich festhalten. Als ich dann doch noch mein Tor schoss, flippte er völlig aus.

»Na warte, jetzt geht's erst richtig los.«

Das nächste Foul folgte, noch übler als das erste. Im gegnerischen Strafraum hatte ich den Ball aus der Luft angenommen, als Daniel plötzlich mit zwei gestreckten Beinen voran angeflogen kam. Er traf mich frontal am Schienbein. Ich knickte weg, ging zu Boden und blieb, wie durch ein Wunder, unverletzt.

»Du bist doch genauso krank wie deine Marie!«, rief er mir zu.

Das hätte er nicht sagen dürfen. Wie von der Tarantel gestochen, sprang ich auf, ballte meine Hand zur Faust, holte aus und traf ihn mit voller Wucht mitten ins Gesicht. Er taumelte zurück. Seine Nase blutete.

Es wurde totenstill. Meine Mitspieler schauten mich ungläubig an.

Der Schiedsrichter kam: »Das wird ein Nachspiel haben.« Er stellte uns beide vom Platz und schickte uns in die Kabinen.

Daniel schien beeindruckt. Er hielt ein blutverschmiertes Taschentuch unter seine Nase und flüchtete vom Platz.

In der Kabine wurde mir klar, was ich getan hatte. Ich musste mich bei ihm entschuldigen. Ich stand auf und ging zur Kabine nebenan. Vorsichtig öffnete ich die Tür.

Daniel saß auf der Bank, mit hängendem Kopf, ein Häufchen Elend. Sein Betreuer, Herr Mund, versorgte seine blutende Nase.

»Tut mir leid Daniel, das wollte ich nicht.«

Er stand auf und ging auf mich zu.

Ich wich einen Schritt zurück, weil ich dachte, er würde jetzt zurückschlagen. Doch stattdessen reichte er mir die Hand.

»Es geht schon. War auch mein Fehler ...«

»Kann ich was für dich tun?«

»Am besten lässt du ihn jetzt in Ruhe«, sagte Herr Mund.

»Okay«, erwiderte ich und kehrte mit gesenktem Kopf in die andere Kabine zurück. Was hatte ich nur getan?

Liebe deinen Nächsten, wie dich selbst, ging mir durch den Kopf. Schon wieder hatte ich gesündigt.

Nach zwanzig Minuten kamen meine Mitspieler rein.

»Eh Lukas, wir haben die 4: 2 geputzt. Boah, da hast du dem Daniel ja richtig eins auf die Fresse gegeben. Ich glaube, der wird jetzt gehörigen Respekt vor dir haben«, sagte Jochen.

»Tut mir leid, ich weiß gar nicht, was mit mir los war.«

»Ich glaube, von mir hätte der auch eine gewischt bekommen, wenn er so was über meine Dirn gesagt hätte«, bemerkte er und klopfte mir auf die Schulter.

»Du hast es also auch gehört?«

»Das war ja kaum zu überhören, alle haben das mitbekommen.«

Nach dem Spiel trafen sich die Schüler und Schülerinnen zur Siegerehrung auf dem Schulhof. Jochen nahm als Spielführer den Pokal entgegen.

Er kam auf mich zu und sagte: »Du hast einen großen Anteil an unserem Sieg gehabt.«

Ich hob den Pokal kurz in die Höhe. Die Schüler klatschten. Das Ganze war mir peinlich und ich gab ihn schnell wieder zurück.

Dann kamen Daniel, Jochen und zwei andere Schüler auf mich zu. Sie reichten mir die Hand.

»Hey Lukas, tut uns leid wegen neulich. Das war total beschissen von uns«, sagte Jochen.

»Und Daniel wollte dir auch noch was wegen gestern sagen«, ergänzte Bert. Daniel kam auf mich zu. Mit der einen Hand hielt er immer noch ein Taschentuch unter seine Nase, die andere streckte er mir entgegen.

»Wird nicht mehr vorkommen«.

Ich zögerte einen Moment. Er und die anderen schienen es ernst zu meinen.

»Ist schon gut«, sagte ich und schlug ein.

»Du bist ein tierisch guter Fußballer. Komm doch zu uns in den Verein. Du wärst eine echte Verstärkung. Was hältst du davon?«

Ich überlegte. Ich fühlte mich geschmeichelt. Auf keinen Fall wollte ich meine Eltern oder meine Religion als Hinderungsgrund ins Spiel bringen.

»Mmh, Lust hätt‹ ich ja«, sagte ich gerührt und ahnte schon, welche Probleme mich zu Hause erwarten würden. »Okay, ich bin dabei!«

Ich hatte den Satz noch nicht ausgesprochen, da fielen sie mir beinahe um den Hals.

»Juhu«, rief Daniel. »Das ist ja stark.«

Danach eilte eine ganze Horde auf Herrn Wilms zu, der gerade Aufsicht führte.

»Daniel und Lukas haben sich ausgesprochen. So etwas wird nicht mehr vorkommen. Lukas ist echt stark. Er will sich im Verein anmelden. Ist das nicht super?«

»Wie habt ihr das geschafft«, fragte er verwundert zurück.

»Überzeugung ist alles«, sagte Daniel mit einem Grinsen und zwinkerte mir zu.

Ich fühlte mich wohl, sauwohl, unter denselben Mitschülern, die mich noch vor ein paar Tagen fertiggemacht hatten.

Es schien so, als hätte Marie das Ganze aus der Ferne beobachtet. Sie kam auf uns zu. Ich traute meinen Augen nicht. Daniel streckte seine Hand aus.

»Tut mir leid Marie. Es war meine Schuld.«

»Ich weiß doch, wie ihr tickt«, sagte sie und schlug ein.

»Und nun zu dir mein Lieber«, sagte sie und drehte sich zu mir um. Sie versuchte wohl, ein schelmisches Lächeln zu unterdrücken.

»Wo warst du heute Vormittag?«, fragte ich.

Sie ging gar nicht auf meine Frage ein, sondern kam mit erhobenem Zeigefinger auf mich zu.

»Ich wusste gar nicht, dass du so aggressiv sein kannst.«

Kreischendes Gelächter.

»Der Lukas ist echt stark«, sagte Daniel.

»Komm mal mit, mein starker Bursche, dann werde ich dir mal die Leviten lesen«, sagte Marie, nahm meine Hand und zog mich nach draußen.

»Tschüss bis morgen.«

»Tschüss bis morgen. Und treibt's nicht zu bunt«, riefen sie uns hinterher.

Wir verließen die Turnhalle und marschierten gemeinsam Seite an Seite über den Schulhof. Ab und zu berührten sich unsere Hände, als hätte mich ein Blitz getroffen.

»Die Jungs sind in Ordnung. Nur manchmal geht mit ihnen das Temperament durch, so wie mit dir heute.«

Ich blieb stehen und schaute ihr tief in die Augen.

»Marie weißt du überhaupt, was Daniel zu mir gesagt hat?«

»Was denn?«

»Du bist genauso krank wie deine Marie.«

»Du kämpfst also für mich. Das ist toll«, reagierte sie gelassen. Ich hatte eine ganz andere Reaktion erwartet.

Wir schlenderten durch die Straßen. Plötzlich blieb sie stehen und schaute zu mir auf.

»Wie groß du bist. Möchtest du mein Beschützer sein?«

»Marie, wie meinst du das?«

Sie zögerte einen Moment.

»Ich finde dich nett. Hast du nicht Lust, mich am Pfingstsonntag zu besuchen?«

Sie strahlte eine Freude aus, wie ich sie noch nie bei ihr wahrgenommen hatte. Aber Pfingsten ging gar nicht. Das war in unserer Gemeinde einer der wichtigsten Feiertage. Papa und Mama sprachen immer von der Ausgießung des Heiligen Geistes.

»Da kann ich nicht. Ich fahre gemeinsam mit meiner Familie zur Andacht. Dort empfangen wir den Heiligen Geist.«

Marie verdrehte ihre Augen.

»Und wie wär's mit Pfingstmontag?«, hakte sie nach.

»Das Gleiche. Da geht die Feier weiter.«

Kaum hatte ich den Satz beendet, da bereute ich ihn auch schon. Ihr Lächeln war verschwunden. Sie ließ die Schultern hängen.

»Schade, vielleicht ein anderes Mal«, sagte sie mit leiser Stimme.

Sie wandte sich von mir ab und wollte gehen.

»Marie warte, eventuell kann ich doch.«

Sie drehte sich um. »Wirklich? Das wäre toll. Sonntag, zwei Uhr, wäre das in Ordnung für dich?«

Ich überlegte.

»Montag wäre mir lieber.« Ein Tag längere Bedenkzeit, mir eine Ausrede für meine Eltern einfallen zu lassen, dachte ich.

»Wunderbar.«

Ihre Augen strahlten wieder und ihr Lächeln war zurückgekehrt.

»Dann bis Montag, zwei Uhr«, antwortete ich leichtfertig.

»Wo wohnst du denn?«

»Lessing Str. 43.«

»Im Dichterviertel, in der Nähe des Sportplatzes?«

»Genau. Vielleicht kannst du uns zum Fußballspiel begleiten. Meine Eltern haben bestimmt nichts dagegen.«

Deine Eltern nicht, aber meine bestimmt, dachte ich.

»Ich freue mich so sehr«, sagte sie und breitete ihre Arme aus.

Ich ging einen Schritt zurück. »Ich freue mich auch, Marie.«

»Dann bis Montag«, sagte sie.

»Bis Montag«, antwortete ich.

Ich sah ihr hinterher. Ab und zu legte sie einen Hüpfschritt ein und drehte sich noch einmal freudestrahlend zu mir um. Ich fühlte mich so frei, und trotzdem hatte ich ein mulmiges Gefühl im Bauch.

Jetzt war etwas passiert, was ich mir nie hätte vorstellen können. Ich hatte mich über die Gebote meiner Eltern und der Gemeinde hinweggesetzt. Aber nicht nur das. Ich empfand keinerlei Schuld dabei. Nur Entschlossenheit. Ich wollte Marie sehen. Und ich wollte nicht zur Gemeinde, nicht am Montag.

Ich schaute auf die Uhr: halb vier. Mama wartet bestimmt schon, dachte ich und trabte nach Hause.

8 Erster Besuch bei Marie

Am Pfingstsonntag fuhr ich wie gewohnt mit meinen Eltern und Geschwistern zur Gemeinde. Bevor wir den Saal betraten, bekamen Papa, Mama und ich von Bruder Markus ein Kärtchen mit einer Losung in die Hand gedrückt.

»Und es erschienen ihnen Zungen, zerteilt wie von Feuer; und er setzte sich auf einen jeden von ihnen, und sie wurden alle erfüllt von dem Heiligen Geist und fingen an, zu predigen in anderen Sprachen, wie der Geist ihnen gab auszusprechen.«

(Apostelgeschichte 2, 3)

Ich verstand kein Wort. Der Gottesdienst verlief ähnlich wie beim letzten Mal. Ich wunderte mich nur, dass Bruder Johannes, der Oberhirte, nicht anwesend zu sein schien. Ich hörte nur phasenweise zu. Ich war vielmehr mit der Frage beschäftigt, wie ich es schaffen konnte, morgen zu Hause zu bleiben, um Marie besuchen zu können. Ich überlegte. Plötzlich war ich hellwach. Ich hatte eine Idee ...

Am Montagmorgen blieb ich einfach im Bett liegen. Als ich nicht pünktlich zum Frühstück erschien, kam Mama zu mir.

»Geht es dir nicht gut, mein Junge?«

»Mir ist so übel und schwindelig.«

»Dann bleib noch einen Moment liegen. Hoffentlich hast du keine Grippe. Am besten wir messen mal deine Temperatur.«

Sie ging ins Badezimmer und kam mit einem Fiebermesser zurück.

»Du weiß ja, wie das geht«, sagte sie. Sie schaute mich irgendwie merkwürdig an. »Oder soll ich das machen? Komm, zieh dir mal die Hose runter.«

»Warum?«

»Ich werde deine Temperatur im Po messen.«

In dem Moment zog sie mir die Decke weg.

»Nein Mama, das kann ich schon selbst.«

»Na gut.«

Sie legte das Gerät auf mein Bett und wartete noch einen Moment.

»Du schämst dich doch wohl nicht vor deiner Mutter?«

»Nein, Mama, aber ich weiß schon, wie das funktioniert.«

Endlich verließ sie das Zimmer und ging wieder nach unten.

Erst jetzt begriff ich, dass das Ergebnis der Fiebermessung für mein Vorhaben von entscheidender Bedeutung sein würde. Das achte Gebot kam mir in den Sinn. *Du sollst nicht falsch Zeugnis reden wider deinen Nächsten.* Dann dürfte ich Marie nicht besuchen und müsste mit zur Gemeinde fahren. Notlügen sind erlaubt. Sie schaden niemanden, im Gegenteil, versuchte ich mir einzureden. Ich hielt einen Moment inne. Plötzlich fiel es mir wie Schuppen von den Augen.

Ich lief ins Badezimmer und holte mir Mamas Haartrockner. Ich steckte ihn in die Steckdose neben meinem Bett. Wegen des Geräusches legte ich das Gerät unter die Decke. Den Fiebermesser hielt ich direkt vor die Düse. Ich stellte den Föhn an und kontrollierte die Temperatur, bis die Anzeige 39,3 Grad erreicht hatte. Die Ernsthaftigkeit meiner Krankheit unterstrich ich noch, indem ich mir einen Finger in den Hals steckte und laut anfing zu würgen, dass es alle hören mussten.

Ich wunderte mich über mich selbst, denn ich hatte überhaupt kein schlechtes Gewissen. Im Gegenteil. Meine Vorgehensweise war gerechtfertigt. Ich sündigte, keine Frage, aber nur um einen anderen, kranken Menschen eine Freude zu bereiten. Eine Sünde aus Mitgefühl. Das konnte nicht falsch sein.

Kurz nach dem Mittagessen kam Mama noch einmal an mein Bett. Sie nahm das Fieberthermometer und schaute mich besorgt an.

»Du bist wirklich krank. Schade, da wirst du heute nicht mitkommen können. Warte einen Moment.«

Nach wenigen Augenblicken kehrte sie mit einem feuchten Wickel zurück. »Den legst du um deine Waden, damit das Fieber zurückgeht. Gute Besserung«, sagte sie und verschwand.

Ich lag in meinem Bett und wartete. Von unten hörte ich, wie jemand das Geschirr wegräumte. Es dauerte eine Ewigkeit, ehe sie endlich verschwanden. Um Viertel nach eins war es dann so weit. Die Haustür fiel ins Schloss. Stille.

Ich stand auf, duschte und zog mir die von meiner Mutter bereits ausrangierten Bluejeans an. Um halb zwei verließ ich das Haus.

Zu Fuß brauchte man ungefähr zwanzig Minuten ins Dichterviertel. Es war eine bessere Wohngegend.

Beschwingt schlenderte ich durch die Straßen. Die Sonne schien nicht nur vom Himmel, sondern auch in meinem Herzen. Es ging mir richtig gut. Nur ab und zu zwickte mein Hinterteil.

Kurz vor dem abgesprochenen Termin erreichte ich die Lessing Str. Nr. 43. Auf der Einfahrt des freistehenden Bungalows standen zwei Autos: eine Borgward Isabella und ein dicker Mercedes. Ich zögerte einen Moment. Ich verspürte ein leichtes Kribbeln im Bauch. Dann fasste ich mir ein Herz und ging schnurstracks auf die Eingangstür zu.

Eva, Peter und Marie Henrichs stand auf dem Türschild. Ich klingelte. Eine Frau mit rot gefärbten, langen und offenen Haaren öffnete die Tür. Ich wusste gar nicht, wo ich hingucken sollte. Sie trug ein mit bunten Blumen bedrucktes, kurzes Kleid mit einem tiefen V-Ausschnitt. Mein Blick fiel auf ihr Dekolleté.

»Ich mö-chte, ich mö-chte ger-ne ...«, stotterte ich und schluckte.

»Du bist sicherlich Lukas. Komm rein, Marie wartet schon auf dich.«

Ich spürte den Teufel, wie er sich an mir zu schaffen machte. Sie führte mich durch den Flur ins Wohnzimmer. Marie saß vor dem Fernseher. Dieses Mal trug sie ihr Haar offen.

Als sie mich sah, sprang sie auf und tänzelte leichtfüßig auf mich zu.

»Schön, dass du gekommen bist. Setz dich doch. Hast du etwas dagegen, wenn ich Lassie noch zu Ende gucke? Die Sendung dauert nur noch fünf Minuten.«

»Wer oder was ist Lassie?«

»Lassie ist eine Serie mit einem Collie, die ich mir jede Woche anschaue.«

Wir nahmen nebeneinander auf der Couch Platz. Ich staunte. Ein Fernsehgerät hatte ich noch nie in natura gesehen.

Maries Vater kam ins Wohnzimmer.

»Ach, du hast Besuch?«

»Papa, das ist Lukas aus meiner Klasse. Lukas, das ist mein Vater. Er trainiert unsere A-Jugend-Fußballmannschaft.«

Herr Henrichs ging auf mich zu und begrüßte mich mit einem festen Handschlag.

»Hallo Lukas. Spielst du auch Fußball?«, fragte er.

»Ja, aber nur in der Schule.«

»Kommt doch einmal mit zum Jugendtraining.«

»Ich glaube, meine Eltern würden das nicht zulassen.«

»Warum nicht?«

»Die sind sehr religiös und fürchten wohl, dass ich mit den falschen Leuten in Kontakt kommen könnte.«

»Ach so. Soll ich einmal mit deinen Eltern sprechen. Wir sind eine lustige, aber vernünftige Truppe.«

»Lieber nicht«, stammelte ich.

Herr Henrichs stutzte. »Okay, wir gehen jetzt zum Stadion. Wenn ihr wollt, könnt ihr ja nachkommen.«

Dann drehte er sich um und rief in Richtung Badezimmer: »Eva bist du fertig?«

»Einen Augenblick noch, Peter.«

Maries Vater ging zur Tür und drehte sich noch einmal zu uns um.

»Wir sehen uns. Du isst doch sicherlich nach dem Spiel noch ein Stück Kuchen mit uns, Lukas?«

Ich schaute auf die Uhr: Zehn nach zwei. *Das könnte knapp werden. Papa und Mama würden spätestens um fünf zurück sein.*

»Du kannst es dir ja noch einmal überlegen. Ansonsten sehen wir uns ein anderes Mal. Es war nett, dich kennenzulernen. Vergiss deine Tabletten nicht Marie«, sagte er und verließ zusammen mit seiner Frau das Haus.

Ich war beeindruckt. Ein ganz anderer Ton als bei uns zu Hause. Kein Misstrauen, keine Bevormundung, keine Verbote. Marie und ich durften frei entscheiden, ob wir uns das Fußballspiel anschauen wollten oder nicht. Und die größte Überraschung war: Ich durfte mit ihrer Tochter allein sein.

»Möchtest du etwas trinken, Cola oder Limo?«

Ich ging gar nicht auf ihre Frage ein: »Du hast aber junge Eltern.«

»Ich habe Glück gehabt. Sie sind wirklich die besten Eltern der Welt. Beide sind 43.«

»Meine sind genauso alt«, sagte ich nachdenklich.

»Cola oder Limo?«, wiederholte sie ihre Frage.

»Zu Hause trinken wir immer Tee oder Wasser.«

»Wie du möchtest.« Sie stand auf, lächelte mich an und wiederholte: »Schön, dass du gekommen bist.«

Sie drehte sich um die eigene Achse. Wie zierlich ihre Figur doch war.

Ich musterte sie von oben bis unten. Über ihrer Bluejeans trug sie eine rote Bluse und um den Hals eine Goldkette mit einem kleinen, glänzenden Herzchen. Als meine Blicke ihren kleinen Busen erreichten, zuckte ich zusammen und schaute abrupt in eine andere Richtung.

Jesus, führe mich nicht in Versuchung.

Marie ging in die Küche und kam kurz darauf mit einem Glas Wasser und einer Cola mit Strohhalm zurück. Sie stellte beide Getränke auf den Tisch und setzte sich neben mich.

»Du hast es wahrscheinlich nicht leicht zu Hause.«

»Wieso?«

»Du musst bestimmt auf vieles verzichten?«

»Eigentlich nicht«, sagte ich. »Vielleicht auf ein bisschen«, schob ich noch hinterher.

»Aufgrund meiner Krankheit muss ich mich auch einschränken. Jeden Tag muss ich etliche Medikamente nehmen, inhalieren und meine Atemübungen machen, damit sich der zähe Schleim lösen kann. Wenn ich meine Eltern nicht hätte ...« Sie stockte. »Wer weiß, was ich schon angestellt hätte.«

»Wie meinst du das?«

Sie fing an zu husten und hielt sich ein Taschentuch vor den Mund.

»Siehst du, das nervt mich am meisten, dass ich dauernd husten und mich räuspern muss. Ich muss mal eben ins Bad gehen und inhalieren. Es dauert nicht lange.«

»Brauchst du Hilfe?«

»Nein, nein, es geht schon.«

»Brauchst du wirklich keine Hilfe?«

»Nein, mach dir keine Sorgen. Das ist schon fast Routine.«

Ich saß wie angewurzelt auf der Couch und hörte das Brummen des Inhalators und Maries tiefes Ein- und Ausatmen. Meine Probleme waren nichts im Vergleich zu ihren. Nach einigen Minuten kehrte sie lächelnd zurück.

»Alles wieder in Ordnung?«

»Ja, ja, es geht schon wieder.«

»Warum hast du nicht hier inhaliert?«

Sie überlegte.

»Wahrscheinlich habe ich mich geschämt. Aber eigentlich hast du recht. Beim nächsten Mal inhalieren wir zusammen«, sagte sie schmunzelnd.

Sie nahm ihre Cola und reichte mir das Wasser.

»Prost, auf uns.«

»Prost«, antwortete ich.

Wir tranken beide einen Schluck. Ich schaute neugierig auf ihr Glas.

»Darf ich die Cola einmal probieren? Ich kenne so etwas gar nicht.«

»Bitte«, sagte sie und reichte mir ihr Glas mit dem Strohhalm.

Ich trank einen Schluck und staunte.

»Cola schmeckt ja sündhaft gut.«

»Möchtest du auch eine?«

»Vielen Dank, aber das Wasser reicht mir.«

Für einen Moment stockte das Gespräch. Ich wollte eine Frage stellen, setzte mehrmals an, brach dann aber immer wieder ab.

Marie sah mir tief in die Augen: »Trau dich doch einfach.«

»Was ist ...« Ich stockte.

»Trau dich«, munterte sie mich erneut auf.

»Was ist das für eine Krankheit, die du hast?«

»Mukoviszidose.«

»Noch nie gehört.«

»Mukoviszidose ist eine unheilbare Erbkrankheit. Sie beeinträchtigt viele Organe, Lunge, Bauchspeicheldrüse, Leber, eigentlich fast alles. Ich darf mich nicht zu sehr anstrengen oder aufregen. Meine Lungenfunktion schwankt sehr stark. Bei der letzten Messung betrug sie nur fünfundvierzig Prozent.«

Während sie das sagte, spielte ich an meinen Haaren herum. Beim Wort *unheilbar* musste ich schlucken.

»Die Krankheit ist aber nicht ansteckend, oder?«, fragte ich vorsichtshalber nach.

»Nein, auch der Husten nicht.«

»Ich bewundere dich, wie du damit klarkommst.«

»Es ist nicht einfach, mit dieser Einschränkung zu leben, aber es geht schon. Mein Vater sagt immer: ›Denke positiv, auch wenn es dir schlecht geht. Nutze den Tag. Wenn du dich selbst bemitleidest, dann wirkt sich das negativ auf dein seelisches und körperliches Befinden aus.‹ Wer weiß, wie lange ich noch leben werde?«

Betretenes Schweigen.

Ich rückte näher an sie heran, wollte sie in meine Arme nehmen, aber traute mich nicht.

»Was ist denn, Lukas?«

»Ach nichts.«

»Du hast doch was?«

»Eigentlich wollte ich dich gerade umarmen, aber es geht nicht.«

»Hat das etwas mit deiner Religion zu tun?«

»Es ist Sünde.«

»Das ist doch Schwachsinn!«

Ich war überrascht über ihre derbe Ausdrucksweise.

Jetzt rückte sie näher an mich heran und legte ihren linken Arm um meine Schulter. Mit der rechten Hand fasste sie an mein Kinn. Ich zuckte zusammen und wollte etwas sagen, doch sie kam mir zuvor.

»Schau mich an, Lukas. Weißt du was? Ich finde dich richtig nett, du bist nicht so albern wie die anderen Jungs. Aber warum schaust immer so traurig?«

Ich schwieg. Was sollte ich darauf antworten?

Ich legte meinem Kopf auf ihre Schulter und schloss die Augen. Ich spürte ihren Atem. Ich wollte nicht, dass es aufhört.

»Was tust du eigentlich so den ganzen Tag?«, unterbrach Marie die Stille.

Ich öffnete die Augen und sah direkt auf ihren Schönheitsfleck.

»Da ragen ja ein paar Härchen heraus.«

»Wo?«

»An deinem Kinn.«

»Ach du meinst das Muttermal. Das habe ich seit meiner Geburt. Ich hasse es.«

»Ich finde es wunderschön. Es gibt dir etwas Besonderes.«

»Das hat noch nie einer zu mir gesagt«, bemerkte sie lächelnd.

»Aber versuche, nicht abzulenken. Was machst du so den ganzen Tag?«, wiederholte sie ihre Frage.

»Wenn ich aus der Schule nach Hause komme, essen wir zusammen, dann mache ich meine Hausaufgaben und lese noch ein wenig in der *Bibel*. Wenn ich dann noch Zeit habe, helfe ich Mama im Haus oder spiele etwas im Garten. Papa hat eine tolle Schaukel an unserem Galgenbaum gebaut.«

»Galgenbaum, was für ein seltsamer Name. Hört sich gefährlich an«, unterbrach sie.

Ich lachte. »Ist es aber nicht. Es ist ein alter Kirschbaum. An einem dicken Ast ist die Schaukel mit zwei Seilen befestigt.«

»Und was machst du sonst noch so?«

»Wenn Papa nach Hause kommt, liest er oder Mama uns noch eine Geschichte aus der *Bibel* vor.«

»Ist das nicht langweilig?«

Ich stutzte.

»Eigentlich nicht, die *Bibel* kann sehr spannend sein.«

»Und so läuft das jeden Tag bei euch ab?«

»Meistens. Abends spielen wir häufig Gesellschaftsspiele oder Mama nimmt ihre Viola in die Hand und wir singen noch ein paar religiöse Lieder. Einen Fernseher oder ein Radio haben wir nicht.«

»Das scheint mir alles ein wenig weltfremd zu sein. Und stinklangweilig.«

»Papa und Mama sagen, dass das der einzige Weg ins Paradies ist. Wir müssen den schmalen, unbequemen Weg gehen, wenn wir erlöst werden wollen. Manchmal müssen wir uns auch quälen. So steht es in der *Bibel*.«

Marie nahm meine linke Hand und legte sie auf ihren Schoß.

»Ich finde es toll, dass du ein gutes Verhältnis zu deinen Eltern hast. Aber glaubst du nicht, dass du auch mal an dich denken musst und nicht immer das tust, was andere von dir erwarten?«

Ich war verunsichert, zog meine Hand wieder zurück und schaute sie an. Unsere Blicke trafen sich.

»Ich mag dich, du bist so verständnisvoll und warmherzig, aber ich mag auch Jesus Christus.«

»Kann ich dir irgendwie helfen? Vielleicht solltest du einmal mit meinem Vater darüber sprechen?«

»Warum? Lieber nicht«, antwortete ich. »Wie spät ist es?«

»Vier Uhr.«

»In einer Stunde spätestens muss ich wieder zu Hause sein. Aber vielleicht sollte ich jetzt gehen. Du brauchst bestimmt Ruhe.«

»Nein, bitte nicht.«

Ich war hin- und hergerissen. Ich hatte ein schlechtes Gewissen sowohl gegenüber meinen Eltern, als auch gegenüber Marie, die ich jetzt nicht alleine lassen konnte.

»Möchtest du einmal unsere letzten Urlaubsfotos sehen?«

»Gerne, wenn es nicht zu lange dauert.«

Sie stand auf und ging zum Wohnzimmerschrank. Sie nahm ein dickes Album aus der unteren Schublade und kehrte damit zu mir zurück. Sie schlug die erste Doppelseite auf.

»Hier sind wir an der See. Das war letztes Jahr am 12. Juli, an meinem vierzehnten Geburtstag«, sagte sie und rückte näher an mich heran. »Ich bin ein Krebs und du?«

»Was meinst du?«

»In welchem Sternzeichen bist du geboren?«

»Ich weiß es gar nicht.«

»Wann bist du denn geboren?«

»Am 1. Mai 1953.«

»Oh, dann bist du ein Stier, solide, verlässlich und sehr geduldig. Ein Fels in der Brandung.«

»Marie mit solchen Sachen beschäftigen wir uns zu Hause nicht. Ich war noch nie am Meer«, versuchte ich abzulenken.

»Wir fahren immer zur Nordsee wegen meiner Krankheit. Hier links ist unser Ferienhaus und hier rechts angelt mein Vater im Meer.«

»Schöne Landschaft. Wir fahren immer in die Berge nach Süddeutschland. Dort unterhält unsere Gemeinde eine große Ferienanlage.«

»Da ist es bestimmt auch sehr schön«, sagte sie und blätterte weiter.

»Und hier bin ich mit meiner Mutter am Strand. Hier oben liegt sie auf einem Liegestuhl und ich schütte ihr gerade einen Eimer Wasser über den Bauch.«

Sie lachte.

»Lustig, aber ihr habt ja fast gar nichts an.«

»Sag bloß, du kennst keine Bikinis?«, fragte sie überrascht zurück.

»Habe ich noch nie gesehen. Meine Mama trägt immer einen hochgeschlossenen Badeanzug, wenn wir auf der Ferienanlage schwimmen gehen. Deine Mama ist aber ganz schön mutig.«

»Aber sie kann es sich doch auch leisten, oder?«

Ich schaute noch einmal auf das Foto ihrer Mutter. Ich atmete zweimal tief durch.

»Sie ist wirklich sehr hübsch«, sagte ich. Ich konnte mich gar nicht sattsehen.

»Hallo ... Lukas ... hier spielt die Musik«, sagte Marie schmunzelnd, nahm meinen Kopf in beide Hände und drehte ihn in ihre Richtung.

»Du bist mir einer, Lukas«, sagte sie.

»Kein Wunder, dass du auch so hübsch bist.«

Sie lachte: »Der Apfel fällt nicht weit vom Stamm.«

»Schenkst du mir ein Bild von dir?«, fragte ich sie.

»Welches möchtest du haben? Vielleicht dieses hier?«

Sie zeigte auf ein Bild, auf dem sie mit dem Rücken zum Meer die Arme in den Himmel streckte.

»Ist das nicht zu eindeutig?«

»Quatsch. Du brauchst es ja nicht jedem zu zeigen. Das bleibt unser Geheimnis.«

Sie schaute mich an und fragte: »Magst du Geheimnisse?«

»Darüber habe ich noch nie nachgedacht«, antwortete ich und biss mir auf die Unterlippe.

»Geheimnisse zwischen zwei Menschen sind etwas ganz Kostbares.«

»Wie meinst du das?«

»Geheimnisse haben heißt, sich blind vertrauen können.«

»So habe ich das noch nie gesehen. Dann könnte ich ja alles mit dir bereden.«

»Genau.«

»Das wäre schön«, sagte ich und senkte den Blick.

Sie nahm das Foto aus dem Album und hielt es mir unter die Augen. Ich streckte meine Hand aus, aber sie zog es wieder zurück.

»Ich hätte gerne auch eins von dir«, sagte sie keck und reichte mir ihr Foto.

»Ich glaube, ich habe gar keins.«

Marie stand auf, ging erneut zum Schrank und nahm einen Fotoapparat heraus.

»Bitte mal lächeln«, sagte sie und drückte den Auslöser.

»So jetzt habe ich auch ein Bild von dir. Ich werde den Film gleich morgen entwickeln lassen.«

Ich schaute erneut auf die Uhr: zwanzig nach vier.

»In zehn Minuten spätesten muss ich gehen. Sonst bekomme ich Ärger zu Hause.«

»Warum?«

Erst jetzt erzählte ich Marie, dass meine Eltern nichts von meinem Besuch bei ihr wussten.

»Unser erstes Geheimnis«, sagte sie und setzte sich auf meinen Schoß. Sie nahm meine rechte Hand und legte sie an ihr Herz.

»Merkst du, wie es schlägt?«

Ich spürte den Ansatz ihrer Brüste.

»Du zitterst ja.«

»Ich bin verwirrt.«

»Warum?«

»Ich habe noch nie ein Mädchen so berührt.«

Ich zögerte einen Moment und fügte hinzu: »Und das Schlimme ist, es ist wunderschön.«

»Warum schlimm? Weil es Sünde ist?«

»Ja«, antwortete ich.

»Hast du noch nie eine Freundin gehabt?«

»Nein. Und du einen Freund?«

»Wer möchte sich schon mit einem Mädchen einlassen, das so krank ist wie ich und vielleicht nur noch wenige Jahre, Monate oder Wochen zu leben hat.«

»Ich. Ich mag dich sehr. Ich weiß gar nicht, was mit mir passiert ist.«

Kaum hatte ich das gesagt, holte mich mein schlechtes Gewissen wieder ein. Marie strahlte über das ganze Gesicht.

»Ich muss jetzt gehen«, brach es aus mir heraus. Ich stand auf und ging in Richtung Eingangstür. Marie folgte mir.

»Warte noch einen Moment.«

Ich drehte mich um. Sie versuchte, die Hände um meinen Hals zu legen. Ich beugte mich vor. Meine Wange berührte ihr Gesicht.

»Ich würde dich gerne wiedersehen«, flüsterte ich ihr ins Ohr.

»Ich dich auch.«

Ich streichelte ihren Rücken. Sie hustete zweimal. Ich trat einen Schritt zurück. Sie atmete schwer.

»Alles in Ordnung?«

»Es geht schon. Danke, dass du dir die Zeit für mich genommen hast, bis bald«, sagte sie und röchelte.

»Marie, du hast mich verzaubert«, platzte es einfach aus mir heraus.

»Wie schön du das gesagt hast. Warte noch einen Moment.«

Sie lief in die Küche und kam mit einer Tüte Lakritzschnecken zurück.

»Die sind für dich. Ich hoffe, du magst Lakritz.«

»Danke«, antwortete ich. Mit einem Bein stand ich schon im Freien.

»Wenn du sie isst, kannst du ja an mich denken.«

»Danke«, wiederholte ich und verließ das Haus.

Ich war glücklich, einfach nur glücklich. Endlich hatte ich einen Menschen gefunden, der mich verstand und mit dem ich ohne Angst über alles reden konnte. Gut gelaunt machte ich mich auf den Heimweg. Ich hätte vor Freude abheben können. Sie hat mich tatsächlich verzaubert, sagte ich zu mir selbst.

Verzaubert hat sie dich? Das glaubst du ja selbst nicht. Sie hat dich verhext! Wie einfach es doch ist, dich zu verführen. Ein sündiger Kuss, eine Tüte Lakritz und schon hast du deine guten Vorsätze wieder vergessen. Schäm dich, deine Eltern so zu enttäuschen! Der Teufel hat dich wieder fest im Griff.

Ich hörte die innere Stimme und wunderte mich, denn was sie sagte, schien mich nicht zu berühren. Ich ignorierte sie einfach. Es war ganz leicht.

Als ich unser Zuhause erblickte, atmete ich auf. Das Auto meiner Eltern stand noch nicht auf der Einfahrt.

Ich ging sofort auf mein Zimmer, zog die Kleider aus, den Schlafanzug an und entzündete eine Kerze. Ich nahm Maries Foto und sah ihren makellosen Körper, ihr unschuldiges Lächeln und ihre taubenblauen Augen. Wie gerne hätte ich sie jetzt an meiner Seite gehabt. Wie gerne wäre ich ... Ich wagte gar nicht, weiterzudenken.

Beinahe hätte ich das Fieberthermometer vergessen. Ich schüttelte es, bis es 37 Grad anzeigte, und legte es auf den Tisch.

Es dauerte nicht lange, bis ich das Geräusch der aufspringenden Haustür hörte.

Das Foto! Ich sprang auf und versteckte es hastig in meiner Schreibtischschublade zwischen zwei Heften. Die Lakritzschnecken legte ich hinter die Bücher im Regal.

Ich hörte das Knarren der Treppe. Jetzt schnell wieder unter die Decke, dachte ich.

Mama öffnete die Tür.

»Wie geht es unserem Schatz?«

»Besser.«

Sie nahm das Fieberthermometer, strich mir über die Stirn und bemerkte erleichtert: »Das Fieber ist zurückgegangen.«

»Ja Mama, die Wickel haben Wunder gewirkt.«

»Was hast du die ganze Zeit gemacht?«

»Ich habe geschlafen und ein wenig in der *Bibel* gelesen.«

»Gut so, apropos *Bibel*«, bemerkte Mama und übergab mir ein Kärtchen.

»Das soll ich dir von Bruder Markus zum Thema der heutigen Predigt übergeben.«

»Danke Mama. War Bruder Johannes heute nicht da?«

»Der war verhindert.«

»Wenn es dir besser geht, dann komm doch gleich runter. Wir wollen vor dem Abendbrot noch ein paar Lieder singen.«

Als Mama den Raum verließ, blickte ich auf das Kärtchen.

»Seid nüchtern und wachet; denn euer Widersacher, der Teufel, geht umher wie ein brüllender Löwe und sucht, welchen er verschlinge.«

Ich hätte mich am liebsten unter die Decke verkrochen. Ich schämte mich. Oder doch nicht? Jedenfalls wunderte ich mich, wie leicht es mir gefallen war, Mama zu belügen.

Ich hörte wie der Rest der Familie das Lied *Großer Gott wir loben dich ...* anstimmte. Ich wartete noch eine Weile, bis sie die letzte Strophe angefangen hatten. Erst dann ging ich nach unten und setzte mich zu ihnen. Nachdem sie das Lied beendet hatten, fragte mich Mama: »Hast du das Bibelzitat gelesen?«

»Ja, Mama.«

»Und hast du dem Teufel heute widerstanden?«

Mit gutem Gewissen konnte ich antworten: »Ja, Mama, das habe ich. Ich habe heute nicht Hand an mich gelegt.«

Sie schien zufrieden zu sein und schaute Papa an. Er nickte, sagte aber kein Wort.

9 Bruch eines Versprechens

Den Rest des Tages fieberte ich dem Dienstag entgegen, an dem ich Marie wiedersehen würde.

Am Morgen schlang ich das Frühstück herunter. Ich stand auf und wollte mich von Mama verabschieden. Sie schaute auf die Uhr. »Du hast doch noch Zeit. Willst du nicht auf deine Schwestern warten?«

»Ich treffe mich mit einem Mitschüler, um unser Referat zu besprechen«, stotterte ich. Mama schüttelte den Kopf, sagte aber nichts.

Voller Vorfreude verließ ich das Haus. Als mich Marie auf dem Schulhof entdeckte, lief sie lächelnd auf mich zu. Sie zog mit einer Hand meinen Kopf zu sich herunter. Ich spürte ihre feuchten Lippen an meinem Ohr.

»Es war sehr schön mit dir gestern. Du bist der erste Junge, der mich zu Hause besucht hat«, flüsterte sie und ließ mich wieder los. Ihr Lächeln durchdrang meinen ganzen Körper. Es war so ehrlich, so unschuldig so ...

Ich schwebte auf Wolke sieben.

»Marie, du bist das erste Mädchen, das ich richtig mag. Irgendetwas ist passiert mit mir, irgendetwas Schönes. Ich kann es gar nicht in Worte fassen. Ich spüre es ganz deutlich.«

Während des Unterrichts tauschten wir heimlich Zettel aus. Wie poetisch Marie formulieren konnte:

»Jedes Mal, wenn ich dich ganz arg vermisse, male ich mir einen Stern an meine Zimmerdecke. Hoffe, bald einen Sternenhimmel zu haben.«

»Würde jetzt gerne mit dir kuscheln und deine Haare streicheln. Was ist nur mit mir geschehen?«, schrieb ich zurück.

Nach Schulschluss kam Marie auf mich zu. »Begleitest du mich noch ein Stückchen nach Hause? Wir können den Umweg durch den Park nehmen«, sagte sie. Ohne meine Antwort abzuwarten, griff sie meine Hand und führte mich in den Park.

»Ich möchte gerne mehr Zeit mit dir verbringen. Ich mag dich sehr«, sagte sie.

»Ich dich auch.« Ich wusste nicht, wie ich meine Gefühle in Worte fassen sollte. An der Gabelung blieben wir stehen.

»Hier trennen sich unsere Wege«, sagte sie und schluckte. »Aber morgen sehen wir uns ja wieder.«

Ich nickte. Sie verabschiedete sich mit einem sanften Kuss auf meine Wange. Am liebsten hätte ich die Zeit jetzt angehalten.

Als ich zu Hause ankam, hatten meine Schwestern schon am Esstisch Platz genommen.

»Wo warst du?«, fragte Ruth. »Wir haben dich heute gar nicht gesehen.«

In dem Moment kam Mama mit einem Kochtopf aus der Küche und stellte ihn in die Mitte des Tisches.

»Na, wie war es heute in der Schule?«

»Gut.«

»Habt ihr die Klassenarbeit schon zurückbekommen?«

Ich reagierte nicht. Der Duft meiner Leibspeise stieg mir in die Nase.

»Mm, lecker, süßsaure Eier«, versuchte ich abzulenken.

»Lukas, ich habe dich etwas gefragt.«

»Nein, noch nicht«, log ich.

Ich hatte wieder einmal eine Fünf in Mathe geschrieben.

Mama sprach das Tischgebet, dann folgte das gemeinschaftliche »Amen«.

»Mm, lecker Mama«, wiederholte ich.

»Ich habe mir auch sehr viel Mühe gegeben.«

»Du bist die beste Köchin der Welt.«

Ich versuchte Mama freundlich zu stimmen, denn ich wollte noch einen Wunsch äußern. Vorsichtig tastete ich mich heran.

»Übrigens hat mich unser Sportlehrer, Herr Wilms, gefragt, ob ich nicht Lust hätte, im Verein Fußball zu spielen. Er trainiert die B-Jugend.«

»Du weißt doch Lukas, in diesen Kreisen verkehren wir nicht. Dort lauert die Versuchung.«

»Welche Versuchung?«

»Die Gefahr, dass du vom Weg, den Jesus uns vorgegeben hat, abkommst.«

»Versteh ich nicht.«

»Brauchst du auch nicht. Wir wissen, was für dich gut ist, glaube mir.«

In den nächsten Minuten sagte keiner ein Wort. Plötzlich platzte es aus mir heraus.

»Mama, wie ist das eigentlich, wenn man jemanden sehr mag?«

Mama wäre fast die Gabel aus der Hand gefallen. Meine Schwestern erstarrten.

»Junge, du treibst dich doch wohl nicht mit Mädchen herum?«

»Nein, nein Mama. Ich meine nur so.«

»Darüber sprechen wir, wenn du so weit bist. In der Gemeinde haben einige Brüder und Schwestern nette Töchter. Da ist bestimmt eine dabei, die dir gefällt.«

Ich wischte mir übers Gesicht. »Ihr wollt mich doch nicht verkuppeln?«

»Jetzt werde nicht unverschämt.«

»Aber ich kann doch nicht jemanden lieben, den ihr für mich auswählt.«

»Wir nicht, aber Gott wird für dich eine Entscheidung treffen. Du wirst einmal ein Mädchen heiraten, das von Gott vorbestimmt ist.«

Sie strich sich durchs Haar und starrte mich an.

»Wenn du jetzt nicht mit deinen sündhaften Fragen aufhörst, sage ich Papa Bescheid.«

Und was dann auf mich zukommen würde, war klar.

»Bitte nichts dem Papa erzählen«, flehte ich sie an.

»Nein Lukas, aber du bist noch nicht reif für die Liebe zwischen zwei Menschen. Die entfaltet sich erst in der Ehe. Aber die göttliche Liebe, die kannst du jetzt schon erfahren. Der Schöpfer liebt uns auf eine Art und Weise, wie es kein anderer kann. Seine Liebe ist bedingungslos, grenzenlos und ewig. Wenn du hierfür einen Beweis haben willst, dann setze dich damit auseinander, was mit Jesus Christus am Kreuz passiert ist. Er ist als vollkommen Unschuldiger für unsere Vergehen gestorben.«

Sie hielt inne.

»Ich habe sowieso das Gefühl, dass du dein Bibelstudium in letzter Zeit vernachlässigst.«

»Mama darf ich ehrlich sein?«

»Das hoffe ich doch.«

»Ich versteh die *Bibel* nicht mehr. Und von dem, was du gerade gesagt hast, habe ich auch nichts verstanden.«

Sie tat, was sie immer in solchen Situationen zu tun pflegte. Sie stand auf und ging schnurstracks nach oben in das Elternschlafzimmer, legte sich in ihr Bett und weinte jämmerlich, bis ich zu ihr kam und sie um Verzeihung bat. Dann war meistens alles wieder gut. Und wenn nicht, dann berichtete sie Papa über mein ungebührliches Verhalten, auch wenn sie mir vorher fest und heilig versprochen hatte, nichts zu sagen. Nicht schon wieder. Meine Wunden am Gesäß waren gerade erst verheilt.

Also folgte ich ihr und kniete vor ihrem Bett nieder: »Mama, entschuldige bitte, ich wollte dir nicht wehtun.«

Schlagartig hörte sie auf zu weinen.

»Junge, wenn du so weitermachst, bringst du mich noch ins Grab.«

Ich schaute sie an. Wie kühl sie den Satz ausgesprochen hatte.

»Du hast doch neulich gesagt, du könntest mir auch die Sünden austreiben.«

»Mama«, rief Ruth von nebenan, »ich brauche noch ein Schreibheft. Hast du noch eins?«

»In der unteren Schublade der Anrichte«, antwortete sie mit scharfer Stimme.

»Mama, kannst du mir meine Sünden nicht austreiben?«, wiederholte ich meine Frage.

»Heute geht es nicht. Ich muss gleich zum Arzt. Aber vielleicht das nächste Mal.«

»Bist du krank Mama?«

»Nichts Schlimmes, nur eine Routineuntersuchung.«
Sie stand auf und verließ das Schlafzimmer, ohne mich eines Blickes zu würdigen.

Ich zog mich in mein Zimmer zurück und überlegte, wie ich den Schlägen meines Vaters ausweichen konnte. Ich war mir sicher, Mama würde mich verpetzen und rechnete mit dem Schlimmsten.

Ich nahm die Tüte mit Maries Lakritzschnecken vom Regal und ging zum Fenster. Mama rupfte Unkraut im Garten. Ich stieg die Treppe hinab und rieb mir die Nase: Verstecken oder weglaufen?

Mein Blick kreiste durch den Essraum und verharrte auf der Eckbank. Ich kroch unter den Tisch und quetschte mich in die hintere Ecke der Bank. Hier fühlte ich mich einigermaßen sicher. Ich rollte die Schnecke ab und steckte das eine Ende in den Mund. Ich stellte mir vor, Marie würde das gleiche mit dem anderen Ende machen. Stück um Stück näherten sich unsere Münder, bis sie sich schließlich trafen. Ich spürte ihre feuchten Lippen. Ich nahm eine zweite Lakritzschnecke und erstarrte.

Ich hörte, wie Mama die Treppe hinaufkam. Ich hielt die Luft an und bewegte mich nicht, bis die Geräusche verstummten.

Nach einer halben Stunde rasselte das Türschloss. Papa kehrte von der Arbeit zurück.

»Hallo Sophie, endlich Feierabend. Ich freue mich schon auf den Rinderbraten. Sonst alles in Ordnung?« Ich bekam jedes Wort mit.

»Waldemar, es ist etwas passiert. Der Junge hat mir sehr weh getan.«

»Was hat er denn schon wieder angestellt?«

»Er hat mir mehrmals in einem nicht mehr akzeptablen Ton widersprochen und ich glaube, er treibt sich mit Mädchen herum.«

»Wo ist der Kerl?«

Ich hörte, wie er die Treppe nach oben hinauf stürmte.

»Sophie, wo ist der Mistkerl?«, schrie er.

»Ist er nicht auf seinem Zimmer?«

»Nein, der hat sich wohl versteckt, weil er genau wusste, was ihm blüht. Na warte Bürschchen, ich finde dich.«

Er polterte die Treppe wieder herunter und düste nur wenige Meter an mir vorbei und eilte in den Keller.

»Da ist er auch nicht«, brüllte er hoch.

Plötzlich wurde es muxmäuschenstill. Mein Herz raste. Was passiert hier gerade?, fragte ich mich. Es herrschte eine gespenstige Stille, die kaum auszuhalten war. Dann entdeckte ich seine Füße ohne Schuhe unter dem Esstisch direkt vor mir. Ich hielt den Atem an.

Dann ging alles blitzschnell. Er schob den Tisch beiseite, packte mich an den Haaren und zog mich heraus.

»Bitte nicht«, schrie ich mit zitternder Stimme und hielt mir die Hände vors Gesicht.

»Hab ich's mir doch gedacht, Bengel.«

Er hielt den Rohrstock in der rechten Hand. Mit der Linken schleifte mich bis zur Treppe.

»Ab in dein Zimmer«, befahl er.

Es folgte das übliche Ritual.

10 Maries heilende Hände

Am nächsten Morgen humpelte ich zur Schule. Als ich den Schulhof erreichte, kam Marie auf mich zugelaufen. Für einen Moment vergaß ich meine Schmerzen.

»Ich kann nicht mehr«, sagte ich. »Wir müssen miteinander reden.«

»Was ist passiert?«

»Sag ich dir später.«

Sie packte mich bei den Armen. »Lukas, was ist los mit dir?«

»Warte ab.«

»Du gehst so komisch. Hast du dich verletzt?«

»Es geht schon, aber warte bitte bis nach der Schule.«

Marie schüttelte den Kopf. »Okay, wenn du meinst«, sagte sie und senkte den Blick.

Nach Unterrichtsende kam Marie auf mich zugestürmt und hakte mich unter. »Jetzt mal raus mit der Sprache. Was ist denn passiert?«

»Komm, lass uns in den Park gehen.«

Es war kein weiter Weg. Aber jeder Schritt schmerzte. Ich biss die Zähne zusammen. Endlich kamen wir an einer Bank an. Ich sah mich um. Kein Mensch war zu sehen.

»Komm, lass uns da rein gehen«, sagte ich und zeigte in Richtung Gebüsch.

»Was hast du vor?«

»Keine Angst, du kannst mir vertrauen.«

»Lukas, ich würde überall mit dir hingehen.«

So etwas hatte noch keiner zu mir gesagt.

»Danke, du weißt gar nicht, wie viel du mir bedeutest.«

Ich führte sie hinter einen Rhododendronbusch.

»Bleib bitte hier stehen«, sagte ich und ging noch zwei Schritte weiter.

»Aber du darfst nicht lachen, versprochen?«

»Versprochen.«

Ich drehte ihr den Rücken zu, öffnete den Gürtel meiner Hose. Vorsichtig zog ich sie zusammen mit der Unterhose bis zu den Oberschenkeln runter und bückte mich.

»Oh mein Gott, dein Po ist ja feuerrot. Dein Vater?«

»Ja.«

Ich zog mir die Hose wieder hoch.

»Das kann doch nicht wahr sein. Kauf dir in der Apotheke eine Salbe, damit sich die Wunde nicht entzündet.«

»Ich habe keinen Pfennig Geld bei mir.«

Sie öffnete ihre Tasche, nahm ihr Portemonnaie und drückte mir einen Zwanzig-Mark-Schein in die Hand.

»Das kann ich nicht annehmen.«

»Doch, kannst du!«

Ich überlegte.

Marie verdrehte die Augen und riss mir den Schein wieder aus der Hand. »Beweg dich nicht vom Fleck, ich geh schnell in die Apotheke«, sagte sie und verschwand.

Ich zog die Hose hoch und wartete. Die Wunden brannten wie Feuer.

Nach zwanzig Minuten kam sie mit einer Tube und einem Beutel Wattebäuschen zurück. Sie war ziemlich außer Puste.

»Das ist eine desinfizierende Salbe«, sagte sie und zeigte auf die Tube.

»So, lass mich das Teil noch einmal anschauen.«

Ich zog die Hose wieder runter. Sie kniete sich hinter mich und musterte die Wunden. »Das ist unfassbar. Das ist ja Kindesmisshandlung.«

Sie nahm die Tube und drückte einen schmalen Streifen Salbe auf ein Stück Watte.

»Du wirst gleich ein leichtes Brennen spüren.«

Vorsichtig tupfte sie die blutigen Stellen ab.

»Aua.« Ich zuckte zusammen.

Marie stand auf, umkreiste mich und streichelte mir über den Kopf.

»Tut es sehr weh?«

»Es geht so.«

»Du bist ein starker Junge. Das musst du jetzt ertragen.«

Ich griff nach ihrer Hand. Sie war heiß und feucht.

»War es sehr schlimm?«

»Nein, aber ich habe so etwas noch nie vorher gesehen«, antwortete sie.

»So, du kannst die Hose jetzt wieder hochziehen.«

»Soll ich dir etwas verraten?«, fragte ich.

»Ja bitte.«

»Es war ein angenehmer Schmerz.«

Sie lachte aus vollem Herzen.

Plötzlich schnappte sie nach Luft, als wenn sie sich verschluckt hätte. Sie hustete und spuckte Blut. Ich hielt die Luft an.

»Was ist denn?«

»Gib mir bitte ...«

Der Schweiß lief mir über den Rücken. Ich dachte, sie würde ersticken.

»... die Tabletten und die Flasche Wasser vorne aus meiner Schultasche.«

Mit zitternden Händen griff ich in die Tasche, nahm die Flasche und eine Schachtel heraus.

»Die hier?«

»Ja, schnell.«

Ich nahm eine Tablette heraus, steckte sie ihr direkt in den Mund und reichte ihr die Flasche Wasser. Sie nahm einen Schluck und beugte sich nach vorne. Ich fürchtete, sie könnte jeden Augenblick zusammenbrechen. Ihr Gesicht war kreidebleich. Ich nahm sie in die Arme.

»Soll ich einen Krankenwagen rufen?«

»Nein, warte noch einen Moment und bring mich nach Hause. Ich muss jetzt schnell inhalieren.«

Sie hustete, spuckte und begann zu würgen.

»Tut mir leid, es wird gleich besser«, stotterte sie.

»Schaffst du es wirklich bis nach Hause?«

»Ja, ja, es geht schon wieder.«

Ich nahm beide Taschen in die linke Hand und hakte sie mit der rechten unter.

»Geht es?«

»Es geht schon«, sagte sie, immer noch schwer atmend.

Nach drei Pausen erreichten wir Maries Zuhause. Frau Henrichs öffnete die Tür und zuckte zusammen, als sie Marie sah.

»Komm schnell rein, du musst sofort inhalieren. Danke Lukas für deine Hilfe. Am besten gehst du jetzt nach Hause.«

11 Die Beichte

Der Schock saß tief. Als ich zu Hause ankam, hatten Mama und meine Schwestern bereits mit dem Essen begonnen.

»Du bist spät. Wo kommst du denn jetzt her?«, fragte Mama.

»Frau Wienands, die Mathelehrerin, wollte mich noch sprechen.«

»Gibt es Probleme?«

»Die hat mir nur gesagt, welche Aufgaben ich für die morgige Klassenarbeit üben soll.«

»Dann weißt du ja jetzt, was du heute tun musst. Enttäusche uns nicht.«

»Nein Mama.«

Ich setzte mich, faltete die Hände und tat so, als ob ich beten würde. In Wirklichkeit schwirrte mir der Zwischenfall mit Marie im Kopf herum.

Nach dem Mittagessen nahm ich meine Tasche und ging die Treppe hinauf.

»Ich werde Mathe üben.«

Mama nickte. Sie schien zufrieden zu sein.

Ich nahm das Mathebuch aus der Schultasche, setzte mich an den Schreibtisch, konnte aber keinen klaren Gedanken fassen. Meine Gedanken schweiften immer wieder zu Marie.

Ich stand auf, ging zum Fenster und schaute minutenlang auf den Galgenbaum im Garten. Er hatte seine

Blüten verloren und starrte mich an, als wolle er mir etwas sagen.

Schließlich setzte ich mich wieder, schlug das Mathebuch auf und warf einen Blick auf die Aufgaben. Zwecklos. Die Buchstaben und Zahlen waren verschwommen und bewegten sich. Mein Kopf streikte. Ich öffnete die Schreibtischschublade, nahm Maries Foto und legte es vor mich hin.

»Du bist mein Engel«, flüsterte ich und hielt das Bild an die Brust. Wie konnte Gott es zulassen, dass ein junges Mädchen, so leiden musste? Ich mochte sie so sehr, dass ich für sie auch gesündigt hätte. Immer wenn sie in meiner Nähe war, ging es mir gut. So wie in diesem Moment. Auch, wenn es nur ihr Foto war.

Wenn ich jetzt Papa und Mama die Wahrheit sagen würde, dürfte ich Marie nie mehr besuchen und bekäme obendrauf noch eine Tracht Prügel. Ich hätte Marie im Stich lassen müssen. Einfach weiter lügen konnte ich aber auch nicht, zumal es nur eine Frage der Zeit gewesen wäre, bis meine Eltern die Wahrheit erfahren hätten.

»Jesus, du verstehst mich doch!«, murmelte ich vor mich hin. »Gib mir die Kraft, eine richtige Entscheidung zu treffen«, flehte ich.

Ich legte Maries Foto wieder auf den Schreibtisch und sprach zu ihr.

»Marie, ich könnte Bäume ausreißen und die ganze Welt umarmen, wenn du bei mir bist. Ich habe zum ersten Mal das Gefühl, dass ich gebraucht werde und dass da jemand ist, der mich braucht. Ich hoffe, ich bin stark genug, dir das auch zu zeigen.«

Ich blickte erneut auf ihr Foto und hatte das Gefühl, als ob eine Stimme zu mir sprach:

»Du musst deinen Worten auch Taten folgen lassen. Denk daran, was Marie gesagt hat: Du musst auch mal an dich denken.«

In diesem Moment wurde mir klar, dass ich gleich zu Mama gehen und ihr über die Begegnung mit Marie berichten würde. Ich fühlte mich stark.

»Halleluja«, platzte es aus mir heraus.

Ich nahm Maries Foto und ging nach unten. Mama war gerade damit beschäftigt, die Küche zu putzen.

»Du kannst doch unmöglich mit deinen Vorbereitungen schon fertig sein?«

Schweigend ging ich auf sie zu und zeigte ihr das Foto.

»Um Gottes willen, die ist ja halb nackt. Wer ist das? Was soll ich damit?«

Sie war völlig außer sich vor Wut und riss mir das Foto aus der Hand.

»Wie kommst du an dieses Bild?«

»Das ist Marie, eine Mitschülerin. Die ist sehr krank.«

»Du bist krank«, fauchte sie, zerriss das Foto und warf es in den Abfalleimer.

»Nein, nein, was tust du da?«

Ich stürzte zum Mülleimer, zog die Einzelteile wieder heraus und rannte, so schnell ich konnte, zurück in mein Zimmer.

»Na warte, bis der Papa kommt, da kannst du was erleben«, rief sie mir noch hinterher.

Ich setzte mich an meinen Schreibtisch, nahm ein DIN-A4-Blatt und klebte das Foto notdürftig wieder zusammen. Ich wusste, was jetzt auf mich zukommen würde. Mir war aber auch klar, dass mich Schläge nicht mehr von weiteren Begegnungen mit Marie abhalten konnten.

Als ich zur Toilette gehen wollte, glaubte ich, Mama und eine unbekannte Männerstimme zu hören. Ich ging einige Stufen hinunter, bis ich ins Esszimmer schauen konnte. Mama saß am Tisch, alleine. Sie hatte ihren Kopf in beide Hände gestützt. Als sie mich entdeckte, zuckte sie zusammen.

»Ich dachte, du hättest Besuch gehabt.«

Ich hätte schwören können, eine Männerstimme gehört zu haben.

Sie hatte Tränen in den Augen. »Komm her Lukas, setz dich zu mir.«

Ich nahm neben ihr Platz. Sie umarmte mich stürmisch und benetzte mein Gesicht mit Küssen. Sie knutschte mich förmlich ab.

»Du bist doch mein Sohn, meiner, ganz alleine, mein Sohn, nur meiner ...«

»Was hast du, Mama? Hast du schlecht geträumt?«

»Wie kommst du darauf?«

»Hast du gerade mit dir selbst gesprochen?«

Sie sprang mit hochrotem Gesicht auf und stieß mich schroff zur Seite.

»Glaubst du etwa, ich bin verrückt? Geh besser. Du spinnst doch.«

»Mama, was hast du nur?«

»Hau ab!«

Ich versuchte sie zu streicheln, aber sie schlug wild um sich.

»Lukas, ich möchte allein sein, geh jetzt bitte.«

Ich schüttelte ungläubig den Kopf und zog mich zurück auf mein Zimmer. Warum war sie zuerst so freundlich und dann so aufbrausend? Mamas Gemütsschwankungen waren für mich ein Rätsel.

Gegen fünf Uhr war es so weit. »Komm bitte raus aus deinem Loch, aber sofort«, keifte Papa. Ich schlich mich nach unten ins Esszimmer. Papas Gesicht war rot angelaufen. Er holte mit der rechten Hand aus. Ich ging instinktiv einen Schritt zurück, sodass seine Fingerspitzen nur meine Wangen streiften.

»Junge, du bringst uns noch ins Grab. Warum hast du das gemacht?«

»Was Papa?«

»Das fragst du noch. Ab ins Wohnzimmer und Hose runter. Du wirst dieses Mädchen nicht mehr sehen.«

»Wie soll das gehen? Sie ist in meiner Klasse«, versuchte ich klarzustellen.

Papa nahm den Rohrstock vom Küchenschrank und drückte mich ins Wohnzimmer.

»Geht mal auf eure Zimmer!«, forderte er Ruth und Daniela auf, die mit einem Buch in der Hand auf dem Sofa saßen.

»Ich muss etwas mit Lukas besprechen.«

Daniela verließ den Raum sofort, ohne mich eines Blickes zu würdigen. Ruth schluckte und zögerte. Sie schaute mich an und wischte sich die Tränen fort.

»Das gilt auch für dich, Ruth.«

Papa drückte die Tür zu und das Bestrafungsritual begann.

Mama flüchtete irgendwohin und kehrte erst ins Wohnzimmer zurück, als alles vorbei war.

Ich krümmte mich vor Schmerzen. Nur langsam richtete ich mich auf. Papa und Mama umarmten sich und fingen an zu weinen, als wären sie es gewesen, die gerade geschlagen worden waren.

»Womit haben wir das nur verdient?«, flüsterte Papa Mama zu.

Ich schleppte mich die Treppe hoch und humpelte in mein Zimmer. Ich nahm Maries Foto, legte mich mit dem Bauch aufs Bett und betrachtete ihr Gesicht.

»Ich werde bei dir sein, wenn du mich brauchst. Keine Schläge, keine Verbote können mich davon abbringen.«

Plötzlich klopfte jemand an die Tür. Das konnten weder Mama noch Papa sein. Die klopften nie, sondern platzten einfach rein.

Ich ließ Maries Foto unter der Bettdecke verschwinden, drehte mich auf die Seite und schaute auf.

»Ja bitte.«

Die Tür öffnete sich langsam. Ruth steckte den Kopf durch den Türspalt und hielt den Zeigefinger vor dem Mund.

»Komm rein und mach die Tür schnell wieder zu.«

Sie kam an mein Bett und schaute mich mitfühlend an.

»Du tust mir so leid Lukas. Tut es sehr weh?«

Sie griff meine Hand. »Pass auf, was du Daniela erzählst. Ich glaube, die hat den Auftrag, dich ganz genau zu beobachten.«

»Wie meinst du das?«

»Ich habe gestern ein Gespräch zwischen Mama, Papa und ihr mitbekommen. Daniela soll alles aufschreiben, was du in der Schule machst und mit wem du dich wann triffst.«

»Warum machen sie das nur?«

»Sie haben Angst, dass du mit den falschen Leuten in Kontakt kommst und du ungläubig wirst.«

Für einen Moment sahen wir uns schweigend an.

»Danke für deine Informationen«, sagte ich nachdenklich. »Du bist wirklich meine Lieblingsschwester.«

»Und du mein Lieblingsbruder«, antwortete sie mit einem schelmischen Grinsen.

»Es ist schön, zu wissen, dass du zu mir hältst, Ruth. Hast du keine Angst, dass du Probleme mit Papa und Mama bekommen könntest?«

Sie zögerte einen Moment und wechselte das Thema. »Weißt du, ich habe auch gar keine Lust mehr zur Gemeinde zu fahren. Die Kinder dort sind alle so anders, so … ich weiß gar nicht, wie ich das ausdrücken soll. Und Schwester Brunhilde ist auch so komisch. Neulich sagte sie, dass Jesus jeden bestrafen würde, der seine Eltern nicht ehrt. Als Beispiel erzählte sie die Geschichte eines Kindes, das ihren Eltern widersprochen hatte und dafür …«

Sie stoppte. Jemand kam die Treppe herauf. Ruth wollte sich schnell davonschleichen. Doch ehe sie das Zimmer verlassen konnte, stand Mama schon in der Tür.

»Was machst du in Lukas‹ Zimmer?«

Ruth fing an zu stottern: »Ich wollte ihm nur …«

»Ihr habt doch wohl keine Geheimnisse vor mir«, sagte sie und zog Ruth an den Haaren aus dem Zimmer.

Sie warf mir einen zornigen Blick zu. »Und wir sprechen uns noch«, bevor sie die Tür zuknallte.

12 Maries seltsamer Wandel

Als ich Marie am nächsten Tag auf dem Schulhof entdeckte, fiel mir ein Stein vom Herzen. Ich stürmte auf sie zu und umarmte sie.

»Geht es dir wieder besser?«

»Geht so. Dieses Mal muss ich dich dringend sprechen«, sagte sie ernst. »So geht es nicht weiter.«

»Was meinst du?«, fragte ich verunsichert.

»Wir sprechen nach der Schule darüber, okay?«

»In Ordnung«, antwortete ich. »Geht es um deine Krankheit?«, hakte ich nach.

»Auch. Warte ab.«

Ich versuchte, sie in der ersten Pause noch einmal auf ihr Anliegen anzusprechen. Aber wieder wehrte sie ab. »Das kann man nicht zwischen Tür und Angel besprechen.«

In der zweiten großen Pause ging ich in die Schülerbibliothek und nahm das *Schülerlexikon Biologie* aus dem Regal. Ich lehnte mich zurück und blätterte, bis ich unter M den Eintrag zu *Mukoviszidose* fand.

Die Mukoviszidose ist die häufigste menschliche Erbkrankheit ... Die Bezeichnung stammt aus dem Lateinischen und leitet sich davon ab, dass bei der Erkrankung sehr zähe Körperflüssigkeiten auftreten (mucös = schleimig; viscos = leimähnlich, zähflüssig). Als analoger

Begriff wird für die Mukoviszidose auch Cystische Fibrose, abgekürzt CF verwendet …

Noch 1960 betrug die Lebenserwartung eines erkrankten Kinds nur etwa fünf Jahre. In den folgenden Jahren gelang es mit immer besseren Therapien und medizinischen Möglichkeiten, die Lebenserwartung erheblich zu steigern.

Ich schlug das Buch wieder zu, stellte es zurück und trat mit voller Wucht zweimal gegen das Regal. Ich musste mich setzen und starrte ich ins Leere. Jetzt hatte ich es schwarz auf weiß. Marie würde nicht mehr lange leben. Aber wie lange noch? Und was heißt überhaupt, die Lebenserwartung konnte erheblich gesteigert werden? Um wie viele Jahre? Ich hatte panische Angst. Mit letzter Kraft schleppte ich mich in die Klasse zurück. Ich versuchte während des Unterrichts, mehrmals Blickkontakt mit Marie aufzunehmen, aber sie schaute weg. Selbst als ich ihr einen Zettel zuwerfen wollte, ignorierte sie ihn und ließ ihn einfach zu Boden fallen. Was war nur los mit ihr, mit mir und mit der ganzen Welt?

Endlich Unterrichtsschluss. Ich ging mit Marie nach draußen. Ihr Gesicht war voller Sorgenfalten. Sie schaute immer noch sehr ernst.

»Lass uns zu unserem Plätzchen im Park gehen,«, sagte sie zögernd.

»Was ist los mit dir?«

Sie schwieg. Irgendetwas lag in der Luft. Sie war so anders als sonst, jedenfalls anders als noch am Vortag.

Als wir an einer Bank ankamen, packte sie mich bei den Armen. »Ich mache mir große Sorgen.«

»Warum? Hast du Kummer? Hat sich dein Zustand verschlechtert?«

»Vielleicht. Es geht aber jetzt nicht um mich, es geht um dich.«

»Wieso?«

»Lukas, jetzt tu mir mal einen Gefallen, und lass mich ausreden.«

Sie drückte mich auf die Bank und nahm neben mir Platz. »Lukas, mir ist gestern etwas klar geworden. Ich mag dich wirklich sehr. Aber ich muss jetzt vor allem an mich denken. Du weißt, wie es um mich steht. In dieser Situation brauche ich einen starken Menschen an meiner Seite. Verstehst du?«

»Nein, ich bin stark. Ich stehe zu dir und meinen Prinzipien.«

»Und welche sind das bitte?«

»Treue, Keuschheit ...«

Sie unterbrach mich.

»Ach Lukas, hör doch auf. Du machst dir selbst etwas vor. Wenn ich das Wort Keuschheit höre, könnte ich kotzen. Und Treue? Zu wem?«

Sie schnappte nach Luft. »Du bist nicht treu, du bist abhängig und blind. Du nimmst die Schläge deines Vaters einfach so hin, ohne dich zu wehren. Schau mir in die Augen. Sag mir, was ist stark daran? Du bist ein Feigling.«

»Willst du mich testen? Was ist los mit dir?«

»Die Frage könnte ich dir auch stellen. Lukas, du begreifst überhaupt nichts.«

»Aber Papa macht das doch nicht, weil er mir wehtun will. Ich habe gegen ein Gesetz Gottes verstoßen. Ich habe schlimm gesündigt. Und dann dürfen die Eltern auch zur Rute greifen. So steht es in der *Bibel*.«

Marie holte tief Luft. »Das ist unmenschlich und unchristlich. Welche Moral herrscht bei euch zu Hause. Wir leben nicht mehr im Mittelalter«, sagte sie empört. »Lukas, wach endlich auf.« Sie fuchtelte wild mit den Händen in der Luft,

»Sie dürfen dich nicht schlagen«, fuhr sie fort. »Aus, basta.«

»Doch, so steht es in der *Bibel*, wirklich«, wiederholte ich.

Ich senkte den Blick und konnte die Tränen nicht mehr zurückhalten. Sie kam auf mich zu und legte eine Hand auf meine Schulter.

»Was hast du denn so Schlimmes angestellt, dass er dich schlagen muss?«

»Darüber darf ich nur mit meinen Eltern und den Brüdern und Schwestern unserer Gemeinde sprechen. Ich schäme mich so.«

»Genau das ist es doch. Und ich dachte, wir wären Freunde«, seufzte sie und kehrte mir den Rücken zu.

Für einen Moment herrschte betretenes Schweigen.

Plötzlich drehte sich Marie wieder um. Ihr Gesicht war hochrot, ihre Augenbrauen zusammengezogen. »Das reicht! Die Gemeinde ist dir also wichtiger als ich mit meinem Schicksal. Alles andere ist dir wichtiger. Gut zu wissen. Das tut weh, Lukas, du hast mich schwer enttäuscht. Du musst dich entscheiden. Entweder du schenkst mir dein volles Vertrauen, oder du kannst mir gestohlen bleiben.«

Ihre Stimme wurde leiser und stockte. Sie holte tief Luft, hustete und atmete tief durch. »Lukas, du bist fünfzehn Jahre alt. Kämpfe für deine Überzeugungen, bilde dir deine eigene Meinung und glaube nicht immer alles, was du vorgesetzt bekommst. Es geht um dich, um uns und nicht um das, was andere, in welchem Namen auch immer, von dir erwarten. Hör auf damit, dich selbst kleinzureden, und stelle die anderen nicht auf ein Podest, um sie zu vergöttern. Ich fass es nicht, wie kannst du die Schläge deines nur Vaters rechtfertigen, weil es so in der *Bibel* steht?«

Sie wischte ihre Tränen fort und ließ sich auf die Bank fallen. »Ich gebe dir bis morgen Bedenkzeit. Überlege dir deine Entscheidung gut.«

»Haben deine Eltern dir geraten, dich von mir zu trennen?«

Sie zögerte einen Moment.

»Quatsch, aber das musste endlich mal raus.«

Ich fasste mir an den Kopf und konnte einfach nicht begreifen, warum sie auf einmal so zornig war.

»Wenn du dich nicht klar für mich entscheiden kannst, gehen wir ab heute getrennte Wege. Du hast kein Vertrauen zu mir, und mein Vertrauen zu dir ist auch erschüttert. Vielleicht musst du erst erwachsen werden.«

Ihr letzter Satz traf mich wie ein Schlag. Ich dachte immer, sie wäre anders, als die anderen in meiner Klasse.

»Wenn du dir sicher bist, was du willst, sag mir Bescheid, in der Schule oder bei mir zu Hause. Du weißt ja, wo ich wohne«, sagte sie kühl.

»Marie«, flehte ich, »was erwartest du von mir genau?«

Sie stand wieder auf.

»Warum schlägt dich dein Vater? Du bist kein Verbrecher. Was werfen dir deine Eltern vor? Ich möchte wissen, worum es überhaupt geht. Deine Sekte weiß über alles Bescheid, nur ich weiß nichts, gar nichts über dich. Das ist nicht fair.«

Sie drehte sich um, sagte »Tschüss«, und verschwand, ohne sich noch einmal nach mir umzusehen.

Ich blieb noch eine Weile bedröppelt auf der Bank sitzen. *Wie konnte sie nur behaupten, ich vertraute ihr nicht? Wie konnte sie mich nur als Feigling bezeichnen? Oder hatte ich mich in Marie getäuscht? War sie gar nicht so besonders und einzigartig, wie ich immer gedacht hatte?*

13 Die vertagte Entscheidung

Am Freitagmorgen ließ ich kurz den Blick über den Schulhof schweifen. Wo war Marie? Endlich entdeckte ich sie in der hinteren Ecke des Schulhofs direkt an den Toiletten. Sie schaute in meine Richtung, machte allerdings keine Anstalten, auf mich zuzugehen. *Was war passiert?* Langsam schritt ich auf sie zu. Ich hatte ein mulmiges Gefühl im Bauch und mein Herz schlug immer schneller, je näher ich ihr kam.

Dann stand ich vor ihr und wollte ihr gerade mitteilen, dass ich mich für sie entschieden hatte. Doch sie kam mir zuvor. Sie hob eine Augenbraue. »Ich habe für dich eine Entscheidung getroffen«, platzte es aus ihr heraus.

»Was soll das heißen, Marie?«

»Ich will nicht mehr. Es ist schon alles gesagt. Geh doch zu deinem Bruder Markus am Sonntag.«

Ich fiel aus allen Wolken.

»Was soll ich bei Bruder Markus. Was meinst du?«

»Ich weiß es.«

»Was weißt du?«

»Dass du am Sonntag ein Gespräch mit Bruder Markus haben wirst.«

»Ich habe keine Ahnung, wovon du sprichst. Marie, was ist los mit dir?«

»Nichts, ich glaube nur, dass es besser für dich und deine Familie ist, wenn ich mich zurückziehe.«

»Meine Familie spielt keine Rolle«, erwiderte ich.

»Das sagst du so einfach. Mein Verstand sagt mir, dass das nicht stimmt.«

»Und was sagt dein Herz?«, hakte ich nach.

»Vielleicht sagt mein Herz etwas anderes als mein Kopf.«

Sie senkte den Blick. Als sie wieder aufschaute, sah ich Tränen in ihren Augen. Ich wollte sie in die Arme nehmen, aber sie drückte mich weg.

»Marie, was ist passiert? Es sind **doch** deine Eltern, die etwas gegen unsere Beziehung haben?«

»Lass meine Eltern aus dem Spiel. Die mögen dich sehr. Das weißt du auch.«

Ich war völlig durcheinander »Du hast also nur mit mir gespielt«, sagte ich mit brechender Stimme.

»Nein, verdammt noch mal.«

»Dann sag mir die Wahrheit.«

»Die Umstände haben sich geändert.«

Ich schüttelte den Kopf. Marie war mir auf einmal völlig fremd.

»Danke für dein Vertrauen. Ich kann diese Achterbahnfahrt nicht mehr ertragen«, sagte ich und drehte mich um.

Die Klingel ertönte.

»Warte Lukas, lass uns in der Pause noch einmal darüber sprechen.«

Ich ließ sie einfach stehen und ging in zum Eingang, ohne mich noch einmal umzudrehen. *Das war es also.*

Nach der zweiten Unterrichtsstunde kam sie tatsächlich auf mich zu. »Lass uns zu der Bank gehen«, sagte sie und zeigte in die andere Ecke des Schulhofes.

Sie schritt voran, ich lief ihr hinterher, wie ein Küken seiner Mutterhenne, bis wir die Bank erreichten. Sie setzte sich, ich blieb stehen und wartete auf eine Erklärung.

»Ich weiß gar nicht, ob und wie ich dir das sagen soll. Es ist etwas passiert.« Sie legte eine Pause ein. »Manchmal ist es besser, wenn man über bestimmte Vorgänge nichts weiß.«

Ich traute meinen Ohren nicht und staunte. »Marie, jetzt mach aber mal nen Punkt. Neulich hast du mir noch gesagt, dass sich Freunde alles erzählen müssen und keine Geheimnisse voreinander haben dürfen. Und heute kannst du dich nicht mehr daran erinnern? Aber gut, wenn deine Überzeugungen nicht mehr gelten, wenn ich mich auf dich nicht mehr verlassen kann, dann lass uns tatsächlich getrennte Wege gehen.«

Während ich das sagte, liefen Tränen über ihre Wangen.

»Wir werden uns also nicht mehr treffen können. Habe ich dich richtig verstanden?«, fragte ich nach.

Marie reagierte nicht, schaute apathisch auf den Boden und schwieg. Ich drehte mich um und wollte gehen.

Sie sprang auf. »Bleib Lukas«, rief sie. »Das ist alles so unheimlich kompliziert. Ich möchte deine Familie nicht ins Unglück stürzen.«

»Aber mich schon, oder? Ich kapier überhaupt nichts mehr.«

Ich ging auf sie zu, packte sie an den Schultern und schüttelte sie.

»Marie, sag mir endlich, was passiert ist.«

Sie schluckte und zuckte mit den Achseln. »Deine Schwester, Daniela, hat mich gestern in der ersten Pause angesprochen und mich gewarnt. Ich solle bloß die Finger von dir lassen. Ich würde sonst das ganze Familienglück zerstören.«

Alles zog sich in mir zusammen. Ruth hatte also recht gehabt. Das hätte ich Daniela nie zugetraut. Blöde Petze.

»Kannst du mich ein bisschen verstehen?«, fragte sie mit zittriger Stimme.

»Ehrlich gesagt, nein. Ich hatte mich so auf dich verlassen, ich hätte alles für dich aufgegeben. Und außerdem habe ich gedacht, das wäre zwischen uns schon geklärt«, entgegnete ich.

»Ich muss das Ganze noch einmal überdenken und mit meinen Eltern bereden. Ich kann mich im Moment selbst nicht leiden.«

»**Du** musst dich entscheiden Marie. Ich habe das bereits getan.«

»Gib mir das Wochenende Bedenkzeit«, schluchzte sie, stand auf und lief davon.

Als wäre das nicht alles schon schlimm genug gewesen, tauchte nach Unterrichtsende auch noch Mama plötzlich auf.

»Freust du dich nicht, dass ich dich abhole?«

»Doch Mama, ich bin nur etwas erstaunt.«

»Ich habe wundervolle Nachrichten für dich«, sagte sie überschwänglich und hakte mich unter.

»Wir haben gestern Abend gebetet und stell dir vor, unser Erlöser hat uns durch den Heiligen Geist eine Nachricht zukommen lassen. Er wird dir all deine Sünden vergeben. Alle! Du musst nur ...«

Sie stockte »Ach das kann dir Papa später erklären. Jesus lebt!«

Ich hatte nur mit halbem Ohr zugehört, weil ich an Marie denken musste.

»Und was heißt das?«, fragte ich nach.

Mama hatte anscheinend bemerkt, dass ich ihre Euphorie nicht teilte.

»Was ist los mit dir, Lukas?«

»Nichts, ich habe Kopfschmerzen.«

Sie redete wie ein Wasserfall.

»Jesus lebt! Wir werden seinem Weg folgen und ins Paradies kommen. Es gibt nichts Schöneres. Auch, wenn der Weg dahin sehr mühsam ist und wir auf vieles verzichten müssen.«

»Du hast ja recht, Mama. Nur manchmal kommen mir gewisse Zweifel.«

Meine Mutter blieb stehen, schlug das Kreuz und sah mich fassungslos an.

»Welche Zweifel?«

Ich schwieg. Ich war einmal mehr total verunsichert. Auf der einen Seite waren Gott, meine Eltern und die Gemeinde, die ich liebte. Auf der anderen Seite war Marie, die mich nicht mehr losließ. Warum war es nicht möglich, alle gleichzeitig lieb zu haben? Und schon wieder kam mir Marie in den Sinn.

Warum hat Gott zugelassen, dass ein junges unschuldiges Mädchen so leiden muss? Warum hat er sie nicht von ihren Leiden befreit? Warum hat er kein Wunder vollbracht?

War Maries Forderung nach einer Entscheidung doch berechtigt? Vielleicht wäre ein Leben außerhalb der Gemeinde auch möglich? Ich wäre frei. Ich müsste mich nicht für jede Handlung rechtfertigen. Nicht vor Gott, nicht vor meinen Eltern, nur vor mir selbst. Am Ende ist man ohnehin allein. Wenn Gott mich lieben oder sich um mich kümmern würde, dann würde er mir jetzt helfen. Aber es kommt keine Hilfe. Warum nicht?

»Was ist los mit dir Lukas? Du brauchst keine Zweifel zu haben. Gott ist die Liebe und das heißt, manchmal auch verzichten zu können«, unterbrach Mama meine Gedankengänge und zerrte mich nach Hause.

Sie öffnete die Tür und stapfte gleich durch ins Esszimmer. Ich folgte ihr und zog die Augenbrauen hoch. Der Mittagstisch war nicht wie üblich gedeckt.

»Wo sind Ruth und Daniela?«

»Die sind heute früher nach Hause gekommen, weil zwei Stunden ausgefallen sind. Hast du das nicht mitbekommen?«

Ich stutzte. »Nein«, antwortete ich und warf erneut einen Blick auf den leeren Tisch. Bekomme ich nichts zu essen?, ging mir durch den Kopf.

»Heute Mittag fastest du, Gott zuliebe«, sagte Mama, als hätte sie meine Gedanken lesen können. Sie musterte mich. Einerseits schien sie gespannt auf meine Reaktion und andererseits ungerührt zu sein.

So sieht also Verzicht aus, dachte ich.

Mama reichte mir die Hand. »Komm, ich begleite dich auf dein Zimmer.«

Ich ahnte nicht, was sie vorhatte und folgte ihr schweigend. Sie hielt einen Briefumschlag hoch und legte ihn auf den Schreibtisch. »Eine wichtige Botschaft für dich. Du wartest jetzt hier, bis Papa kommt.«

Mir wurde ganz flau im Magen. »Mama, bitte treib du mir die Sünden aus.«

Sie schüttelte den Kopf und seufzte: »Heute nicht. Ich muss gleich noch einmal zum Arzt. Das nächste Mal vielleicht.«

»Aber da bist du doch letzte Woche erst gewesen. Ist es schlimmer geworden?«

»Nein.« Ihr Gesicht verfinsterte sich. »Es ist nur eine routinemäßige Nachuntersuchung.«

Mama drehte sich und verließ mein Zimmer. Ich traute meinen Ohren nicht. Ich hörte das Geräusch eines Schlüssels. Ich rannte zur Tür und wollte sie öffnen. Sie hatte mich tatsächlich eingesperrt. Ich starrte auf die Klinke und konnte es nicht glauben, was gerade geschehen war. Ich fasste mir an den Kopf, drehte mich um und ging zum Schreibtisch. Ich nahm den Briefumschlag, öffnete ihn und zog zwei DIN-A4-Bögen heraus.

Junge, wir lieben dich, auch, wenn du uns enttäuscht hast. Gott hat uns einen Weg aufgezeigt, wie er dir die Sünden vergeben und dich erlösen kann. Wenn Gott dir vergeben hat, wird er dir deine Sünde nie wieder vorhalten, um dich dafür zu verurteilen oder zu bestrafen. Du musst nur die richtigen Schritte unternehmen. Die möchten wir heute mit dir diskutieren.

Nimm die Bibel zur Vorbereitung auf unser Gespräch und studiere Nehemia 9:17; Psalm 86:5; Jesaja 55:7; Apostelgeschichte 3:19.

Ich schlug mit der Faust auf den Tisch. »Jetzt reicht es«, fluchte ich und schmetterte die Zettel in den Papierkorb und die *Bibel* gleich hinterher. Die können mich mal. Ich lief in meinem Zimmer auf und ab, von Wand zu Wand. *Ich war eingesperrt in einem Käfig. So konnte ich nicht weiterleben.*

Ich öffnete die Schreibtischschublade und erstarrte. Maries Foto war weg. Ich fing bitterlich an zu weinen.

Ich brauchte sie und sie mich. Ich zögerte. Brauchte sie mich wirklich noch?

Nach eineinhalb Stunden kam jemand die Treppe hoch. Das Schloss klackte. Mama riss die Tür auf und starrte mich finster an.

»Hast du dich auf das Gespräch vorbereitet? Papa wird gleich von der Arbeit zurückkommen.«

Ich stürmte an ihr vorbei in Richtung Badezimmer, ohne sie eines Blickes zu würdigen, knallte die Tür zu, schloss mich ein und setzte mich aufs Klo.

Es rumorte in meinem Bauch. Ich hatte fürchterliche Angst vor neuen Schlägen. In dem Augenblick fielen mir Maries Worte ein:

»Du musst auch einmal an dich denken.«

Ich überlegte, ob ich nicht einfach weglaufen sollte. Aber wohin?

Mama polterte gegen die Badezimmertür. »Mach die Tür auf sonst ... «

Ich hielt mir die Ohren zu ... Ich weiß nicht mehr wie lange. Als ich die Hände zurückzog, war es still – für zehn Sekunden.

Dann schallte es von unten: »Kommst du endlich!

Papa ist da. Wir warten auf dich.«

Ich zitterte am ganzen Körper. »Einen Moment noch, ich bin gleich fertig.«

Ich putze mir den Po ab und verbrauchte fast eine halbe Rolle Toilettenpapier.

Dann schlich ich mich die Treppe hinunter. Papa kam mir entgegen. Ich wich einen Schritt zurück. Ich befürchtete eine Ohrfeige. Doch er gab mir die Hand. Das hatte er vorher noch nie gemacht.

»Junge, du riechst so merkwürdig. Aber komm, setz dich«, forderte er mich auf und zeigte auf die Eckbank im Esszimmer.

Ich nahm gegenüber ihm Platz. Mama tauchte aus der Küche auf und stellte einen Teller mit zwei Scheiben Brot und ein Glas Wasser auf den Tisch.

»Lasst uns beten«, sagte Papa. Er faltete die Hände:

»Herr Jesus Christus, wir danken dir, dass du unseren Sohn zu uns zurückgebracht hast und bereit bist, ihm seine Sünden zu vergeben. Wir bitten dich, führe ihn nicht noch einmal in Versuchung und hilf ihm, auf den richtigen Weg zurückzugelangen, Amen.«

»Amen«, stimmte ich mit ein.

Papa breitete einen Zettel mit Notizen vor sich aus. Er warf einen kurzen Blick darauf. »Hast du eine Ahnung, was das darstellen soll?«, fragte er.

Ich schaute ihn verdutzt an.

»Was meinst du?«

»Das, was vor dir steht.«

»Ich sehe zwei Scheiben Brot und ein Glas Wasser.«

»Und was bedeutet das?«

»Eine Mahlzeit.«

Papa atmete schwer.

»Eine karge Mahlzeit«, ergänzte ich.

»Gut mein, Junge. Und was soll sie symbolisieren?«

»Vielleicht, dass viele Menschen hungern müssen.«

»Verstehst du denn überhaupt nichts Lukas, verdammt noch mal«, schrie er und stand mit hochrotem Gesicht auf.

»Du sollst nicht fluchen, Papa«, rutschte mir einfach so heraus.

»Darum geht es doch gar nicht.«

»Worum geht es denn?«

»Jetzt werde nicht frech, Junge, sonst ...«

Er stand auf und ging einige Male auf und ab. Nur langsam beruhigte er sich; schließlich nahm er wieder Platz.

»Junge, ich werde es abkürzen«, sagte er und warf einen Blick auf seine Notizen.

Es schien so, als hätte ich ihn völlig aus dem Konzept gebracht.

»Hör mir gut zu Lukas, Jesus ist unser Brot und unser Wasser zum Leben. Und was fehlt noch?«

»Butter und Aufschnitt.«

Wie von einer Tarantel gestochen sprang er auf und stürmte auf mich zu. Erst im letzten Moment drehte er ab und setzte sich wieder. »Junge bist du denn nur blöd?« Seine Stimme war scharf und durchdringend. »Aus welcher Quelle trinken wir?«

Ich rang nach Luft. Ich wusste nicht, worauf er hinauswollte.

»Die Quelle liegt auf oder in deinem Schreibtisch.«

»Da liegt sie nicht mehr«, bemerkte ich und meinte Maries Foto.

»Belüg mich nicht, mein Junge, ich habe sie gestern noch dort gesehen.«

»Gestern war Marie auch noch da.«

»Ich meine nicht dieses verfluchte Foto, sondern das Buch. Du bringst mich völlig aus dem Konzept. Jetzt weiß ich selbst nicht mehr, was ich sagen wollte.«

»Ach, du meinst die *Bibel*?«

»Endlich.« Papa atmete erleichtert auf.

»So Lukas, wir haben einen Plan für dich ausgearbeitet. Wenn du dich daran hältst, wird dir Jesus deine Sünden vergeben und du wirst ins Paradies kommen.«

Er schaute erneut auf seine Notizen.

Ich erwartete die übliche Ansprache. Umso erstaunter war ich, als Papa loslegte.

»Erstens: Nach Rücksprache mit der Gemeinde haben wir entschieden, dass du dich im Fußballverein anmelden darfst.«

Ich konnte es kaum fassen und jubelte. »Danke Papa, das ist ja toll.«

Ich stand auf, ging auf ihn zu und wollte ihn umarmen. Insgeheim hoffte ich, dass ich beim Training oder den Spielen Herrn Henrichs treffen würde und so auch den Kontakt zu Marie aufrechterhalten könnte. Vielleicht würde Marie ihren Vater sogar begleiten?

Der Dämpfer folgte prompt.

»Setz dich wieder«, sagte er und stieß mich weg. »Einer von uns wird bei den Trainingseinheiten und Spielen anwesend sein.«

»Warum, Papa.«

»Jetzt keine Fragen. Zweitens: Du wirst ab sofort den Kontakt zu Marie und ihrer Familie abbrechen.«

Ich schüttelte den Kopf. »Papa, das könnt ihr nicht machen. Marie ist ein gutes Mädchen und sie ist sehr krank. Ich möchte ihr nur helfen und Trost spenden. Hat Jesus nicht gesagt: *Liebe deinen Nächsten wie dich selbst?*«

»Das ist eine andere Liebe«, unterbrach er mich. Er fuchtelte an seinem Zettel herum, schob sich die Brille hoch und rieb sich die Nase.

»Aber Papa ...«

Er ließ mich gar nicht zu Wort kommen. »Jetzt nicht.« Er verzog das Gesicht, als hätte er auf eine saure Zitrone gebissen.

»Drittens: Du wirst dich am Sonntag vor der Verkündung des Evangeliums mit Bruder Markus treffen. Der wird dir helfen, dich vom Teufel zu befreien. Normalerweise macht das Bruder Johannes, aber der ist zurzeit auf einer Missionsreise durch die USA und Kanada.«

Er legte eine kurze Pause ein, atmete tief durch und musterte mich.

»Das ist unser Plan. Danach wird alles wieder gut sein. Wenn du nicht spurst, weißt du ja, was passiert.«

Papa stand auf, als ob er unangenehmen Nachfragen aus dem Weg gehen wollte. Er ging zügig in Richtung Wohnzimmer. Während ich an der trockenen Scheibe Brot knabberte, drehte er sich noch einmal um und bemerkte: »Und deine Fragen kannst du alle Bruder Markus stellen. Geh jetzt in dein Zimmer. Bitte.«

Ich folgte schweigend seiner Anweisung und setzte mich aufs Bett. Ich hatte ganz vergessen, ihn nach Maries Foto zu fragen.

Sein Verbot, mich nicht mehr mit Marie zu treffen zu dürfen, konnte ich nicht akzeptieren. Im Gegenteil. Jetzt war ich sicher. Ich wollte sie sehen, ich musste sie sehen. Und das nicht nur gelegentlich. Ich musste sie jeden Tag sehen. Koste es, was es wolle. Ich zündete eine Kerze an und ballte die Faust.

14 Gespräch mit Bruder Markus

Am Sonntag fuhren wir eine halbe Stunde früher zum Gottesdienst.

Als wir am Gemeindehaus ankamen, wartete Bruder Markus schon und winkte mich zu sich heran.

»Wir warten hier draußen auf dich«, sagte Papa.

Bruder Markus begrüßte mich mit einem festen Handschlag und führte mich in einen kleinen Nebenraum. An den Wänden hingen Bilder mit dem gekreuzigten Heiland und mit Engeln, die vom Himmel hinab schwebten. In der Mitte des Raumes stand ein Holztisch mit vier Stühlen.

»Setzt dich Lukas. Du brauchst keine Angst zu haben. Normalerweise führt Bruder Johannes solche Gespräche. Bei mir geht es etwas lockerer zu.«

Ich atmete auf.

Wir nahmen Platz. Ich fuhr mir mit der Zunge über die trockenen Lippen.

»Was wir jetzt miteinander besprechen, bleibt unter uns. Auf keinen Fall darfst du mit jemandem außerhalb der Gemeinde darüber reden.«

Bruder Markus musterte mich. Seine Augen waren längst nicht so durchdringend wie die von Bruder Johannes.

»Deine Eltern haben mich gebeten, mit dir zu reden, weil sie glauben, dass du auf einem Irrweg bist. Sie befürchten, dass du deinen Glauben verlieren könntest. Schildere die Situation doch einmal aus deiner Sicht.«

Ich war angenehm überrascht. Papa und Mama hatten mich noch nie nach meiner Sicht der Dinge gefragt.

Ich schilderte ihm, was mich bedrückte. Ich erzählte ihm, dass Papa und Mama sehr streng seien und dass ich mich oft eingeengt fühlte. Ich berichtete ganz offen von meiner ersten Selbstbefriedung, von meiner Begegnung mit Marie und wie Papa und Mama darauf reagiert hatten.

Bruder Markus hörte aufmerksam zu, nickte zwischendurch, ohne mich zu unterbrechen. Bevor er antwortete, fragte er noch einmal nach.

»Hast du etwas vergessen?«

Ich spitzte die Lippen. »Ich glaube nicht.«

»Ich verstehe dich. Und ich verstehe deine Eltern. Jeder muss seinen eigenen Weg zu Jesus finden. Du darfst nicht die schweren Entbehrungen deiner Eltern vergessen. Die hatten alles verloren. Ihr Zuhause, ihren Beruf, einfach alles.«

Er machte eine Pause.

»Und dann haben sie Jesus und die Gemeinde kennengelernt. Sie haben endlich wieder eine Heimat gefunden. Jesus hat ihnen Glück gegeben. Glück und Heil.«

Er lehnte sich zurück und schlug die Beine übereinander.

»Ich denke, bei ihnen spielt auch die Sehnsucht nach Sicherheit und Geborgenheit eine große Rolle und die Angst, sie wieder zu verlieren. Wie in jeder Kirche gibt es auch bei uns Mitglieder – ja, wie soll ich das sagen – die Gebote Gottes strenger auslegen als andere. Deine Eltern haben mir erzählt, dass du Fußballer bist. Stell dir vor, zwei Schiedsrichter beurteilen einen Zweikampf im Strafraum völlig unterschiedlich. Der eine gibt einen Elfmeter, weil er ein übles Foul gesehen hat, und der andere lässt weiterspielen, weil es für ihn zwar ein harter, aber noch regelgerechter Zweikampf gewesen ist. Was für uns die *Bibel* ist, ist für den Schiedsrichter das Regelwerk. Es gibt durchaus unterschiedliche Auslegungsmöglichkeiten.«

Er hielt inne. Wie klar und verständlich er die Sache auf den Punkt brachte. Dieser Mann imponierte mir.

»Was die Selbstbefriedigung angeht«, fuhr Bruder Markus fort, »auch da gibt es verschiedene Meinungen in unserer Gemeinde. Für die meisten ist es etwas Unmoralisches.

Sie lehnen jede Sexualität, teilweise sogar liebevolle Umarmungen und Ähnliches vor der Ehe rigoros ab. Auch bestimmte Orte, wie Diskotheken, sind tabu.«

Ich schaute ihn erwartungsvoll an.

»Ehrlich gesagt Lukas, ich glaube, du hast eher Probleme mit deinen Eltern, als mit deinem Glauben. Eine schwierige Situation.«

Ich fiel aus allen Wolken. Ich konnte gar nicht glauben, was er gesagt hatte. Er schien mich ernst zu nehmen. Ganz anders als meine Eltern.

Zum ersten Mal konnte ich jemanden meine Gefühle mitteilen, ohne dass ich eine Strafe befürchten musste.

»Bin ich schuld an dem Problem mit Mama und Papa?«

»Wir sollten nicht von Schuld reden, ich glaube, ihr solltet aufeinander zugehen.«

»Das habe ich schon versucht, aber ...«

Er unterbrach mich und nahm meine Hand.

»Du musst deinen Eltern, besonders deiner Mutter, Zeit geben. Dann werdet ihr mit Gottes Hilfe einen Weg finden.«

Er lehnte sich zurück.

»Und da ist noch etwas, was du nicht weißt, aber vielleicht wissen solltest. Ich bin Arzt und deine Mutter ist bei mir in Behandlung. Sie ist eine gespaltene Persönlichkeit.«

Ich verstand kein Wort. »Was heißt das, Bruder Markus?«

»Sie hat im Krieg und danach Schlimmes erlebt. Im Grunde genommen hat deine Mutter zwei Gesichter. Verstehst du das, Lukas?«

»Nicht so richtig.«

»In ihrem Gehirn leben zwei verschiedene Menschen.«

Ich kam aus dem Staunen nicht mehr heraus. Das war irgendwie spannend, aber gleichzeitig auch unheimlich.

»Wie kann das sein? Was hat Mama im Krieg denn so Schlimmes erlebt?«

»Darüber darf ich nicht sprechen. Deine Eltern müssen entscheiden, wann und ob sie es dir überhaupt zumuten können.«

Ich war sprachlos, einfach nur sprachlos. Es musste etwas ganz Grausames gewesen sein. Welches Geheimnis schleppte Mama mit sich herum? Und warum hatte sie bis jetzt nie mit uns darüber gesprochen?

»Bruder Markus, erzähl mir bitte, was passiert ist«, bettelte ich.

»Das kann und darf ich nicht, nicht nur wegen meiner ärztlichen Schweigepflicht.«

Ich blickte flehend zu ihm hoch.

»Lukas, schau mich nicht so an. Ich kann dir nichts über die genauen Umstände sagen.«

Er hielt kurz inne. Er schien zu überlegen.

»Dir ist sicherlich schon aufgefallen, dass deine Mutter auf das gleiche Ereignis zu verschiedenen Zeitpunkten sehr unterschiedlich reagiert. Von Außenstehenden wird das häufig als launenhaft missinterpretiert. Es ist aber eine schwere Krankheit, zurückführbar auf ihre traumatischen Erlebnisse im Krieg und danach. Du solltest also rücksichtsvoll zu ihr sein. Manchmal macht sie auch ganz merkwürdige Sachen. Wenn sie sich einmal auffällig oder anders verhält als gewohnt, so macht sie es nicht mit Absicht.«

Ich überlegte und erinnerte mich an einige Situationen, in denen das tatsächlich auf Mama zutraf.

Bruder Markus schaute auf die Uhr. »Ich glaube, wir müssen jetzt Schluss machen. Sonst kommen wir zu spät in die Andacht. Und ich möchte noch kurz mit deinen Eltern sprechen.«

»Eine Frage bitte noch. Darf ich mich mit Marie treffen?«

Er lächelte. »Eine schwierige Frage. Wie tief ist deine Beziehung zu ihr?«

»Was meinen sie damit?«, fragte ich verunsichert nach.

Er streifte die Hände über seine Oberschenkel. Sein Blick veränderte sich. »Wo zum Beispiel hast du sie schon überall berührt?«

Ich wunderte mich, warum er das wissen wollte.

»Ich habe sie umarmt und ihr einen Kuss auf die Wange gegeben.«

»Und das war alles? Du musst mir schon die ganze Wahrheit sagen. An welchen Stellen hast du sie noch angefasst?«

Während er das fragte, leuchteten seine Augen.

»Einmal habe ich mit meiner Hand ihr Herz berührt.«

»So, so. Hast du ihr vielleicht auch zwischen die Beine gegriffen?«

»Nein, was glauben sie?«

»Oder hat sie sich schon einmal an deinem Schoß zu schaffen gemacht? Jungens können häufig nichts dafür, wenn sie erregt sind. Einige Mädchen nutzen das schamlos aus.«

Ich starrte ihn mit rasendem Herzschlag an. *Was sollte das?*

Er wechselte abrupt das Thema. »In vier Minuten beginnt die Andacht. Wir können ja das nächste Mal darüber reden. Bleib hier sitzen, ich werde mich mal kurz mit deinen Eltern unterhalten.« Er griff in seine Anzugtasche und übergab mir seine Visitenkarte.

»Für den Notfall. Wenn irgendetwas ist, melde dich bei mir. Sag mir auf jeden Fall Bescheid, wie es mit Marie und dir weitergeht. Wir werden eine Lösung finden. Oder noch besser, komm mich doch mal besuchen«, sagte er und verließ den Raum.

Ich warf einen Blick auf das Kärtchen. *Dr. Markus Waldhausen, Facharzt für Psychiatrie.* Ich steckte es ein und ging zum Fenster. Draußen liefen Papa und Mama freudestrahlend auf Bruder Markus zu.

Eigentlich hätte ich eher eine negative Reaktion meiner Eltern erwartet. Stattdessen sah ich, wie sie Bruder Markus zunickten, als wenn sie mit dem Ergebnis seiner Mission zufrieden gewesen wären. Papa kam zum Fenster und winkte mich heraus.

»Das scheint ja ein gutes Gespräch gewesen zu sein«, sagte er mit ernster Miene. »Lass uns nun in die Andacht gehen.«

Wir nahmen auf einer der mittleren Stuhlreihen im Verkündigungsraum Platz. Ein Mann, den ich noch nicht kannte, ging hinter das Rednerpult.

»Die Lesung des heutigen Tages kommt aus dem Lukasevangelium 13, 10–13.

Und er lehrte in einer Synagoge am Sabbat.

Und siehe, eine Frau war da, die hatte seit achtzehn Jahren einen Geist, der sie krank machte; und sie war verkrümmt und konnte sich nicht mehr aufrichten.

Als aber Jesus sie sah, rief er sie zu sich und sprach zu ihr: Frau, du bist erlöst von deiner Krankheit!

Und legte die Hände auf sie; und sogleich richtete sie sich auf und pries Gott.

Was will uns Jesus damit sagen? ...«

Ich lehnte mich zurück, schloss die Augen und muss wohl eingeschlafen sein. Jedenfalls spürte ich plötzlich einen heftigen Stoß in den Rippen. Ich zuckte zusammen und sah in ein finsteres Gesicht. Papas Augen funkelten vor Zorn. Sein Blick durchbohrte mich wie ein scharfer Dolch.

»Ich glaube, Jesus liebt es, Kranke zu heilen. Damals wie heute ...«, hörte ich den Prediger sagen.

Schlagartig war ich hellwach. Ich rutschte auf dem Stuhl hin und her. »Ich muss mal an die frische Luft«, flüsterte ich.

Papa und Mama schauten sich verwundert an. Nichts wie weg hier, dachte ich, stand auf und rannte in Richtung Ausgang. Ich bemerkte, wie einige der

Anwesenden mir kopfschüttelnd hinterher gafften. Aber das war mir egal.

Draußen holte ich erst einmal tief Luft.

»Jesus liebt es, Kranke zu heilen.«

Der Satz des Predigers verfolgte mich und ließ mich nicht wieder los.

Was für ein Schwachsinn. Warum heilt er dann nicht Marie?

Soll ich in den Saal zurückgehen?, fragte ich mich. Ich blieb draußen und schlenderte die Straße auf und ab. Meine Gedanken kreisten um Marie. Ich musste unbedingt Kontakt mit ihr aufnehmen, noch heute, wusste aber noch nicht wie. Ich überlegte hin und her. Schließlich hatte ich eine Idee. Ich werde ihr einen Brief schreiben.

Nach einer Stunde kehrte ich zum Eingang des Gotteshauses zurück. Der Kindergottesdienst war bereits zu Ende. Ruth und Daniela spielten draußen und winkten mir zu.

Endlich öffneten sich auch die Türen des großen Gemeindesaals. Papa schaute grimmig, er wich meinen Blicken aus.

»Kommt Kinder, lasst uns fahren«, sagte Mama.

Fluchtartig verließen wir das Gelände und eilten zum Auto.

Papa raste los und stieg voll in die Eisen.

»Waldemar, du fährst zu schnell,« warnte Mama, doch er reagierte nicht. Sie fuchtelte wild mit den Armen und brüllte ihn an. »Fahr bitte langsamer!«

Er drehte seinen Kopf kurz zur Seite. »Was redest du ...?«

»Du fährst 70!«

»Na und?«, wimmelte er ab und legte noch einen Zahn zu.

Ich sah in die kreidebleichen Gesichter meiner Schwestern. Sie zitterten am ganzen Körper und krallten sich an den Vordersitzen fest.

Und dann passierte es. Ich weiß nicht mehr, welcher Teufel mich geritten hatte, es platzte einfach so aus mir heraus. »Was habt ihr denn mit Bruder Markus besprochen?«

Papa atmete schwer. Mama drehte sich zu uns Kindern um. »Er hat unsere Einstellung zu Gott und zur Erziehung unserer Kinder gelobt. Wir machen alles richtig.«

Papa nickte.

»Komisch, ich habe ihn ganz anders verstanden.«

Hätte ich mir diese Bemerkung bloß verkniffen.

Wie von einer Tarantel gestochen, trat er voll auf die Bremse. Wir wurden nach vorne geschleudert und das Auto landete auf dem Seitenstreifen.

Ich war in Schweiß gebadet.

»So mein Lieber. Jetzt reicht es.« Er drehte sich um, packte mit beiden Händen meine Schultern und schüttelte mich.

»Junge, du bringst uns noch ins Grab. Was soll deine blöde Fragerei?«

Mama zitterte am ganzen Körper. Trotzdem beugte sie sich zu Papa hinüber und streichelte ihm durchs Haar. »Komm Waldemar, reg dich nicht auf, er kann doch nichts dafür. Lass uns das zu Hause klären«, sagte sie.

»Ich bin völlig geschafft. Dein Sohn ist doch die Ursache für alles«, schimpfte er, drehte sich wieder nach vorne und fuhr weiter.

Was habe ich denn jetzt schon wieder falsch gemacht, dachte ich und versank, so tief ich konnte, in die Sitzpolster. Während Ruth mich mitfühlend anschaute, ignorierte mich Daniela.

15 Lukas‹ heimliche Mission

Als wir zu Hause ankamen, schickten mich die Eltern gleich auf mein Zimmer. Mir war das recht. So hatte ich Zeit, den Brief an Marie zu schreiben. Ich setzte mich an den Schreibtisch und ließ meinen Gefühlen freien Lauf.

Liebe Marie,
ich habe mich für dich entschieden. Ich brauche dich. Ich kenne dich erst seit wenigen Wochen. Du hast mir den Kopf verdreht. Du musst mehr an dich denken, hast Du mir gesagt. Ich mache das gerade. Je mehr ich das tue, desto häufiger denke ich auch an dich. Ich kann das Gefühl gar nicht richtig beschreiben. Ich weiß, dass es gut ist. Bitte lass mich nicht im Stich. Es ist schade, dass meine Eltern das ganz anders sehen.

Ich nahm einen zweiten Bogen und schrieb weiter.

Stell dir vor, heute habe ich ein Gespräch mit Bruder Markus in unserer Gemeinde geführt. Wir haben über die Probleme mit meinen Eltern gesprochen. Der ist richtig nett. Und das Stärkste ist, er hat gesagt, ich hätte keine Probleme mit meinem Glauben, sondern mit meinen Eltern. Stell dir das vor. Jetzt sind Papa und Mama ganz sauer auf ihn. Er hat mir sogar seine Adresse für den Notfall gegeben. Ist das nicht super?
Kann ich noch irgendetwas für dich tun?
Ich mag dich so sehr.

Dein Lukas

Etwas fehlt noch, ging mir durch den Kopf. Ich schlich mich die Treppe hinunter und hielt inne. Ich hörte die Stimmen meiner Eltern durch die geschlossene Wohnzimmertür. Ich spitzte die Ohren. Einige Fetzen konnte ich verstehen.

»... Bruder Markus ... jetzt wissen wir Bescheid ... etwas einfallen lassen ... häufiger in seine Sitzungen kommen ... schlechte Laune nicht an Lukas auslassen ...«

Auf Zehenspitzen stieg ich die Treppe zum Keller hinab und ging durch in den Garten. Die Abendsonne blendete mich, und ich hob die Hand über die Augen und schaute mich um. Dann entdeckte ich sie: die Gänseblümchen. Mama liebte sie. »Sie stehen für Unschuld, Treue und die Fähigkeit, Dinge geheim zu halten«, meinte sie. *Passt wie die Faust aufs Auge.* Ich pflückte sechs Gänseblümchen und begab mich unbemerkt zurück auf mein Zimmer.

Ich nahm meinen Brief und befestigte jeweils drei die Gänseblümchen mit Tesafilm auf den Rückseiten und steckte das Schreiben in einen Briefumschlag.

Kaum hatte ich das gemacht, fing ich an zu grübeln. *Was ist, wenn Marie gar nichts mehr von mir wissen will?*

»Abendessen«, tönte es von unten.

Ich versteckte den Brief unter der Matratze und eilte ins Esszimmer.

Alle hatten sich schon rund um den Tisch versammelt. Ich setzte mich zu ihnen und Papa begann gleich mit dem Gebet. Es fiel sehr kurz aus.

»Segne Vater diese Speise, uns zur Kraft und dir zum Preise. Amen.«

Es herrschte eine angespannte Stille. Ich schaute zuerst Papa, dann Mama an, aber beide erwiderten meinen Blick nicht. Dann gab ich mir einen Ruck und fragte noch einmal nach:

»Was habt ihr denn mit Bruder Markus heute besprochen?«

»Wir haben dir doch schon alles gesagt«, antwortete Papa, ohne seinen Blick zu heben.

»Ihr habt euch doch länger mit ihm unterhalten. Und es war euer Wunsch, mich mit ihm zu treffen.«

Papa schaute Hilfe suchend Mama an.

»Der Junge treibt mich noch in den Wahnsinn. Sag du doch was, Sophie.«

Mama hielt einen Moment inne. Sie schien sich unwohl in ihrer Haut zu fühlen und rührte mit dem Löffel in der Tasse herum, bevor sie mich ansah.

»Es ist schon alles gesagt. Papa hat recht.«

»Nichts ist gesagt. Ihr wollt mir doch etwas verschweigen«, sagte ich empört.

»Junge nicht in diesem Ton«, fuhr Papa dazwischen.

»Warum belügt ihr mich?«

Papas Reaktion folgte stehenden Fußes: Er sprang auf und verpasste mir eine schallende Ohrfeige.

Ruth zuckte zusammen. Selbst Mama hielt sich die Hände vors Gesicht, während Daniela seelenruhig weiter aß.

»Waldemar, denk daran, was Bruder Markus gesagt hat«, versuchte Mama Papa zu beruhigen.

Ich sprang auf und ging zur Treppe.

»Du kommst sofort wieder zurück! Das ist eine Unverschämtheit«, rief Papa mir hinterher.

Ich ging einfach weiter.

»Na, warte, ich komm gleich noch mal nach oben.«

Ich stolperte die letzte Stufe hinauf, stürmte in mein Zimmer und schloss mich ein. Ich wunderte mich über mich selbst. Das hätte ich mir vor wenigen Tagen nicht getraut. Irgendetwas war passiert, irgendetwas war anders als sonst.

Kurz danach bemerkte ich, wie sich die Türklinke bewegte. Es war Papa. Als er merkte, dass die Tür verschlossen war, verlor er völlig die Nerven. Er brüllte und hämmerte gegen die Tür.

»Wenn du nicht sofort aufmachst, dann passiert ein Unglück. Ich warne dich.«

Ich legte mich aufs Bett, vergrub mich unter der Decke und hielt mir die Ohren zu.

Jeden Moment erwartete ich, dass Papa die Tür aufbrechen, mir die Bettdecke wegreißen und dann das Bestrafungsritual seinen Gang nehmen würde.

Ich weiß nicht, wie lange ich in der Stellung verharrte. Irgendwann schob ich die Bettdecke zur Seite. Papa schien sich beruhigt zu haben. Auf Zehenspitzen schlich ich zur Tür und spitzte die Ohren. Ich hörte seine Stimme von unten und atmete auf.

Ich ging zurück zum Bett, hob die Matratze an und nahm den Brief in die Hand. Ich hielt ihn zuerst an meine Brust, dann an meine Lippen und schloss die Augen.

»Marie, wie recht du doch gehabt hast«, sagte ich zur mit selbst und hatte das Gefühl, als wenn sie direkt vor mir sitzen würde.

»Ich denke jetzt auch mal an mich.«

Ich musste ihr den Brief so schnell, wie möglich, zukommen lassen. Nicht erst morgen oder übermorgen, sondern schon heute Nacht.

Ich schaltete das Licht aus und legte mich in voller Montur unter die Decke. Jedes Mal, wenn ich glaubte, ein Geräusch zu hören, schreckte ich auf.

Gegen 23 Uhr bemerkte ich, wie sich die Türklinke ein zweites Mal bewegte.

»Ich bin's«, sagte Mama. »Mach bitte die Tür auf.«

Ich tat so, als ob ich schon schliefe und schwieg.

»Ich muss früh raus. Ich werde mir ihn morgen noch einmal vorknöpfen«, hörte ich Papas Stimme. Das Geräusch der Toilettenspülung ertönte.

»Ich geh schon mal vor«, sagte Mama.

Einen Moment lang befürchtete ich, Papa könnte doch noch einmal versuchen, in mein Zimmer einzudringen. Ich atmete auf, als ich hörte, dass die Tür zum Elternschlafzimmer geschlossen wurde.

Eine halbe Stunde später legte ich mein Ohr an die Kinderzimmertür und horchte. Absolute Stille. Ich schloss die Tür leise auf und öffnete sie einen Spalt weit. Immer noch alles ruhig. Papa und Mama schienen zu schlafen. Ich schlich mich auf Socken die Treppe hinunter. In der Garderobe zog ich mir die Schuhe an und streifte mir noch meinen Anorak über. Mein Herz schlug mir bis zum Hals. Ich glaubte immer noch, mein Vater könnte jeden Moment auftauchen. Ich schloss die Tür vorsichtig auf, zog sie fast geräuschlos hinter mir zu und schlich mich in die Nacht hinaus. Am Ende Straße beruhigte sich mein Puls wieder. Erst jetzt fühlte ich mich sicher. Die Luft war kühl, aber so unendlich befreiend.

Endlich erreichte ich den Bungalow der Henrichs. Der Vollmond tauchte das Haus in ein silbernes Licht. Innen war alles dunkel. Ich ging auf die Eingangstür zu und wollte den Brief schon in den Briefkasten werfen, aber im letzten Moment zögerte ich. Vielleicht schlief Marie noch nicht. Vielleicht lag sie noch wach im Bett, weil sie Schmerzen hatte, dachte ich. Dann könnte ich ihr meine Botschaft persönlich übergeben. Ich ging ein paar Schritte zurück und musterte den Bungalow. Vorsichtig, auf Zehenspitzen, schlich ich mich ums Haus. Vor jedem Fenster blieb ich stehen. Die Rollläden versperrten den Blick ins Innere. Ich stellte mir vor, dass dahinter Marie in ihrem Bett liegen und mich anlächeln würde. Hoffentlich gibt sie mir noch eine Chance, ging mir durch den Kopf. Ich brauchte sie und hatte wahnsinnige Angst, sie zu verlieren. Nachdem ich einmal ums Haus herumgeschlichen war, warf ich meine Nachricht doch in den Briefkasten. Langsam und voller Zweifel machte ich mich auf den Heimweg.

Nach einer knappen Stunde war ich wieder zurück. Ich öffnete die Tür blieb stehen und spitzte die Ohren. Die Luft schien rein zu sein. Auf Zehenspitzen schlich ich die Treppe hoch und ging in mein Zimmer. Ich zog mir den Schlafanzug an, putzte mir die Zähne und warf mich aufs Bett.

Was passierte gerade mit mir? Was hatte Marie, dieses kleine zerbrechliche Wesen, nur aus mir gemacht? Ich ballte die Faust. Ich fühlte mich richtig stark.

16 Marie im Krankenhaus

Viertel vor acht auf dem Schulhof. Wo war Marie? Ich konnte sie nirgendwo entdecken. Die Klingel ertönte. Von ihr immer noch keine Spur.

Den ganzen Vormittag schwirrte sie mir im Kopf herum.

Nach der Schule konnte ich nicht anders. Ich musste wissen, was los war. Mit gemischten Gefühlen machte ich mich auf den Weg zur Lessing Straße. Der Borgward stand auf der Einfahrt.

Ich klingelte und wartete. Keiner öffnete die Tür. Ich klingelte noch einmal. Immer noch keine Reaktion. Ich schlich mich um die Ecke an Büschen und einer Sitzbank vorbei und schaute durchs Wohnzimmerfenster. Oh mein Gott. Frau Henrichs lag auf der Couch, eingebettet in Tempotaschentüchern. Sie schien zu schlafen. Ich hatte eine böse Vorahnung. Irgendetwas Schlimmes musste passiert sein. Ich klopfte ans Fenster. Frau Henrichs bewegte sie sich, schlug die Augen auf und entdeckte mich. Sie zuckte zusammen und hielt sich die Hände vors Gesicht. Wie alt sie aussah so müde und gebrechlich. Ihr ganzes Gesicht war mit Schminke verschmiert. Reflexartig wich ich zurück, bewegte mich mit wackligen Knien zur Bank und setzte mich. Mein Herz fing wie wild an zu rasen. *Was war mit Marie?* Meine Gedanken trieben mich fast in den Wahnsinn.

Plötzlich hörte ich eine heisere, fast gepresste Stimme aus dem Nirgendwo.

»Lukas! Lukas!«

Ich stand auf, schielte um die Ecke. Da stand Frau Henrichs mit gebeugtem Körper, wie ein Häufchen Elend, in der Eingangstür.

Ich zögerte kurz und bewegte mich langsam auf sie zu. Sie streckte ihre Arme aus, umklammerte mich und ließ mich nicht mehr los. Sie krallte sich an meinem T-Shirt fest. Ich spürte, wie ihre Tränen meinen Hals durchnässten.

»Schön, dass du gekommen bist, Lukas. Komm doch rein«, flüsterte sie mir ins Ohr.

Ich musste sie stützen. Ich hatte das Gefühl, als wenn sie jeden Moment zusammenbrechen könnte. Ich führte sie ins Wohnzimmer. Sie ließ sich aufs Sofa fallen und starrte vor sich hin.

»Alles in Ordnung, Frau Henrichs?«, fragte ich und setzte mich neben sie.

»Geht schon.« Sie schaute mich mit großen Augen an, ohne zu strahlen, und reichte mir ihre Hand. „Danke."

»Wofür?«

»Danke, dass du Marie neulich so toll geholfen hast«, schluchzte sie.

Ich trommelte mit den Fingern auf die Tischplatte. »Wo ist Marie? Wie geht es ihr?«

»Sie ist im Krankenhaus und erhält eine Sauerstofftherapie.«

»Ist ihr Zustand sehr schlimm?«

Sie zögerte einen Moment und sah mich mit gläsernen Augen an.

»Ich befürchte ja. Du kannst dir gar nicht vorstellen, wie rapide sich ihr Zustand in den letzten Wochen verschlechtert hat. Das macht mir Angst. Sie ist unser Ein und Alles.«

Sie erzählte mir die ganze Krankengeschichte, dass die Krankheit bei Marie erst relativ spät entdeckt worden war, dass sie, bis sie zwölf Jahre alt gewesen war, sogar noch Sport im Verein betreiben konnte und es erst seit etwa zwei Jahren ständig bergab ging.

»Ich befürchte ...«

Sie stockte, schluckte und wischte sich die Tränen ab. »Ich befürchte, sie wird nicht mehr lange leben.«

Die Nachricht traf mich wie ein Schlag in die Magengrube. Meine Hände machten hektische und unkoordinierte Bewegungen. Ich wusste nicht, wie ich Frau Henrichs trösten, sollte, was ich ihr hätte sagen können.

Sie schaute mich fragend an. »Etwas liegt mir noch auf dem Herzen, Lukas. Magst du Marie wirklich?«

»Wie meinen sie das?«

»Ich möchte verhindern, dass du sie einfach, wie eine heiße Kartoffel fallen lässt, wenn sich ihr Zustand weiter verschlimmert. Marie hat mir gestanden, dass sie eine tiefe Zuneigung für dich empfindet. Sie hat sogar ein Foto von dir mit ins Krankenhaus genommen. Sie wollte dich unbedingt bei sich haben.«

Ich war so gerührt, dass ich Frau Henrichs am liebsten um den Hals gefallen wäre. *Marie mochte mich also immer noch.*

»Aber«, fuhr sie fort, »ich möchte nicht, dass sie eine große Enttäuschung erlebt. Das würde sie nicht überstehen.«

Sie wartete einen Moment und fügte noch hinzu: »Ich erwarte eine ehrliche Antwort.«

Ich sah sie an, ihre Augen waren gerötet, als wenn sie die ganze Nacht lang kein Auge zugetan und nur geweint hätte. »Frau Henrichs, ich mag Marie sehr. Sie können sich gar nicht vorstellen, wie viel sie mir bedeutet.«

Ich stockte und atmete tief durch.

»Seit ich sie kenne, ist mein Leben so ... Ich habe das Gefühl, ich lebe erst, seitdem ich sie kenne. Ich werde Marie nie im Stich lassen.«

Anscheinend wusste sie nichts von unseren Problemen in den letzten Tagen. Sie schaute zu mir auf und versuchte zu lächeln. »Ich würde mich sehr freuen, wenn du in Zukunft häufiger mit ihr zusammen sein könntest. Ich glaube, du bist für sie die beste Therapie.«

»Gerne«, sagte ich, obwohl ich noch gar nicht wusste, wie ich das meinen Eltern beibringen sollte.

Ich schaute auf die Uhr. Zu Hause wurde ich wahrscheinlich schon erwartet.

»Ich muss jetzt leider gehen, Frau Henrichs.«

Ich stand auf und reichte ihr die Hand. Sie hielt sie fest. Sie hatte aufgehört zu weinen. Ein verkniffenes Lächeln blickte mir entgegen. Ich traute mich gar nicht, ihre Hand loszulassen.

»Geh schon«, forderte sie mich auf und rollte die Augen – sie versuchte es auf jeden Fall. »Du weißt ja, wo der Ausgang ist«.

Ich stand auf und ging in Richtung Tür. Beinahe hätte ich vergessen, Frau Henrichs auf mein Schreiben an Marie anzusprechen. Ich drehte mich noch einmal um. »Haben sie meine Nachricht Marie übergeben?«

»Welche Nachricht?«

»Ich habe heute Nacht einen Umschlag in ihren Briefkasten geworfen.«

»Heute Nacht warst du an unserem Haus?«, fragte sie und schüttelte den Kopf. »Da habe ich noch gar nicht reingeschaut. Ich fahre heute Abend noch einmal zum Krankenhaus und werde ihn mitnehmen.«

Ich schaute sie an. »Danke, Frau Henrichs. Sie können sich hundertprozentig auf mich verlassen.«

Ihr Gesicht entspannte sich und ein kleines Lächeln erschien auf ihrem Mund.

Wie stark diese Frau doch war. Wie bewundernswert sie ihr schweres Schicksal meisterte. Sie war so anders als meine Mutter. So viel mitfühlender und offener. Sie akzeptierte mich, so wie ich war. Mit ihr konnte ich einfach über alles reden, ohne ein schlechtes Gewissen zu haben, ohne dass ich eine Strafe, von wem auch immer, befürchten musste. Marie hatte wirklich Glück mit ihren Eltern gehabt. Was wäre wohl gewesen, wenn sie meine Schwester wäre? Ich wagte gar nicht, mir das auszumalen.

Mit einem zwiespältigen Gefühl machte ich mich auf den Heimweg. Einerseits war ich erschüttert, andererseits hoffnungsvoll, weil mich Marie offensichtlich immer noch mochte.

17 Maries Brief

Als ich zu Hause ankam, war der Tisch schon abgeräumt. Mama musterte mich mit vorgestrecktem Kinn von oben bis unten, sagte aber kein Wort. Sie zeigte auf den Eintopf auf dem Herd. Ich nahm einen Löffel und Teller aus der Vitrine, füllte ihn bis zu Rand und setzte mich an den Tisch. Mama beobachtete mich, schwieg aber.

»Mmh, schmeckt lecker«, sagte ich und schaute sie an. Keine Reaktion. Sie wich meinem Blick aus und sah zur Seite, bevor sie aufstand und in den Keller ging.

Den ganzen Tag sprachen meine Eltern kein einziges Wort mit mir. Irgendetwas war hier im Busch. Ich wusste nur noch nicht was.

Mein Herz raste, als ich am nächsten Morgen die Treppe hinunterstieg. Ich atmete auf. Papa war schon auf der Arbeit.

»Guten Morgen«, sagte ich, ohne Mama und meine Geschwister anzuschauen, und setzte mich zu ihnen.

»Du siehst aber müde aus«, bemerkte Mama.

»Ich habe schlecht geschlafen. Ist ja auch kein Wunder nach all dem, was passiert ist.«

Ich wartete auf einen ihrer typischen Kommentare, aber es kam keiner.

Stattdessen bemerkte sie eher beiläufig, aber bestimmt: »Ich hole dich heute von der Schule ab.«.

»Ich bin doch kein i-Dötzchen mehr. Meine Mitschüler lachen mich aus.«

»Mama, Lukas hat recht, das kannst du nicht machen«, sagte Ruth.

»Was mischst du dich denn da ein«, sagte Daniela kopfschüttelnd.

Mama zwinkerte Daniela zu.

»Na gut. Aber sieh zu, dass du pünktlich zurück bist. Sonst gibt es kein Essen mehr.«

Auf dem Schulhof fühlte ich eine große Leere. Ich schaute mich hilflos um, als ob Marie irgendwo auftauchen könnte.

Nach Unterrichtsende bat mich meine Klassenlehrerin, Frau Wienands, noch um ein kurzes Gespräch. »Ich mache mir Sorgen. Deine Leistungen haben stark nachgelassen. Wenn du so weiter machst, ist deine Versetzung gefährdet.«

Plötzlich klopfte es.

»Ja bitte.«

Die Tür öffnete sich und Jochen steckte seinen Kopf durch den Spalt.

»Entschuldigung, Frau Wienands. Lukas, da ist eine Frau draußen, ich glaube, es ist deine Mutter.«

Mir rutschte das Herz in die Hose.

»Ich habe nicht viel Zeit«, sagte Frau Wienands. »Sag deiner Mutter, sie möchte mich mal anrufen.«

Mit einem mulmigen Gefühl verließ ich das Schulgebäude. Ich traute meinen Augen nicht, als ich Frau Henrichs am Eingang des Schulhofes entdeckte. Sie lächelte mich an und zwinkerte mir zu. In der Hand hielt sie einen Briefumschlag.

Ich rannte auf sie zu und umarmte sie.

»Ich habe Marie gestern noch deinen Brief gegeben. Sie hat ihn sofort gelesen, fast verschlungen. Sie hat darauf bestanden, dass ich dir die Antwort heute persönlich übergebe. Ich durfte das Krankenhaus nicht eher verlassen, bis sie ihn zu Ende geschrieben hatte.«

Ich riss ihr den Brief fast aus den Händen.

»Danke«, sagte ich und machte einen Freudensprung. »Wie geht es ihr?«

»Nicht so besonders. Vielleicht hat sie dir darüber etwas geschrieben.«

»Was steht denn drin?«

»Das hat sie mir natürlich nicht gesagt. Das wird euer Geheimnis bleiben.«

Sie drehte sich um und verließ das Schulgelände.

Ich setzte mich auf eine Bank und presste den Brief ganz fest an meine Lippen.

»Marie, ich liebe dich«, platzte es aus mir heraus. Ich nahm den Umschlag, öffnete ihn und zog das Schreiben vorsichtig heraus. Meine Vorfreude war grenzenlos.

Lieber Lukas,

danke, dass du dich für mich entschieden hast. Ich weiß jetzt auch, was ich will. Ich will dich! Mir geht es gerade nicht besonders gut. Ich fühle mich so schlapp, jede Bewegung bedeutet eine große Anstrengung für mich. Aber seit ich dich kenne, sind meine Lebensgeister wiedererwacht.

Schon, dass du jemanden in deiner Gemeinde gefunden hast, der dich versteht.

Kann ich noch irgendetwas für dich tun, hast du mich gefragt. Ja! Komm so schnell wie möglich vorbei. Marienklinik, 3. Stock, Zimmer 211. Meine Eltern haben mit den Ärzten gesprochen und die haben es erlaubt.

Ich warte auf dich.
Deine Marie

Freudentränen kullerten über meine Wangen. Ich las den Brief noch einmal und noch einmal. Ich konnte mein Glück immer noch nicht fassen.

Hüpfend machte ich mich auf den Heimweg. Ich überlegte, wie und wann ich zu Marie fahren konnte. Das Krankenhaus war gut mit öffentlichen Verkehrsmitteln erreichbar. Der Bus fuhr jede halbe Stunde. Ich wollte sie so schnell wie möglich, am besten noch heute, besuchen.

Während des Mittagessens wechselte Mama kein Wort mit mir.

»Mama, ihr habt mir ja erlaubt, im Verein Fußball zu spielen. Heute werde ich von fünf bis halb sieben zum ersten Mal mit trainieren«, unterbrach ich die Stille.

»Dann werde ich dich beim ersten Mal begleiten und mir den Verein einmal näher ansehen. Wer weiß, welche Typen da rumlaufen.«

»Mama, das Thema hatten wir schon. Die Jungs nehmen mich nicht für voll, wenn ich in Begleitung meiner Mutter komme.«

Sie stutzte, kommentierte meine Aussage aber nicht. Nach dem Mittagsessen ging ich in mein Zimmer. Ich überlegte, was ich Marie heute sagen könnte und ob ich ihr vielleicht ein kleines Geschenk mitnehmen sollte. Mir fiel nichts ein. Außerdem hatte ich diese Woche noch kein Taschengeld bekommen.

Um vier Uhr packte ich meine Sporttasche und ging gut gelaunt nach unten. Zum Glück war Papa noch nicht von der Arbeit zurück.

»Ich bin mal weg zum Training.«

Mama musterte mich von oben bis unten und fragte: »Warum hast du die gute Hose und den neuen Pullover und nicht die Sportsachen angezogen.«

»Ich ziehe mich im Sportlerheim um. Da dusche ich auch anschließend.«

»Mit all den anderen? Was wird wohl der Papa dazu sagen?«

»Das ist bei Fußballern so üblich.«

Ich ging auf Mama zu, gab ihr noch einen flüchtigen Kuss auf die Wange und verließ das Haus.

18 Erster Besuch im Krankenhaus

Ich ging zur Bushaltestelle und stieg in die Linie 18 ein, die direkt vor der Klinik hielt.

Was wird mich erwarten, fragte ich mich.

Ich fuhr mit dem Aufzug in den dritten Stock. Der penetrante Geruch nach Phenol weckte das Unbehagen, das ich schon immer mit Besuchen im Krankenhaus verbunden hatte.

Hoffentlich werde ich hier nie liegen müssen, dachte ich.

Die Fahrstuhltür öffnete sich. Ich folgte den Hinweisschildern: Isolierstation.

Überall Krankenhauspersonal in weißen Kitteln, die geschäftig über die Flure eilten oder Patienten, in Morgenmänteln, die sich schlurfend die Beine vertraten. Ich erreichte eine Tür mit der Aufschrift: Privatstation Professor Dr. Werner Zimmer, Zutritt nur nach Anmeldung. Ich drückte die Klingel. Eine Krankenschwester öffnete.

»Ich bin Lukas, ich möchte Marie Henrichs besuchen.«

»Ach ja, ich weiß Bescheid. Ich bin Schwester Johanna«, sagte sie und führte mich den Flur entlang.

»Ihr geht's im Moment gar nicht gut. Mehr als zwanzig Minuten hat der Arzt nicht erlaubt. Wenn etwas Besonderes ist, einfach nur klingeln.«

Bevor ich das Zimmer betrat, musste ich eine Schutzkleidung anlegen. Schwester Johanna reichte mir einen Kittel, ein Paar Handschuhe, einen Mundschutz und eine Haube.

»Muss das sein?«, fragte ich.

»Das ist Vorschrift. Am besten, du ziehst zuerst den Kittel an, dann helfe ich dir, ihn zuzubinden.«

Ich folgte ihren Anweisungen.

Es dauerte nicht lange. »Fertig«, sagte ich und drehte mich um die eigene Achse.«

Sie musterte mich und gab grünes Licht. »Du kannst jetzt reingehen.«

Ich atmete tief durch und klopfte vorsichtig an die Tür: keine Reaktion. Ich drückte die Klinke herunter und warf einen schüchternen Blick durch den Türspalt. Es war ein riesiges Einzelzimmer.

Ich betrat den Raum und schloss die Tür hinter mir. Mir lief es eiskalt über den Rücken. Im Bett lag eine regungslose Person mit geschlossenen Augen. Sie war verkabelt an allen möglichen Apparaturen. Sie atmete schwer und ihre Brust hob und sank sich schnell und unkontrolliert.

Das ist nicht Marie, dachte ich.

Langsam schritt ich voran und setzte mich auf den Rollstuhl direkt neben dem Bett.

Es war doch Marie!

Ihr kreidebleiches Gesicht war in tiefe Falten gelegt. Ihre trockenen Mundwinkel waren verklebt, als hätte sie seit Tagen nichts mehr getrunken.

Ich nahm ihren Arm und streichelte ihr zärtlich über den Handrücken. Sie war glühend heiß. Ihre Augenlider zuckten. Sie öffnete die Augen und starrte an die Decke.

»Ich bin's, Lukas.«

Sie drehte sich zur Seite und ihr Gesicht entspannte sich etwas. Ich glaubte sogar, ein Lächeln in ihren Augen zu erkennen.

»Lukas, ich habe auf dich gewartet.«

»Soll ich das Bett etwas höher stellen, so dass du sitzen kannst?«

Sie nickte. Ich drückte das Kopfende zwei Stufen weiter, bis es einrastete.

»Gut so?«

»Viel besser. Danke.«

Für einen Moment herrschte absolute Stille.

»Ich sehe furchtbar aus«, flüsterte sie.

»Ich weiß Marie, das ist hier kein Schönheitssalon.« Ich versuchte, meine Erschütterung zu unterdrücken. Sie sah mich hilflos an. Ich hoffte nur, nicht ebenso hilflos zu wirken. Ich wollte sie aufmuntern und rang nach passenden Worten. Ich fand keine.

»Hast du Schmerzen?«

»Es geht so.«

Sie richtete sich weiter auf, streifte meine linke Hand und versuchte, sie an sich zu ziehen. Aber sie war so kraftlos, dass ich ihr helfen musste.

»Schön, dass du gekommen bist.«

Ihre verkrampften Finger versuchten vergeblich, meine Hand zu halten. Schließlich fiel sie erschöpft zurück und schloss die Augen.

»Bleib noch ein wenig. Ich möchte dich spüren. Leg deine Hand auf mein Herz.«

Ich überlegte nicht, ich tat es einfach, weil sie es verlangte, weil sie es sich wünschte und weil ich es wollte.

Behutsam wanderte meine Hand über ihren Bauch und höher, bis ich ein heftiges Pochen verspürte.

»Bleib so«, flüsterte sie.

Ihr Herz hämmerte so stark, so gewaltig, dass die Schläge meinen ganzen Körper durchdrangen. Ich war glücklich, traurig und wütend zugleich. Glücklich, dass es jemand wie Marie gab, traurig, dass sie so leiden musste und wütend, dass Gott so etwas überhaupt zugelassen hatte.

Nach einer Viertelstunde schien Marie fest eingeschlafen zu sein. Vorsichtig zog ich meine Hand zurück.

»Marie, ich mag dich immer mehr«, flüsterte ich ihr ins Ohr.

Aber sie reagierte nicht.

»Bis morgen Marie«, sagte ich leise.

In dem Moment öffnete Schwester Johanna die Tür und ging direkt auf Marie zu. Sie überprüfte die Geräte und maß ihre Temperatur. Sie schaute mich ernst an.

»Marie hat immer noch fast 40 Grad Fieber. Das gefällt mir gar nicht. Lukas, du musst jetzt gehen, Marie braucht Ruhe. Du solltest am besten erst wiederkommen, wenn es ihr besser geht. Das ist alles viel zu anstrengend für sie.«

»Ich will, dass sie wieder gesund wird«, schluchzte ich.

»Komm mal mit Lukas.«

Ich folgte Johanna auf den Flur.

»Lukas, du kennst ihre Krankheit. Marie wird nie mehr gesund werden. Aber die Ärzte werden dafür sorgen, dass es ihr wieder besser geht.«

Ich war wie gelähmt. Musste sie mir das gerade jetzt sagen? Wortlos bewegte ich mich zum Ende des Flurs. Ich merkte, wie meine Augen brannten, als ich den Fahrstuhl erreichte. Ich wollte nur noch allein sein.

Ich fuhr mit dem Bus bis zum Park und nahm Platz auf der Bank, auf der ich vor ein paar Tagen noch mit Marie gesessen hatte.

Und wieder brachen sie aus, meine Gefühlsschwankungen, die ich eigentlich schon überwunden glaubte. Ich war hin- und hergerissen zwischen der Erwartungshaltung meiner Eltern und den Hilferufen Maries. Mein Kopf wurde immer schwerer von den Fakten, die das Gegenteil von dem waren, was mein Herz begehrte.

Und dann hörte ich wieder eine innere Stimme. War es Jesus oder der Teufel, der zu mir sprach:

Die Beziehung zu Marie hat keine Zukunft. Das Ende und die große Enttäuschung sind vorprogrammiert. Tu dir das nicht an. Keine Träume, keine gemeinsamen Reisen, keine Familie und kein gemütliches Zuhause. Du bist einfach nur naiv. Du umgibst dich mit dem Deckmäntelchen eines Samariters, willst in Wirklichkeit aber nur vor deinen Eltern fliehen.

Ich sprang auf und streckte meine Faust in die Luft. »Nein, nein, ihr könnt mich alle mal. Ich liebe dieses Mädchen. Ich werde sie bis zu ihrem Tod begleiten, koste es, was es wolle«, brüllte ich in die Luft.

Ich ließ meinen Blick ziellos über die Landschaft schweifen und genoss die Stille, die nur vom dumpfen Glockenschlag eines Kirchturms unterbrochen wurde.

Schließlich packte ich die Sporttasche und machte mich auf den Heimweg.

19 Die Falle

Schon von draußen kam mir Gesang entgegen. Ich erkannte das Lied sofort: *Gott ist die Liebe*. Ich schloss die Tür auf und marschierte gleich durch ins Wohnzimmer. Da saßen sie alle um den Wohnzimmertisch herum. Papa und Mama würdigten mich keines Blickes. Daniela schaute kurz zu mir auf, als ob ich etwas verbrochen hätte. Ohne Unterbrechung sangen sie mit voller Inbrunst weiter:

Ich lag in Banden der bösen Sünde,
ich lag in Banden und konnt nicht los.
Drum sag ich noch einmal: Gott ist die Liebe!
Gott ist die Liebe, er liebt auch mich ...

Erst nachdem sie die letzte Strophe beendet hatten, richteten sich alle Blicke auf mich.

»Na, wie war das Training?«, fragte Mama mit einem verdächtigen Unterton.

»Gut«, sagte ich.

»Du klingst ja nicht gerade begeistert.«

»Es war ganz schön anstrengend.«

Ruth und Daniela verzogen keine Miene.

Plötzlich ergriff Papa das Wort.

»Kennst du eigentlich das achte Gebot, Junge?«

»Du sollst kein falsches Zeugnis von dir geben wider deinem Nächsten«, antwortete ich wie aus der Pistole geschossen.

»Und, was sagt dir das?«

»Dass ich nicht lügen soll.«

»Schaut her, er kennt es, aber begriffen hat er es wohl nicht«, bemerkte Papa mit gehobenen Augenbrauen.

Mir blieb fast das Herz stehen.

»Hast du eine Ahnung, wo deine Mutter und Daniela heute Nachmittag gewesen sind?«

Ich zuckte mit den Achseln.

»Das ist nicht fair, Papa, ihr habt Lukas eiskalt in die Falle laufen lassen«, rief Ruth dazwischen.

»Misch, dich hier nicht ein. Du gehst jetzt auf dein Zimmer.«

Ruth stand kopfschüttelnd auf. »Und warum darf Daniela bei euch bleiben? Ich bin älter als sie.«

»Das stimmt, aber sie ist zuverlässiger«, sagte Papa. Er wartete, bis Ruth das Zimmer verlassen hatte.

Dann wandte er sich wieder mir zu und schaute mich ernst an.

»Junge, deine Mutter war mit Daniela auf dem Sportplatz, aber von dir war weit und breit nichts zu sehen.«

»Wo warst du?«, brüllte sie.

»Papa und Mama haben recht«, sagte Daniela. »Warum belügst du sie?«

Ich schwieg und senkte den Kopf.

»Ich will jetzt von dir wissen, wo du gewesen bist. Also, wo warst du?«, fragte Papa und ballte eine Faust.

»Ich habe Marie im Krankenhaus besucht.«

»Doch nicht etwa die Tochter der Henrichs.«

»Doch«, antwortete ich.

»Das kann doch nicht wahr sein. Der Junge ist völlig vom Satan besessen. Der belügt und betrügt uns und hat noch nicht einmal ein schlechtes Gewissen. Dann zieh doch gleich bei denen ein!«, brüllte er.

Mama und Daniela nickten.

Dieses Mal zuckte ich nicht zusammen. Es schien beinahe, als hätte ich mich an die emotionalen Ausbrüche Papas gewöhnt. Ich wartete, bis er sich abreagiert hatte und fragte: »Hat Jesus nicht auch gesagt, du sollst deinen Nächsten lieben wie dich selbst?«

»Das ist doch was ganz anderes, Junge. Du verstehst gar nichts mehr. Sophie, sag du doch auch mal was.«

»Lukas, du stehst an einem Scheideweg. Wir haben alles, wirklich alles Erdenkliche, für dich getan, damit du den richtigen Weg einschlägst.«

»Mama, was ist schlimm daran, wenn ich einem kranken Mädchen helfe?«

»Es geht hier nicht um das Mädchen. Es geht darum, dass du dich mit Personen einlässt, die nicht zu uns gehören und die deine Erlösung gefährden.«

»Ich versteh überhaupt nichts mehr, Mama.«

Papa fasste sich an den Kopf und schaute Mama an.

»Das ist nun der Dank, wir haben so viel für ihn getan.« Für einen Moment schwieg er, bevor er weiter auf mich einredete. »Junge, was du auch machen wirst, wir lassen dich nicht fallen, auch wenn du jetzt unser verlorener Sohn bist«, sagte er resigniert.

Sein Blick richtete sich auf das Kreuz an der Wand. »Vater vergib ihm, denn er weiß nicht, was er tut.« Er stand auf, ging zum Wohnzimmerschrank und nahm die *Bibel* in die Hand. Es schien so, als blätterte er gezielt durch die Seiten. Plötzlich hielt er inne und sah mich an. Seine Miene hatte sich wieder aufgehellt.

»Kennst du das Gleichnis vom verlorenen Sohn?«

»Habe ich schon mal gehört, aber ich weiß nicht mehr genau, worum es geht«, antwortete ich.

Papa kam auf mich zu und übergab mir die aufgeschlagene *Bibel*. »Lese, was dein Namensvetter im Neuen Testament, Lukas 23, 11–32, geschrieben hat.«

Ich las die Passage leise vor mich hin.

»Jesus sprach: Ein Mensch hatte zwei Söhne ...«

»Hast du verstanden, worum es geht?«

»Ich glaube schon.«

»Der Vater hat seinen verlorenen Sohn wieder in die Arme genommen und ihm verziehen. Lukas schau mich an. Wir hoffen, dass du eines Tages, den Weg zu Jesus Christus und uns zurückfinden wirst. Das wäre großartig. Wir hoffen, dass Jesus uns die Kraft schenkt, genauso gnädig zu sein, wie der Vater der zwei Söhne.«

»Das muss ich erst einmal sacken lassen«, sagte ich und konnte mir ein leises Schnauben nicht verkneifen.

»Mach das, mein Sohn«, bemerkte Mama.

Ich legte die *Bibel* auf den Tisch. »Ich würde jetzt gerne in mein Zimmer gehen.«

»Aber wir essen doch gleich Abendbrot«, bemerkte Papa. »Da können wir doch weiterreden.«

»Ich habe gar keinen Appetit«, erwiderte ich, stand auf und ging wortlos nach oben.

Ich legte mich aufs Bett und schloss die Augen:

Was bezweckt Papa mit dem Gleichnis vom verlorenen Sohn? Ist es Friedensangebot? Oder will er mich unter Druck setzen, damit ich den Kontakt zu Marie sofort abbreche? Ein letzter Versuch vielleicht? Und das alles im Namen der Bibel? So grausam konnte Gott nicht sein. Und wenn doch. Dann wäre es nicht mehr mein Gott! Soll ich mich jetzt freuen, oder weinen?

20 Maries Entlassung

Ruth und Daniela saßen bereits am Frühstückstisch und schauten auf, als ich mit der Schultasche in einer Hand die Treppe hinunterstieg.

»Markus, du Ärmster, du musst zur Schule.« Ruth zwinkerte mir zu.

Wie recht sie doch hat, dachte ich. Schule ohne Marie war wie eine Suppe ohne Salz. »Viel Spaß auf eurem Klassenausflug.«, rief ich ihnen zu.

Mama stand in der offenen Küche und begrüßte mich mit einem breiten Grinsen. *Ein weiteres Friedensangebot?*

»Guten Morgen«, sagte ich und setzte mich auf meinen angestammten Platz.

»Guten Morgen schallte es im Chor zurück.

»Warum ist mein Platz nicht gedeckt?«, fragte ich Mama, die mich aus der Küche beobachtete.

»Warte ab«, sagte sie lächelnd.

Daniela stand auf. »Wir müssen los, der Bus fährt eine halbe Stunde vor Unterrichtsbeginn ab.«

»Ich habe euch noch ein Fresspaket gemacht«, sagte Mama und reichte beiden jeweils eines.

»Danke Mama.« Sie steckten die Tüten in die Tasche und verabschiedeten sich mit einem Kuss.

»Viel Spaß in Lübeck«, rief ich ihnen hinterher.

Kaum hatten meine Schwestern das Haus verlassen, schaute mich Mama an, als ob ich ihr kleiner verlorener Junge wäre.

»Du hast bestimmt großen Hunger. Du hast ja gestern nicht mit uns zu Abend gegessen.« Ich habe dir extra ein Ei gekocht. Weich, so wie du es am liebsten magst«, sagte sie und ging in die Küche. Sie kam mit einem Tablett zurück und stellte es vor mir auf den Tisch und beäugte mich.

Ich glaubte kaum meinen Augen. Vor mir stand ein Frühstück, das Herz und Magen gleichermaßen erfreut: Ein Körnerbrötchen, verschiede Aufschnitte und sogar eine Schale mit Marmelade ...

»Danke Mama«, stotterte ich.

»Bitte.«

Sie kam auf mich zu und streichelte mir zärtlich durchs Haar. »Ich weiß, du suchst nach Geborgenheit und Liebe. Ich werde mich in Zukunft mehr anstrengen.«

Hatte ich richtig gehört? War das vielleicht tatsächlich eine Wende in der Beziehung zu Mama und Papa? Würde jetzt alles wieder gut werden? Mit Mama, Papa **und** Marie? Ich konnte es gar nicht glauben. Mir kam alles irgendwie so unwirklich, fast verdächtig vor.

Ich schmierte mir ein Brötchen mit meiner Lieblingsleberwurst, schlang es herunter, und trank einen Schluck Kakao. Dann köpfte ich das Ei vor mir und begann, es auszulöffeln.

»Auf den Punkt, köstlich, Mama.«

Sie beobachtete mich und ich sie. Ich trank einen weiteren Schluck Kakao.

»Wie geht´s denn so in der Schule?«, fragte sie aus heiterem Himmel.

Ich hätte mich beinahe verschluckt. »Im Moment läuft es ganz gut«, stotterte ich.

»Und wann schreibt ihr die nächste Klassenarbeit?«

»Nächste Woche Deutsch.« Ich wischte mir übers Gesicht.

»Und sonst gibt es nichts Neues?«

Ich schaute auf die Uhr. »Ich muss jetzt los, sonst komme ich zu spät.«

Mama kam auf mich zu und beugte sich zu mir herunter. »Bekomme ich noch einen Kuss?«

Bevor ich antworten konnte, küsste sie mich direkt auf den Mund. Ich glaubte, ihre Zungenspitze zu spüren.

Ich sprang auf und schnappte mir meine Schultasche. Mama starrte mir mit offenem Mund hinterher. Ich holte tief Luft und flüchtete aus dem Haus.

Noch vor ein paar Tagen hätte ich mich auf die Schule gefreut. Seitdem Marie im Krankenhaus lag, war alles so trostlos.

Die ersten Unterrichtsstunden liefen an mir vorbei, als säße ich im Zug, ohne aus dem Fenster zu schauen. Mein Kopf wurde schwer und senkte sich.

»Lukas ...«, ertönte eine schrille Stimme.

Ich zuckte zusammen und riss die Augen auf.

Frau Hesse, die Biologielehrerin, kam auf mich zu. »Geht es dir nicht gut? Du bist kreidebleich im Gesicht. Möchtest du mal an die frische Luft oder soll ich deine Mutter anrufen?«

Bloß nicht, dachte ich. »Danke, ich schaffe das schon allein nach Hause.«

Sie zog die Augenbrauen zusammen. »Bist du sicher?«

»Absolut sicher.«

Ich nahm meine Tasche und verließ den Klassenraum.

»Gute Besserung«, rief mir Frau Hesse noch hinterher.

An der frischen Luft war ich wieder hellwach. Wie ein Magnet zog es mich in die Lessing Straße. Ich musste wissen, wie es um Marie stand.

Frau Henrichs öffnete die Tür und streckte mir beide Hände entgegen. Ihre Augen waren rot und geschwollen.

»Komm rein Lukas. Ich war gerade bei Marie im Krankenhaus, sie hat als Erstes nach dir gefragt.«

Ich bekam weiche Knie. »Wie geht es ihr?«

»Nicht gut. Die Ärzte haben festgestellt, dass außer der Lunge noch weitere Organe betroffen sind. Ich glaube, die können auch nicht mehr viel machen.«

Ich wäre fast erstickt. In meinem Hals steckte ein Kloß, ich war einfach nicht in der Lage, zu reagieren. Schweigend standen wir uns gegenüber, bis sie mich aufforderte: »Komm, lass uns ins Wohnzimmer gehen.«

Ich setzte mich auf die Couch.

»Möchtest du etwas trinken?«

»Nein, danke.«

Sie nahm neben mir Platz und warf mir einen fragenden Blick zu, als ob sie überlegte, wieviel sie mir zumuten könnte.

»Marie hat mir erzählt, dass du neulich zu spät zum Essen nach Hause gekommen bist und deshalb Ärger bekommen hast. Stimmt das?«, unterbrach sie mich.

»Ja«, erwiderte ich.

In diesem Moment spürte ich wieder das Brennen auf meinem Gesäß. Ich hatte das Gefühl, als ob die Unterhose an meinem Hinterteil klebte.

»Marie hat mir auch erzählt, dass deine Eltern nicht allzu zimperlich sind. Können mein Mann oder ich dir bei deinen Problemen helfen? Sollen wir mal mit deinen Eltern reden?«

»Ich glaube, das ist zwecklos«, antwortete ich resigniert.

»Aber wir sollten es einmal versuchen.«

»Vielleicht«, sagte ich und zuckte mit den Schultern.

»Aber, ich glaube, sie werden da kein Glück haben.«

»Ich werde mit meinem Mann darüber reden und dann sehen wir weiter.«

In diesem Moment klingelte das Telefon.

Frau Henrichs nahm den Hörer ab. Ihre Miene hellte sich auf. »Es ist Marie«, flüsterte sie mir zu.

»Aber sicher Schatz. Das schaffe ich. Lukas ist gerade hier. Soll er mitkommen?«

Die Antwort Maries schien etwas ausführlicher zu sein. Jedenfalls dauerte es ewig, bis ihre Mutter sagte: »Mach ich. Dann bis gleich. Ich freue mich«, sagte sie und legte auf. Frau Henrichs strahlte über das ganze Gesicht.

»Lukas, Marie wird heute schon entlassen. Ich werde sie jetzt abholen«, sagte sie beschwingt und ging schnurstracks zur Garderobe.

»Sie würde sich freuen, wenn du sie hier morgen besuchen würdest.«

»Natürlich«, jubelte ich und wäre vor Freude fast an die Decke gesprungen.

»Also bis morgen.«

»Bis morgen, Frau Henrichs.«

Gemeinsam verließen wir das Haus. Ich atmete auf. Marie schien es besser zu gehen.

21 Die Flucht

Als ich zu Hause ankam, war Mama mit dem Mittagessen schon fertig. Der Tisch war abgeräumt.

»Wo kommst du jetzt her?«, keifte sie mich an.

»Ich war noch einmal bei Maries Mutter. Marie liegt im Krankenhaus. Ihr geht es gar nicht gut. Aber sie kommt heute wieder nach Hause.«

»Junge, wir haben dir doch verboten, dich mit diesem Mädchen und dieser Familie einzulassen. Du sollst deinen Vater und deine Mutter ehren und gehorchen. So steht es in der *Bibel*. Du machst uns nur Kummer. Du bist schuld, wenn ich noch kränker werde, als ich ohnehin schon bin.«

Ich stand einfach nur benommen da. Das ist nicht meine Mama, die mir heute Morgen noch das tolle Frühstück serviert hat, dachte ich. »Tut mir leid, Mama, ich möchte euch keinen Kummer machen. Vielleicht solltet ihr eure Haltung gegenüber einem todkranken Menschen noch einmal überdenken.«

Diese Bemerkung brachte sie völlig aus der Fassung. Sie fing an zu weinen und schluchzte jämmerlich: »Tut mir leid, Lukas, ich kann nicht mehr. Papa wird das regeln.«

Meine Hände zitterten. Ich wollte keine weitere Tracht Prügel beziehen. Die alten Wunden waren noch nicht verheilt.

»Bitte nicht Mama.«

Sie zögerte einen Moment, wischte sich die Tränen ab und sah mich mit leuchtenden Augen an.

»Es gibt noch eine zweite Möglichkeit.«

»Welche?«

»Bei mir tut es nicht weh. Wenn dich der Teufel wieder einmal heimsucht, sag mir Bescheid, ich werde ihn verjagen.«

»Wirklich?«

»Du darfst wohl keinem etwas davon erzählen. Auch nicht Papa. Das ist ein Geheimnis zwischen dir und mir. Versprichst du mir das?«

Ich runzelte die Stirn. *Hatte sie das wirklich gesagt, oder träumte ich nur?* »Warum darf ich nicht mit Papa darüber sprechen?«, hakte ich nach.

Sie schwieg einen Moment, als suchte sie nach einer Antwort. »Lass uns einen geheimen Schwur ablegen.«

Ich zog die Augenbrauen hoch.

»Ich verpetze dich nicht mehr bei Papa und du ...« Sie zögerte. »Und du mich auch nicht. Verstanden?«

Ich rieb mir den Nacken. »Du meinst, ich soll Papa nicht davon erzählen, wenn du mir den Teufel austreibst?«

»Genau. Schlag ein«, sagte sie und verdrehte ihre Augen.

Als ich nicht sofort reagierte, kam sie auf mich zu und fiel mir um den Hals.

So warmherzig kannte ich sie gar nicht. Sie drückte meinen Kopf an ihren Busen. Ich fühlte mich geborgen. Sie ließ mich gar nicht mehr los und drückte ihren Unterleib gegen meinen Schoß.

»Hast du das auch schon mal mit Marie gemacht?«

»Was meinst du Mama?«

»Sie so innig umarmt.«

»Nein, Mama.«

»Dann stell dir doch ganz einfach vor, ich wäre Marie.«

»Mama, das meinst du nicht wirklich?«

Sie streichelte mir mit einer Hand zärtlich übers Haar, während sie mit der anderen meinen Po massierte.

»Tut es noch immer weh?«

»Nein Mama, deine Wärme tut gut.«

»Kann es sein, dass sich der Teufel im Moment wieder an dir zu schaffen macht?«, fragte sie mit ungewohnt tiefer Stimme.

Ich erschrak. Ich spürte, ein wohliges Pochen zwischen meinen Beinen und wollte mich losreißen.

»Keine Angst. Lukas, das ist ganz normal. Aber es ist besser, wenn ich den Teufel jetzt gleich austreibe.«

»Wie meinst du das?«

»Es tut nicht weh.«

Ihre Tränen waren wie weggeblasen.

»Ich geh mal nach oben und du folgst mir an mein Bett.«

Sie ließ mich los und ich wollte ihr gleich hinterhergehen.

»Komm bitte in fünf Minuten. Ich muss den Raum erst herrichten.«

»Was meinst du damit?«

»Lass dich überraschen.«

Ich nahm die Zeitung und blätterte unmotiviert durch einige Seiten.

»Du kannst jetzt kommen.«

Ich ging nach oben ins Elternschlafzimmer. Mama lag im Bett unter der Decke. Nur ihr Kopf ragte heraus.

»Komm zu mir und lass uns ein wenig kuscheln.«

»Ich dachte, du wolltest meinen Teufel austreiben.«

»Ja, das werde ich auch machen. Am besten ziehst du dir auch die Hose und das Hemd aus. Keine Angst, ich werde keine Rute benutzen.«

Ich zog mein Hemd aus und wollte mich zu ihr legen.

»Die Hose ziehst du bitte auch noch aus.«

Ich funktionierte wie ein Roboter, wie ich es immer tat und folgte wortlos ihrer Aufforderung. Sie betrachtete meine Unterhose. Ihr Blick war so durchdringend, als ob sie durch mich schauen könnte. Mir wurde gruselig.

»Oh mein Gott, warum hilfst du mir nicht?«, stöhnte Mama.

Die Bettdecke wölbte sich nach oben. Mama hatte ihre Knie angewinkelt. Gleichzeitig zuckte ihr ganzer Körper.

»Mama, hast du Schmerzen?«

Sie stöhnte immer lauter.

»Nein, aber ich kann dir den Teufel nicht austreiben.«

»Warum nicht?«

»Jetzt hat er auch mich ergriffen.«

»Wer?«

»Der Teufel.«

»Du hast doch Schmerzen, Mama? Wo tut es dir weh?«

Sie antwortete nicht. Ihre Bewegungen wurden immer heftiger.

Vorsichtig streifte ich die Bettdecke zurück und zuckte zusammen. Oh mein Gott. Ich konnte und wollte es einfach nicht glauben. Splitternackt lag sie vor mir. Ich erstarrte und zitterte am ganzen Körper. Sie nahm meine Hand und legte sie auf ihren Busen.

»Hab keine Angst Lukas.«

Ich schluckte nur.

»Siehst du, an diesen Nippeln hast du getrunken, bis du zwölf Monate warst. Möchtest du noch einmal an ihnen nuckeln?«

Sie führte meine zitternde Hand tiefer. Ich war nicht imstande, mich zu wehren. Ich spürte eine feuchte Wärme.

Ich schnappte nach Luft.

»Nein!«, schrie ich so laut, dass es mir fast die Stimmbänder zerriss.

Ich riss mich los, drehte mich um, packte meine Klamotten und stürmte aus dem Zimmer.

»Junge, erzähl bloß niemanden davon, sonst weißt du ja, was dir blüht. Und außerdem wird dir keiner glauben«, rief sie mir noch hinterher.

Nur weg von hier.

Das musste die andere Mama gewesen sein, von der Bruder Markus berichtet hatte. Ich schnappte mir meine Klamotten, stürmte die Treppe hinunter, verließ halb nackt das Haus und knallte die Tür hinter mir zu. Ich zog die Hose an und streifte das Hemd über. Erst jetzt bemerkte ich, dass ich meine Schuhe und Socken vergessen hatte. Ich starrte ins Leere. Egal, ging mir durch den Kopf und lief barfuß in irgendeine Richtung. Mir war speiübel. Ich konnte es nicht glauben, was soeben passiert war. An der nächsten Straßenecke musste ich mich übergeben.

Erst langsam kam ich wieder zu mir. Eine innere Stimme führte mich direkt in Richtung Lessing Straße. Unterwegs blieb ich mehrmals stehen und entfernte die spitzen Steinchen, die sich an meinen Fußsohlen und zwischen den Zehen festgesetzt hatten.

Was war gerade passiert? Ich stand immer noch unter Schock und schüttelte mich vor Ekel, Scham und Enttäuschung.

Schließlich erreichte ich das Haus der Henrichs. Das Auto stand noch nicht wieder in der Einfahrt. Marie war noch nicht zurück. Ich hockte mich vor der Haustür hin und wartete.

Wenige Minuten später kam der Borgward um die Ecke gebogen und fuhr in die Einfahrt. Frau Henrichs stieg aus und ging um den Wagen herum. Sie öffnete die Beifahrertür, reichte Marie die Hand und half ihr beim Aussteigen.

»Vorsichtig, bleib hier stehen.«

Sie ging zum Kofferraum und holte eine Tasche heraus. Dann entdeckten sie mich.

Ich stand auf. Marie zuckte zusammen und senkte den Blick. Frau Henrichs schaute mich an. Sie kam näher und blickte auf meine nackten Füße.

»Wie siehst du denn aus?«, fragte sie und schüttelte ungläubig den Kopf. »Ich weiß nicht, ob das der richtige Moment ist, Lukas. Was denkst du, Marie?«

Marie schwieg und bewegte sich nicht vom Fleck. Sie starrte mir ins Gesicht. Ich hatte das Gefühl, sie wollte sehen, wie ich auf ihr jämmerliches Aussehen reagieren würde.

»Hallo Lukas, ich schäme mich so.«

Sie war kreidebleich und hatte tiefe dunkle Augenränder.

»Du brauchst dich nicht zu schämen. Ich mag dich, wie du bist.«

Ich ging auf sie zu. Erst jetzt bemerkte auch sie, dass ich keine Schuhe anhatte.

»Wieso läufst du barfuß herum? Was ist passiert?«

»Erzähl ich dir später.«

Ihr Blick war immer noch auf meine Füße gerichtet. Sie schaute auf und nahm meine Hand. »Schön, dass du gekommen bist. Du zitterst ja«.

»Mit ist kalt«, antwortete ich.

»Kein Wunder ohne Strümpfe und Schuhe.«

»Dann kommt mal beide rein«, sagte Frau Henrichs sichtlich erleichtert und ging voran.

Ich legte meinen Arm um Maries Hüfte, zog sie näher zu mir und stützte sie. »Endlich habe ich dich wieder.«

Sie schaute zu mir hoch. »Schön, dass es dich gibt«, sagte sie, während Tränen über ihr Gesicht kullerten, die ansteckend waren.

Frau Henrichs öffnete die Tür und stellte die Tasche im Flur ab. Ich führte Marie ins Wohnzimmer und half ihr aufs Sofa.

»Ich bin gleich zurück, ich wasch mir mal schnell die Füße«, sagte ich und ging direkt durch ins Badezimmer. Am Waschbecken drehte ich den Wasserhahn auf, nahm ein Stück Seife und verteilte sie von der Handinnenfläche, zu den Fingerzwischenräumen bis zum Handrücken. Ich schüttelte mich, rieb und rieb und rieb und spülte den Schaum gründlich ab. Ich fing an zu würgen und spukte. Erst danach stieg ich in die Badewanne, nahm die Dusche und säuberte meine Füße.

»Lukas alles in Ordnung?«, rief Marie von draußen.

»Ja, ja, ich komme gleich.«

Ich stieg wieder aus, trocknete mich ab und schaute in den Spiegel. Ein fahlweißes Gesicht starrte mir entgegen. Ich schlüpfte in meine Klamotten, setzte mich zu Marie auf dem Sofa.

Frau Henrichs kam aus dem Nebenzimmer mit ein Paar Socken und Schluppen zurück.

»Von meinem Mann«, sagte sie und legte sie mir vor die Füße.

»Danke.«

Ich beugte mich nach vorne und zog sie an. Dabei bemerkte ich, wie mich Marie und ihre Mutter beäugten.

»Was ist passiert?«, fragte Marie noch einmal nach.

Sie starrte mich an, als ob sie mich auf die Probe stellen wollte. Ich antwortete nicht. Sie zögerte einen Moment und stand auf.

»Ich geh auch mal eben ins Bad und mach mich ein wenig frisch. Danach reden wir weiter.«

»Kommst du alleine zurecht?«

»Ja Mama, geht schon.«

»Dann werde ich uns in der Zwischenzeit einen Kakao machen«, sagte sie und ging in die Küche.

»Lieber Tee, Frau Henrichs, wenn es möglich ist.«

»Kein Problem, Lukas.«

Nach wenigen Minuten kam Marie zurück und baute sich vor mir auf, wie ein Fotomodel.

»Besser so?«, fragte sie.

Sie hatte wieder Farbe im Gesicht und ihre taubenblauen Augen strahlten.

»Du siehst toll aus.«

Sie beugte sich zu mir herunter und ließ ihre Haare durch mein Gesicht streichen.

»Riech mal.«

Ein fremder, angenehmer Duft stieg mir in die Nase.

»Das ist Eau de Cologne. Habe ich mir von Mama ausgeliehen, aber nicht weitersagen«, flüsterte sie und setzte sich neben mich. Ich spürte ihren Arm auf meiner Schulter.

»Im Krankenhaus hatte ich viel Zeit zu überlegen. Ich mag dich sehr, Lukas. Ich möchte zusammen mit dir noch eine schöne Zeit erleben und dir bei deinen Problemen helfen und nicht einfach weglaufen.«

Während sie das sagte, wanderte ihre Hand über meinen Oberkörper.

»Dein Herz rast ja.«

»Mein Herz hüpft vor Freude und gleichzeitig tut es weh.«

»Warum tut es weh?«

Ich schwieg und schaute auf den Boden. Endlich hatte ich den Menschen gefunden, den ich über alles mochte, mit dem ich mein ganzes Leben zusammen verbringen wollte, aber das war ein Traum. Nur auf das Ende zu warten, das war eine grausame Aussicht. Ich spürte Maries Hände an meinem Kinn.

»Waran denkst du gerade, Lukas? Schau mich bitte an. Ich weiß, dass man mit mir keine großen Zukunftspläne schmieden kann. Aber lass uns doch die Zeit, die wir noch zusammenhaben, intensiv nutzen.«

Frau Henrichs hatte uns mit ernster Miene durch die offene Küchentür beobachtet. Sie brachte ein Tablett mit zwei Tassen, stellte sie auf dem Tisch ab und blieb vor uns stehen.

»Trinkst du nichts?«, fragte Marie.

»Nein, ich fahre noch einmal in die Apotheke und löse dein Rezept ein. Ihr werdet schon ohne mich auskommen müssen.« Während sie das sagte, zwinkerte sie mir zu.

»Ich finde es ganz schön mutig, dass du Marie persönlich nach ihrem Krankenhausaufenthalt empfangen hast. Eigentlich wollte sie dich heute noch gar nicht treffen. Stimmt es Marie?«

Marie schaute mich an.

»Weil ich Angst hatte, wenn du mich so siehst.«

»Bis später.«

»Bis später Mama.«

Kaum hatte Frau Henrichs das Haus verlassen, schmiegte sich Marie eng an mich.

»Wissen deine Eltern, dass du hier bist?«, fragte sie.

»Nein«, antwortete ich mit brechender Stimme.

»Lukas, schau mir in die Augen. Was ist passiert?«

»Ich möchte dich nicht noch mehr mit meinen Problemen belasten«, antwortete ich.

»Was ist passiert?«, wiederholte Marie mit scharfer Stimme.

»Ich bin von zu Hause abgehauen«, platzte es aus mir heraus. »Ich habe Angst vor neuen Schlägen«, sagte ich und musste an meine Mutter denken. Ich holte tief Luft. »Du hast recht gehabt, Marie. Ich bin ein Idiot gewesen, dir nicht alles von Anfang zu erzählen. Es begann in der Badewanne. Dort habe ich Hand an mich gelegt und Mama hat mich dabei erwischt.«

»Lukas, was heißt das?«

»Ich habe an mir rumgespielt.«

»Mensch Lukas, drück dich doch nicht immer so geschwollen aus, sprich doch mal Klartext. Du hast dir also einen runtergeholt.«

Ich zuckte zusammen.

»Ja«, sagte ich zögerlich. »Jetzt bekomme ich vielleicht einen krummen Rücken.«

Ich schämte mich, aber sie lachte aus vollem Herzen.

»Wer sagt denn so einen Schwachsinn? Aber das machen doch fast alle in unserem Alter. Und ich kenne keinen, der mit einem krummen Rücken herumläuft.«

»Wie, du auch?«

»Ja.«

»Einfach so?«

Sie lächelte mich amüsiert an. »Nicht einfach so. Das letzte Mal habe ich es gemacht, nachdem ich dein Foto aus dem Labor abgeholt habe. Ich habe mich auf mein Zimmer zurückgezogen, mich in die Kuschelecke gesetzt und dein Bild angeschaut. Dein trauriger Blick hat mich verzaubert und angeregt. Mir wurde ganz heiß ums Herz und ein Kribbeln erfasste meinen ganzen Körper.«

Ich sah sie mit großen Augen an. Aus ihrem Mund klang es nicht ordinär, eher direkt, verständlich und ehrlich. Sie sprach über diese Vorgänge, als ob sie das Normalste der Welt gewesen wären. Wenn das meine Eltern wüssten, dachte ich. Sie hätten mich wegen schwerer Verfehlungen bestraft.

»Bei mir ist es einfach passiert, in der Badewanne, als ich an dich denken musste. Hast du auch einen Höhepunkt gehabt?«

»Du meinst Orgasmus?«

»Ja.«

Sie zwinkerte mir zu. »Jetzt willst du es aber genau wissen. Ich glaube, es waren sogar zwei hintereinander«, sagte sie mit einem spitzbübischen Lächeln.

Eine Mischung von Peinlichkeit und Bewunderung beschlich mich. Noch stärker aber war das Gefühl von Erleichterung: Endlich konnte ich mit jemanden über alles sprechen, ohne gemaßregelt zu werden.

Ich schaute auf die Uhr. Frau Henrichs war bereits mehr als zwanzig Minuten unterwegs. »Deine Mutter hat aber großes Vertrauen zu dir.«

»Zu uns«, verbesserte sie. Sie griff in die Seitentasche ihrer Jeans. »Magst du auch ein Pfefferminz?«, fragte sie und hielt mir die Rolle hin.

»Gerne.«

Wir lutschten beide auf den Bonbons herum. Sie schaute mich mit glänzenden Augen an, rückte noch näher an mich heran und legte einen Arm um meine Schulter.

»Meine Mama hätte bestimmt auch nichts dagegen, wenn wir uns jetzt küssen.«

Dieses Mal wich ich nicht zurück, bemerkte aber vorsichtshalber: »Ich habe noch nie ein Mädchen so richtig geküsst.«

»Ist doch ganz einfach«, sagte sie und gab mir einen zärtlichen Kuss auf die Wange. »Das war erst die Vorspeise.« Ihre Zunge strich langsam über meine Unterlippe und versuchte wohl, in meinen Mund einzudringen. Ich biss auf die Zähne. Sie zog ihren Kopf zurück. »So, jetzt du.«

Ich rieb mir den Nacken. Marie war gerade erst aus dem Krankenhaus entlassen worden. Hoffentlich übernimmt sie sich nicht, dachte ich.

Ich drückte meine Lippen gegen ihre Wange. Mit der Zunge berührte ich ihre Haut und zog sie schnell wieder zurück.

»Du schmeckst wie mein Lieblingslakritz aus Holland. Kennst du die *Dubbelzoute Briketten*?«

»Wie bitte?«

»Das sind doppelt gesalzene Lakritz-Drops.«

Marie lachte.

»Die brauchst du dir jetzt nicht mehr zu kaufen. Ich möchte gerne dein großer Lakritz-Drop sein«, sagte sie mit einem schelmischen Grinsen. »Das muss ich Mama erzählen. Die lacht sich tot.«

Es kam mir vor, wie in einem Märchen. Ich war der Prinz und sie die Prinzessin.

»Darf ich noch einmal probieren?«

»Bitte ja. Komm näher.«

Sie ergriff mit beiden Händen meinen Kopf, schloss die Augen und presste ihre Lippen leidenschaftlich gegen meine. Ich spürte ihren Zungenansatz.

Sünde, Sünde, das ist Sünde. Der Teufel hat dich verführt. Dein Vater wird den Satan zu Hause wieder austreiben. Oder deine Mutter.

Ich riss mich los und sprang auf. Ich zitterte.

»Was hast du denn, Lukas?«

»Bitte berühr mich jetzt nicht. Irgendwie spüre ich den Zorn meiner Eltern und den von Gott.«

Ich stand auf und blieb am Fenster stehen. Der Himmel war grau und es regnete.

»Komm, setz dich wieder. Ein Kuss ist doch nichts Schlimmes. Was bedrückt dich?«

Ich atmete zweimal tief durch und setze mich wieder zu ihr aufs Sofa.

»Weißt du, wenn ich mit dir zusammen bin, scheint die Sonne, zu Hause tobt ein fürchterlicher Sturm. Dieses Hin und Her macht mich fertig. Am liebsten möchte ich es allen recht machen.«

»Lukas, du wirst es nie allen recht machen können. Du musst auch mal an dich denken. Ich weiß, es ist schwer, aber du musst!«

Ich atmete tief durch und zog die Augenbrauen zusammen.

»Du hast keine Ahnung, was das bedeuten würde«, seufzte ich und senkte den Blick. »Ich dürfte dann heute unmöglich nach Hause zurückkehren. Ich habe Angst, dass mich Papa wieder schlägt oder Mama ... Meine Eltern haben mir klipp und klar den weiteren Umgang mit dir verboten.«

Sie schüttelte den Kopf.

»Wie wollen sie dir den Kontakt mit mir verbieten? Wir sehen uns doch in der Schule.«

Wir sahen uns schweigend an. Ich war unfähig, einen klaren Gedanken zu fassen. Während Marie an die Decke starrte, senkte ich den Kopf und dachte an Papa und Mama. In hatte nackte Panik.

»Glaubst du, ich kann bei euch übernachten?«

Marie zögerte einen Moment.

»Ich weiß es nicht, ich müsste meine Eltern fragen.«

Ich hörte, wie die Türe ins Schloss fiel. Frau Henrichs kehrte zurück. »Hab alles bekommen«, rief sie und betrat das Wohnzimmer. Sie stutzte und musterte uns.

»Gibt es Probleme?«

»Nicht zwischen uns, aber zwischen Lukas und seinen Eltern.«

Frau Henrichs zog ihre Jacke aus, legte sie über die Sessellehne und sah mich an. »Möchtest du darüber sprechen?«

Ich schaute Marie an und ließ den Kopf sinken.

»Sag es doch!«, forderte sie mich auf.

»Ich kann nicht«, antwortete ich leise.

»Dann erzähl ich es eben. Lukas ist nicht nur von zu Hause abgehauen, sondern seine Eltern haben ihm auch ausdrücklich den Kontakt mit mir untersagt und ihm neue Schläge angedroht.«

Sie sah mich ernst an und sagte: »Stimmt das, Lukas?«

»Ja«, flüsterte ich und schaute auf den Boden.

Marie lief rot an und riss die Augen auf. »Wenn du gesehen hättest, wie sein Vater ihn zugerichtet hat, würdest du seine Angst verstehen, Mama. Es ist ganz, ganz schlimm. Das ist Kindesmisshandlung.« Sie beugte sich nach vorne, fing an zu keuchen und zu würgen.

Ich hielt den Atem an. Frau Henrichs stürmte auf sie zu und richtete sie auf. »Tief durchatmen. Marie, du darfst dich nicht aufregen!«, sagte sie und nahm einen tiefen Atemzug.

»Es geht schon wieder, Mama.« Sie drehte sich zur Seite, hob meinen Kopf an und wischte mit der flachen Hand meine Tränen weg. »Du musst jetzt stark sein, wir müssen stark sein! Meinen Eltern und ich helfen dir.« Die fuchtelte mit den Händen in der Luft herum und wandte sich wieder ihrer Mutter zu. »Es ist so schockierend, welche Grausamkeiten Lukas durchmachen muss.« Ihre Augen funkelten vor Wut. »Er ist brutal mit einem Rohrstock geschlagen worden. Das ist Misshandlung!«

Frau Henrichs zog die Augenbrauen zusammen. »Misshandlung ist ein schlimmer Vorwurf. Vielleicht solltest du etwas vorsichtiger in deiner Ausdrucksweise sein, Marie.«

»Warum Mama. Ich habe es selbst gesehen.«

»Was hast du gesehen?«

»Seine Wunden am Gesäß.«

Frau Henrichs fuhr sich mit der Hand durch die Haare und musterte mich. Sie bewegte den Kopf von links nach rechts und zurück.

»Ich werde jetzt deine Eltern anrufen, damit sie wissen, wo du bist. Die machen sich bestimmt schon Sorgen. Gib mir mal eure Telefonnummer.«

»Nein bitte nicht!«, stotterte ich.

Marie beugte sich über mich und legte ihren Zeigefinger auf meinen Mund.

»5262«, platzte es aus ihr heraus.

Frau Henrichs wiederholte die Ziffern, drehte uns den Rücken zu und marschierte in das Arbeitszimmer ihres Ehemannes.

»Woher kennst du unsere Telefonnummer, Marie?«

»Die hatte ich mir für alle Fälle schon einmal aus dem Telefonbuch herausgesucht«, sagte sie grinsend.

22 Gescheiterte Vermittlung

Nach fünf Minuten kehrte Frau Henrichs aus dem Arbeitszimmer zurück. Sie war kreidebleich und stammelte etwas Unverständliches vor sich hin.

»Was ist los?«, Mama.

Sie zögerte. »Es war ein unangenehmes Gespräch. Vielleicht solltest du jetzt besser zu deiner Familie zurückkehren, Lukas.«

Marie sprang auf. »Nein Mama, Warum?«

Sie beugte sich über den Tisch, schnappte nach Luft und röchelte. Aus dem Röcheln wurde ein bellender, krampfartiger Husten, der ihren ganzen Körper durchschüttelte.

Frau Henrichs stürmte ins Badezimmer und kam mit dem Inhalationsgerät zurück. Sie stöpselte den Stecker in die Steckdose. Ihre Hände zitterten. »Setz dich«, sagte sie, drückte Marie aufs Sofa und hielt die Maske über ihr Gesicht.

»Ich glaube«, setzte ich zögernd an, »ich gehe jetzt besser.«

In dem Moment hob Marie ihren Arm und schlug ihrer Mutter mit Wucht die Maske aus der Hand.

»Nein, bitte nicht«, schrie sie.

»Beruhige dich«, sagte Frau Henrichs und putzte ihr mit einem Lappen den zähflüssigen Schleim vom Mund ab.

»Lukas, bleib bitte«, wiederholte Marie.

Frau Henrichs presste die Maske wieder auf ihr Gesicht und gab den Rhythmus vor: »Tief ein- und wieder ausatmen.«

Ich rutschte näher an Marie heran. Sie schmiegte sich an mich und schloss die Augen. Ich spürte ihre Hand auf meinem Handgelenk, während sie wie ein Uhrwerk ihren Atemrhythmus beibehielt. Ich schloss ebenfalls die Augen und stellte mir vor, wie es wohl wäre, wenn jemand, wer auch immer, im Himmel oder auf Erden, Marie heilen könnte. Wir würden uns liebhaben, vielleicht auch mehr ... vielleicht sogar eine Familie gründen ... ein Traum, der immer ein Traum bleiben wird ...

Marie räusperte sich. Fast gleichzeitig öffneten wir die Augen. Sie schaute mich an, als ob sie direkt in meine Seele schauen könnte. Sie legte die Gesichtsmaske zur Seite, putzte sich mit einem Tuch das Gesicht ab und beugte sich zu mir herüber. »Es tut mir leid, dass ich so krank bin.«

Ich traute meinen Ohren nicht, wollte etwas sagen, brachte aber keinen Ton heraus. Es brach mir fast mein Herz. Sie wirkte zerbrechlich wie eine Porzellanpuppe, die bei der geringsten Berührung in tausend Stücke zu zerspringen drohte.

Ihr Blick wanderte wie in Zeitlupe zu ihrer Mutter: »Mit wem hast du denn am Telefon gesprochen?«, röchelte sie.

Frau Henrichs winkte ab. »Mit Lukas´ Mutter«, sagte sie und atmete tief durch. »Aber es war kein Gespräch. Es war vielmehr ein Bombardement von Unterstellungen und Drohungen.« Sie hielt inne und schien zu überlegen. »Papa wird noch einmal mit Herrn Reinhardt sprechen, sobald er von der Arbeit zurück ist. So lange kann Lukas hierbleiben.«

Marie setzte die Maske wieder auf, ließ sich zurückfallen und inhalierte weiter.

Um halb fünf kam Herr Henrichs aus dem Büro. Er huschte an seiner Frau vorbei und zuckte zusammen, als Marie auf dem Sofa sah. Er rannte auf sie zu, beugte sich zu ihr hinunter und gab ihr einen sanften Kuss auf die Stirn.

»Schön, dass du wieder zu Hause bist. Wie geht es dir?« Er setzte sich neben Marie und legte einen Arm um ihre Schulter.

»Es geht schon, Papa. Aber wir haben noch ein anderes Problem. Lukas hat Angst, nach Hause zu gehen, weil er Schläge befürchtet.«

»Was ist denn passiert?«, fragte er und zog die Augenbrauen hoch.

»Es ist nicht so schlimm«, antwortete ich und senkte den Blick.

Marie rang nach Luft. »Nicht so schlimm? Sein ganzer Po ist feuerrot und mit Striemen übersät«, protestierte Marie.

Herr Henrichs strich sich durchs Haar.

»Eva, kommst du mal eben mit«, sagte er und zeigte auf sein Arbeitszimmer. Sie folgte ihm wortlos.

Nach ein paar Minuten kam Maries Mutter alleine wieder zurück. Sie wandte sich an mich und sagte: »Mein Mann möchte euch gerne einmal unter vier Augen ...« Sie verbesserte sich, »sechs Augen sprechen.«

»Was will er denn?«, fragte ich und runzelte die Stirn.

»Du brauchst keine Angst zu haben, er möchte euch nur ein paar Fragen stellen.«

Während Marie bereits aufgestanden war, zögerte ich noch.

»Komm, mein Vater ist in Ordnung«, sagte sie, reichte mir die Hand und ich ergriff sie.

Ich holte tief Luft. Händchenhaltend, wie ein junges Liebespaar, trotteten wir ins Arbeitszimmer.

Herr Henrichs saß auf einem der halbkreisförmig angeordneten Stühle in der Mitte des Raumes.

»Setzt euch bitte«, sagte er und lehnte sich zurück. »Ich glaube, wir haben tatsächlich ein Problem. Wenn Lukas nicht bis sechs Uhr zurück ist, wollen seine Eltern die Polizei einschalten und Anzeige wegen Kindesentführung erstatten.«

Meine Glieder waren starr vor Schreck.

»Grundsätzlich haben deine Eltern recht«, sagte Herr Henrichs mit ernster Miene.

»Aber Papa, du kannst doch nicht zulassen, dass er weiter geschlagen wird.«

»Nein, natürlich nicht. Aber ist es tatsächlich so schlimm?«

»Ja Papa ist es, glaub mir.«

»Versteh mich bitte richtig Lukas«, fuhr Herr Henrichs fort. »Glaubst du, es ist möglich, dass ich mir deine Wunden einmal anschauen kann?«

Ich riss vor Schreck die Augen weit auf und stotterte: »Nein, bitte nicht. Mein Vater bringt mich um ...«

»Dann werde ich dich jetzt nach Hause fahren.«

»Nein, Papa.« Marie stand auf, stellte sich vor mich hin und legte eine Hand auf meine Schulter. »Du brauchst keine Angst zu haben. Steh bitte auf!«, flehte sie mich an. »Tu es für mich ... für uns.«

Ich stand auf, trat einige Schritte nach vorne und hielt den Atem an. Marie folgte mir, stellte sich vor mir hin und schaute zu mir hoch.

»Du bist stark«, flüsterte sie und begann wie selbstverständlich, meinen Hosengürtel und Reißverschluss zu öffnen.

»Marie, bitte nicht.«

Zu spät.

Behutsam streifte sie den hinteren Teil meiner Hose herunter. Die Unterhose klebte auf der Haut.

»Autsch«, schrie ich als sie sich Zentimeter für Zentimeter vorarbeitete, bis der nackte Hintern zu sehen war.

»Wir haben es gleich geschafft«, munterte sie mich auf und schenkte mir ein warmes lächeln.

»Oh mein Gott.« Herr Henrichs schüttelte ungläubig den Kopf. »Dein Gesäß ist feuerrot. Einige Wunden eitern .... Danke, das reicht«, sagte er und drehte sich weg.

Ich senkte den Blick und zog die Hosen wieder hoch.

»Das hast du gut gemacht«, ermunterte mich Marie und streichelte mir zärtlich über den Arm.

Herr Henrichs stand auf und ging einige Schritte auf und ab. »So etwas habe ich noch nie gesehen«, murmelte er vor sich hin.

»Lukas, ich muss unbedingt mit deinen Eltern sprechen.«

Plötzlich klingelte das Telefon auf dem Schreibtisch. Herr Henrichs nahm den Hörer ab und zuckte kurz zusammen.

»Guten Tag, Herr Reinhardt. Einen Moment bitte.«

Er schaute uns ernst an. »Kinder geht ihr mal bitte raus.«

Wir verließen den Raum und gingen zurück ins Wohnzimmer.

Maries Mutter zog die Augenbrauen hoch. »Wo ist Peter?«

»Er hat uns rausgeschickt. Lukas´ Vater hat gerade angerufen«, antwortete Marie.

Frau Henrichs hob den Kopf. »Papa wird das schon regeln.«.

»Hoffentlich«, bemerkte Marie und runzelte die Stirn.

23 Ringen um eine Lösung

Nach zehn Minuten kehrte Herr Henrichs kopfschüttelnd ins Wohnzimmer zurück.

»Das muss ich erst einmal verarbeiten«, bemerkte er und setzte sich auf den Sessel gegenüber der Couch.

»Was ist denn passiert? Was hat Herr Reinhardt gesagt?«, fragte Marie.

Herr Henrichs atmete zweimal tief durch. »Ihr könnt euch das einfach nicht vorstellen.« Er schien immer noch fassungslos.

»Papa, sag schon!«

»Das Gespräch hat ganz harmlos angefangen.« Er schaute mich an. »Dein Vater war ganz freundlich und hat gefragt, ob wir ihn nicht einmal zur Gemeinde begleiten wollten. Er sprach von Orientierung, Sinn und Geborgenheit in der Gruppe und dass alle außerhalb dieser Welt dem Satan geweiht wären. Ob ich tatsächlich weiter draußen bleiben wolle. Als ich ihm klar zu machen versuchte, warum das für uns nicht infrage käme, wurde er pampig. Er hat mich beschimpft, und jetzt haltet euch fest. Wörtlich sagte er ...« Er zögerte.

»Marie vielleicht ist es besser, wenn du mal eben raus gehst.«

»Das ist nicht dein Ernst, Papa. Was soll das? Ich will wissen, was Herr Reinhardt gesagt hat.«

Herr Henrichs schwieg für einen Moment.

»Na, gut. Lukas würde es dir sowieso sagen.« Er atmete tief durch und sprach stockend weiter, »Nun ja

... Er sagte ... Lassen sie ihre Tochter taufen, bevor es zu spät ist.«

Betretenes Schweigen. Frau Henrichs schlug sich mit der Handfläche auf die Stirn.

»Als ich ihm gesagt habe, dass wir nicht an seiner Gemeinde interessiert wären und dass unsere Tochter bereits getauft sei, ist er völlig ausgerastet. Er hat mich nicht mehr zu Wort kommen lassen und gedroht, uns wegen Kindesentführung anzuzeigen. Wenn Lukas nicht innerhalb der nächsten Stunde zurück sei, wolle er ihn persönlich bei uns abholen und mit ihm zur nächsten Polizeistation fahren. Als ich ihm ein persönliches Gespräch angeboten habe, hat er einfach aufgelegt.«

Marie starrte Mutter an. Die fuchtelte mit den Händen und röchelte, als ob sie die Zunge verschluckt hätte und daher nicht sprechen konnte.

Dann richteten sich alle Blicke auf mich. Ich biss mir auf die Unterlippe. Ich hatte das Gefühl, sie warteten auf eine Reaktion meinerseits. »Das habe ich mir fast schon gedacht«, stammelte ich.

»Papa, hast du ihm nicht gesagt, dass er Lukas nicht schlagen darf? Hast du ihm nicht gesagt, dass das Kindesmisshandlung ist?«, fragte Marie zornig.

»Doch, aber er hat nur abgewiegelt und gesagt, dass Gott und seine Gemeinde das ausdrücklich erlaubten.«

Marie schüttelte fassungslos den Kopf. »Das kann doch einfach nicht wahr sein. Papa, du bist Anwalt, du musst etwas unternehmen.«

Herr Henrichs stand auf, atmete tief durch und schritt im Zimmer auf und ab.

»Marie, es gibt in Deutschland noch keine eindeutige rechtlichen Grundlage in Bezug auf die körperliche

Bestrafung von Kindern. Das Züchtigungsrecht ist bei uns noch nicht vollständig abgeschafft worden. Körperstrafen sind als Erziehungsmittel legal, soweit sie maßvoll und angemessen sind. Leider leben wir nicht in Schweden. Die haben die Prügelstrafe schon vor zwölf Jahren, also 1956, verboten.«

Er legte eine Pause ein und ergänzte: »Und außerdem, wir wollen die Reinhardts doch nicht verklagen. Das wäre die schlechteste Lösung.«

Frau Henrichs nickte.

»Aber trotzdem, Lukas kann heute erst einmal bei uns bleiben, wenn er will«, sagte er entschlossen.

Marie strahlte über das ganze Gesicht. »Danke, Papa.«

Ich verzog keine Miene.

»Wir werden eine Lösung finden, die für alle Beteiligten die beste ist«, sagte Herr Henrichs.

»Möchtest du uns etwas über deine Eltern erzählen?«, fuhr er fort.

Ich und ließ den Kopf hängen. »Eigentlich ...« Ich stockte. »Eigentlich habe ich gute Eltern. Sie sind sehr gläubig und möchten, dass ich genau so werde wie sie. Und wenn mir das nicht gelingt, dann schlägt mich Papa oder Mama sperrt mich ein oder so. Warum tun sie das?«, fragte ich und vergrub mein Gesicht in den Händen.

Marie streichelte mir sanft über den Kopf.

»Du kannst meinen Eltern vertrauen.«

Ich erzählte ihnen, wie mein Leben aussah, dass sich alles um den Erlöser, die *Bibel* und die Gemeinde drehte.

Ich schaute Marie an. »Sie ist meine einzige Freundin. Mit ihr kann ich über alles reden. Wenn sie in meiner Nähe ist, geht es mir gut.«

Freudentränen kullerten über Maries Wangen. Fast im gleichen Augenblick fing sie wieder an zu husten. Ihre Mutter reichte ihr ein Taschentuch und nahm den Inhalator in die Hand.

»Ist nicht so schlimm, Mama, ich bin nur so gerührt.«

»Lass uns mal rüber gehen, bis du dich wieder beruhigt hast.« Frau Henrichs griff mit der einen Hand nach dem Inhalator, hakte Marie mit dem anderen Arm unter und führte sie in die Küche. Ich schaute ihnen hinterher. »Du kennst Prozedere ja schon«, versuchte mich Herr Henrichs zu beruhigen. »Für uns ist das fast Routine.«

»Ich bewundere sie, wie sie das Schicksal ihrer Tochter meistern. Wie konnte Gott das nur zulassen?«

»Ich bewundere dich auch, wie du dich für Marie einsetzt. Seit sie dich kennengelernt hat, ist sie richtig aufgeblüht.«

Herr Henrichs zögerte einen Moment, während im Hintergrund das Gebrumme des Inhalators ertönte. Das Geräusch durchbohrte meine Ohren, schlimmer als der Bohrer beim Zahnarzt.

»Magst du mir noch etwas über deine Eltern erzählen? Seit wann sind sie in der Gemeinde?«

»Wie bitte?«, fragte ich zurück. Ich war mit meinen Gedanken ganz woanders.

Er wiederholte die Frage und fügte noch hinzu: »Du musst gar nichts, aber vielleicht hilft es dir, sagte er und lächelte verschmitzt.«

Ich rieb mir die Nase und schaute zu ihm hoch.

»Mein Vater und meine Großeltern sind Flüchtlinge aus dem Osten. Mama lernte Papa kurz vor Kriegsende im Lazarett kennen, als er dort eine Verwundung auskurierte. Schon kurze Zeit später heirateten sie. Als sie nach der Flucht schließlich in Lübeck landeten, hatten sie nichts, kein Geld, keine Wohnung und keine Freunde.«

Ich schaute Herrn Henrichs an. Er verzog keine Miene, sondern saß ganz entspannt da und hörte sich an, was ich zu sagen hatte.

»Dann passierte etwas ganz Entscheidendes«, fuhr ich fort. »Ein Herr aus der Gemeinde Gottes bot Papa eine Arbeit an. Es war wie ein Wunder. Seitdem sind meine Eltern Mitglieder. Sie sagen immer, der Heiland hat sie gerettet. Vor dieser Zeit waren sie, glaube ich, überhaupt nicht religiös.«

Herr Henrichs nickte und wartete, bevor er mit ruhiger Stimme sagte.

»Weißt du Lukas, in manchen Fällen geraten Menschen in die Fänge von streng religiösen Gemeinden, wenn sie Probleme haben oder in akuter Not sind. Mit schwachen, labilen Personen haben sie besonders leichtes Spiel. Häufig nutzen sie deren Notlage schamlos aus.«

Er hielt inne und musterte mich abwartend.

»Allerdings«, fuhr er fort, »ich kenne weder deine Eltern, noch die Gemeinde. Für manche Menschen kann eine Gemeinschaft von Gleichgesinnten durchaus eine Hilfe sein. Viele sind auf der Suche nach dem Sinn des Lebens, den sie zum Beispiel durch den Krieg verloren haben. Deine Eltern gehören wahrscheinlich dazu. Der christliche Glaube ist für sie wie ein Anker, an dem sie sich festhalten können.

Aber, es gibt auch Grenzen. Und die scheinen mir von deinen Eltern überschritten worden zu sein. Deine Schilderungen könnten sogar auf eine sektenartige Vereinigung hindeuten. Wie heißt die Gemeinde genau?«

»Papa und Mama sprechen immer nur von der Gemeinde. Sie treffen sich sonntags im Haus der Evangeliumsverkündigung und einmal in der Woche zur Bibelstunde bei uns zu Hause.«

Herr Henrichs hörte aufmerksam zu und legte seine Stirne erst in Sorgenfalten.

»Weißt du, wie das Oberhaupt der Gemeinde heißt?«

»Ich kenne ihn nur unter dem Namen Bruder Johannes.« Ich überlegte. »Der Nachname fällt mir gerade nicht ein.«

»Heißt der vielleicht Johannes Döring?«

»Ja genau, so heißt er.«

Herr Henrichs schüttelte verwundert den Kopf.

»Warum fragen sie mich das? Kennen sie ihn?«

»Ich habe den Namen schon mal irgendwo gehört, aber ich weiß nicht mehr in welchem Zusammenhang.«

Es klang so, als ob er mehr wüsste, es aber nicht sagen wollte.

»Bist du eigentlich auch getauft worden?«

»Ja, gleich zweimal. Einmal evangelisch, als ich noch ein Baby war und das zweite Mal vor einem Jahr von Bruder Johannes bei uns zu Hause. Das war ziemlich unangenehm.«

»Wieso?«

Ich schwieg und ließ beschämt den Kopf hängen.

Herr Henrichs schien zu merken, dass es mir peinlich war, darüber zu sprechen.

Er schaute auf die Uhr. Kurz nach sechs. »Dein Vater wird wohl nicht mehr auftauchen.«

Die Küchentür ging auf. »Da sind wir wieder«, sagte Marie und winkte mir zu.

»Ich muss dich noch einmal unter vier Augen sprechen, Eva. Es dauert nicht lange«, sagte Herr Henrichs und bat sie ins Arbeitszimmer.

Marie horchte auf, setzte sich wieder neben mich und schüttelte verwundert den Kopf. »Was die wohl ohne uns, zu besprechen haben?«, fragte sie. »Ich geh mal lauschen, was die so zu bereden haben.«

»Was versprichst du dir davon?«

»Ich habe einen Verdacht.«

»Welchen Verdacht?«, hakte ich nach.

Marie legte den ausgestreckten Zeigefinger auf die Lippen. »Psst!«, flüsterte sie, stand auf und schlich sich in den Flur.

Ganz schön dreist, dachte ich.

Nach zehn Minuten kehrte sie wieder zurück. Sie war kreidebleich. Sie torkelte auf mich zu. Ihre Beine knickten unter ihr weg und sie ließ sich neben mir aufs Sofa fallen.

»Was ist los, Marie?«

»Das haut mich um.« Sie atmete einmal tief durch. »Ich habe nicht alles verstanden, aber wenn das stimmt, was ich verstanden habe, dann ist das ungeheuerlich«, sagte sie und schluckte.

»Was ist denn Marie, sag schon.«

»Vielleicht habe ich auch einiges nicht richtig verstanden. Das kann einfach nicht sein.«

»Egal, was hast du verstanden?«, fragte ich und sah sie entgeistert an.

Sie zögerte einen Moment und dann platzte es aus ihr heraus.

»Der angeblich so fromme Bruder Johannes ...« Sie unterbrach den Satz, wippte leicht vor und zurück und sah mich an. Mein Herz klopfte wie wild.

»Lukas, du musst jetzt ganz stark sein.«

»Marie, sag's endlich.«

»Der angeblich so fromme Bruder Johannes wird des Totschlags verdächtigt. Er sitzt in Untersuchungshaft. Mein Vater vertritt die Nebenklägerin.«

Ich schlug mir mit der Handfläche gegen die Stirn. Deshalb hatte er bei den letzten Gottesdiensten gefehlt. Er war gar nicht in Urlaub, dachte ich.

»Es kommt noch schlimmer«, fuhr Marie fort. »Der vierzehnjährige Sohn einer Frau aus Lübeck ist nach der Taufe von Bruder Johannes auf der Intensivstation eines Krankenhauses verstorben.«

Ich zuckte zusammen. »Marie, du spinnst.«

»Nein Lukas.«

In dem Moment ertönte das Knarren einer sich öffnenden Tür. Das Gespräch verstummte abrupt, als Maries Eltern eintraten und uns musterten.

»Es ist so schön, wenn du bei mir bist«, wechselte ich abrupt das Thema.

Ich versuchte zu lächeln, es gelang mir aber nicht. Zu sehr bewegte mich, was mir Marie gerade zugesteckt hatte.

»Ich muss mal an die frische Luft«, sagte ich.

»Gute Idee, ich begleite dich.«

»Das tut euch beiden bestimmt gut«, ergänzte Maries Vater.

Marie schaute durchs Fenster in den Garten. Sie stand auf und nahm mich an die Hand. Sie öffnete die Terrassentür und sah mich mit ihren taubenblauen Augen an. »Komm, lass uns zum Gartenhaus gehen.«

Sie lehnte die Tür von außen fest an, sodass der Schnapper einrastete.

Wir überquerten den gepflegten Rasen, eingebettet von riesigen Blumenbeeten und Sträuchern. Ein süßer Duft stieg mir in die Nase, der immer bitterer wurde. Mir schwirrte nur noch Bruder Johannes im Kopf herum.

»Gefällt dir unser Garten«, fragte sie und lächelte mich an, als ob sie meine Gedanken lesen konnte, und ich spürte sofort: Sie konnte.

»Ich weiß genau, was dich quält«, sagte sie und zeigte auf die Stühle vor dem Gartenhaus, das zwischen zwei Rhododendronbüschen eingerahmt war.

»Setz dich«, forderte sie mich auf. »Du möchtest bestimmt wissen, was ich sonst noch gehört habe.«

Wir nahmen auf zwei Gartenstühlen Platz. Ich beugte mich zu ihr hin, legte meine Hände auf ihr Knie und blicke sie an. Wie schön sie doch war, obwohl sie so krank und mitgenommen aussah. Ihre Schönheit war für mich immer noch so vollkommen wie eh und je.

»Bist du sicher, dass du auch nichts falsch verstanden hast?«, fragte ich.

»Fast sicher.«

»Und das Wort Taufe ist wirklich gefallen?«

»Ganz sicher. Warum?«

»Die ganze Zeit spukt mir meine eigene Taufe im Kopf herum«, sagte ich nachdenklich und malte mir insgeheim aus, dass das auch mir hätte passieren können.

»Du bist nicht etwa auch von Bruder Johannes getauft worden?«

»Doch.«

Sie schnappte hörbar nach Luft und riss die Augen weit auf und verkrampfte.

»Sollen wir wieder ins Haus gehen?

»Nein, ich will jetzt wissen, wie das bei deiner Taufe gelaufen ist.« Ihre Stimme überschlug sich schier.

»Willst du das wirklich?«

»Ja, verflixt ...« Sie stockte. »Bitte!«

Ich holte tief Luft. »Ich erinnere mich daran, als wenn es gestern gewesen wäre. Er drückte mich bei der Taufe so lang unter Wasser, bis ich kaum noch Luft bekam. Ich wäre beinahe erstickt.« Ich schluckte und fühlte einen Kloß im Hals.

Marie klopfte mir sanft auf den Rücken. »Beruhig dich, ich bin ja bei dir. Mich würde nur noch eines interessieren.« Sie zögerte kurz. »Wie haben deine Eltern reagiert?« ...

»Du glaubst es nicht, Marie«, sagte ich und schüttelte mich. »Sie saßen direkt daneben, ohne einzugreifen. Sie klatschten sogar noch Beifall, als Bruder Johannes mich aus dem Wasser zog und sagte: Bruder Waldemar, Schwester Sophie, ihr habt einen starken blonden Sohn, Jesus wird seine Freude an ihm haben. Halleluja!«

»Das ist nicht wahr, oder?«

»Doch Marie.«

»Dann säßest du vielleicht heute gar nicht hier neben mir.«

»Vielleicht?«

»Ein scheußlicher Gedanke.« Sie streckte ihre Arme aus. »Komm halt mich ganz fest.«

Ich umarmte sie und ließ sie nicht mehr los.

»Und noch etwas habe ich mitbekommen. Der heißt mit richtigem Vornamen Adolf und nicht Johannes.«

Ich schmiegte mich näher an sie. »Das ist mir egal, soll er doch heißen, ach was weiß ich ...«, sagte ich und hielt mit meinem Daumen und Zeigefinger ihr Kinn, zog es an mich und küsste sie auf die Wange.

Die Terrassentür öffnete sich. »Kommt ihr bitte rein«, rief Frau Henrichs. »Ich habe den Tisch gedeckt.«

»Wir kommen gleich, Mama.«

Marie reichte mir die Hand und führte mich zurück ins Wohnzimmer. Ihr Papa saß schon am Esstisch. Er rieb sich die Hände. Frau Henrichs kam mit einer Schüssel aus der Küche. »Es gibt dein Lieblingsgericht, Spaghetti Bolognese.«

»Mama, sei mir nicht böse. Im Moment bekomme ich nichts runter.«

»Tut mir leid Frau Henrichs, mir ist auch irgendwie schlecht.«

»Ist euch die ganze Situation so auf den Magen geschlagen?«

Marie verdrehte die Augen und hielt sich den Bauch. »Ich könnte kotzen.«

Frau Henrichs zuckte zusammen, schwieg jedoch.

Für einen Moment war es mucksmäuschenstill.

Mein Blick kreiste umher, bis er schließlich an Maries Gesicht hängen blieb. Ihre Augen schimmerten feucht, beinahe fiebrig.

»Wie soll es jetzt nur weiter gehen?«

»Ich weiß es auch nicht«, antwortete sie und schaute hilfesuchend ihre Mutter an.

Die zuckte mit den Achseln und blickte eine Weile schweigend vor sich hin. »Vielleicht sollte ich in den nächsten Tagen noch einmal mit deiner Mutter sprechen, sozusagen von Frau zu Frau«, sagte sie.

Herr Henrichs nickte. »Das ist eine gute Idee. Heute bleibst du erst einmal bei uns. Du kannst im Gästezimmer schlafen. Morgen gehst du zur Schule und danach wieder zurück zu deinen Eltern. Meine Frau wird sich mit deiner Mutter in Verbindung setzen.«

Mir fiel ein Stein vom Herzen. Ich lief auf sie zu, fiel ihr um die Arme und drückte sie ganz fest an mich. »Danke, Frau Henrichs. «

24 Zärtliche Berührungen

Marie zwinkerte mir zu und lächelte verschmitzt. »Komm mit, ich zeig dir mal mein Zimmer.« Sie schaute ihre Eltern an. »Oder habt ihr etwas dagegen?«

Die sahen sich an, als ob beide das Gleiche dachten und nickten. »Na gut, zwanzig Minuten, okay?«, antwortete Frau Henrichs.

Marie nahm meine Hand und führte mich durch den langen Flur.

»Das hier rechts, das ist das Gästezimmer«, sagte sie. »Und hier gleich gegenüber, das ist mein Reich. Du bist also ganz nah bei mir, heute Nacht.«

Sie öffnete die Tür und schob mich in ihr Zimmer.

Ich schaute mich um und kam aus dem Staunen kaum noch heraus. Der Raum war mindestens doppelt so groß wie meiner.

Alles war in Weiß gehalten. Unter dem Fenster befand sich ein höhenverstellbarer Schreibtisch. Links stand ein verspieltes Himmelbett und rechts ein riesiges Regal mit Büchern und Plüschtieren.

»Wo geht´s denn dahin«, fragte ich und zeigte auf die Tür in der Rückseite des Raumes.

»Die Tür führt zum Badezimmer.«

»Du hast ein eigenes Badezimmer?«, fragte ich.

»Ja, allein schon wegen meiner Krankheit.«

Luxus pur, dachte ich und ließ meinen Blick weiter über die Wände schweifen. Fotos und Gemälde in bunten Rahmen waren ein richtiger Hingucker.

»Donnerwetter, dein Reich ist wunderschön. Da hängt ja sogar ein Kreuz.«

»Freut mich, dass es dir gefällt.«

Ich ging auf eines der Porträts zu und fragte: »Wer ist das denn? Den habe ich noch nie gesehen.«

»Das ist Roy Black. Das Autogramm unten auf dem Bild habe ich auf einem Konzert von ihm persönlich bekommen. Ist das nicht toll?«, fragte sie und klatschte in die Hände.

Meine Begeisterung hielt sich in Grenzen. »Aha, was singt der denn so?«

»*Ganz in Weiß* ist mein Lieblingssong.«

»Wir singen in unserer Gemeinde auch vom weißen Schnee. Der Text geht so:

Jesus wasch du mich so weiß wie der Schnee,
weiß wie der Schnee, weiß wie der Schnee.
Wasche mich, Heiland, so werde ich weiß wie der Schnee, sprudelte es aus mir heraus,

Verstehst du?«

Marie schüttelte den Kopf und schmunzelte. »Nicht so richtig, aber der Text ist irgendwie ulkig.«

»Ehrlich gesagt, ich versteh ihn auch nicht ganz. Es geht wohl um die Vergebung von Sünden. Handelt dein Lieblingslied auch von der Sünde?«

»Nein«, sagte sie grinsend und berührte fast beiläufig mit ihrem Arm meine Hüfte »Du bist mir einer, Lukas. Es geht um eine romantische Hochzeit.« Sie reichte mir die Hand und summte leise vor sich hin. »Komm mit in die Kuschelecke, dann singe ich dir die erste Strophe vor.«

Sie führte mich quer durch den Raum, blieb stehen und griff nach dem Koalabären auf dem Regal.

»Das ist Paul, mein Knuddelbär. Den liebe ich über alles.«

Sie drückte ihn ganz fest an ihren Körper und küsste ihn schmatzend mehrmals aufs Maul. Dabei lächelte sie mich an und fragte: »Magst du mein Knuddelbär sein?«

Mir stieg die Hitze ins Gesicht. Ich schwieg und schaute sie verlegen an.

»Hier halt ihn mal eben, ich bin gleich wieder zurück.«

Ich nahm das Plüschtier. Es war ungefähr dreißig Zentimeter groß und weich und knuffig.

»Setz dich schon mal auf eines der Polster. Bis gleich«, sagte sie und verließ den Raum.

Ich schritt in Richtung Kuschelecke und ließ mich genüsslich fallen. Neben einem der Polster lag eine aufgeschlagene Zeitschrift. Ich nahm sie in die Hand, ohne den Kuschelbären loszulassen, und begann zu lesen:

Der Tag, von dem an alles anders ist.

Wenn ein Mädchen die Liebe erlebt, wenn ein Junge liebt, dann tut sich für beide eine neue Welt auf. Eine Welt, zu der niemand anders Zutritt hat. Jetzt sprechen junge Menschen zum ersten Mal darüber. Sie haben BRAVO anvertraut, was sie dachten und was sie empfanden, als es passierte ...

Ich blickte auf und starrte auf das Foto mit Roy Black. Das war nicht meine Welt. Oder doch? Interessant war es schon. Womit beschäftigt sie sich nur? Was hat sie vor?, fragte ich mich. Ich beugte mich vor und wollte gerade weiterlesen, als sich die Tür wieder öffnete und Marie zurückkam. Ich sah sie an und ließ vor Schreck den Koala und die Zeitschrift fallen. Sie hatte sich die Lippen knallrot geschminkt. *Um Himmels willen, wenn uns Papa und Mama jetzt sähen, die würden mich ... Ich wagte nicht, mir das auszumalen.*

»Wie findest du mich?«

Jetzt nur nichts Falsches sagen, dachte ich und überlegte.

»Du siehst nett aus, wie eine richtige Lady.«

»Der Lippenstift ist übrigens kussecht«, bemerkte sie und setzte sich zu mir.

»Du kannst ihn gerne einmal testen.«

Ich blickte auf die offene Tür, stand auf und drückte sie zu.

»Du brauchst keine Angst zu haben. Meine Eltern würden mein Zimmer nie ohne Ankündigung betreten.«

Papa würde die Tür eintreten, dachte ich und ging zurück in die Kuschelecke. Ich setzte mich neben Marie. »Du bist ein Engel«, flüsterte ich ihr ins Ohr. ». Dir geht es jetzt aber wieder verdammt gut, oder?«

»Wenn du da bist, geht es mir immer gut. Dann vergesse ich alle Schmerzen. Aber jetzt möchte ich, dass du den Test machst«, antwortete sie.

»Hast du immer noch nicht genug?«, fragte ich schelmisch. Es rutschte einfach aus mir heraus. Was ist nur los mit mir, fragte ich mich.

»Nein, ich kann gar nicht genug davon kriegen«, sagte sie mit einem genüsslichen Lächeln.

Ich neigte mich zur Seite, gab ihr einen flüchtigen Kuss auf den Mund und wich schnell wieder zurück.

»Du musst dich schon etwas mehr anstrengen, wenn du den Lippenstift testen willst.«

Ich wagte nicht, mich von der Stelle zu rühren, doch ehe ich mich versah, drückte sie meinen Kopf mit beiden Händen zu sich herunter. Sie übersäte mein Gesicht mit heftigen Küssen bis ich plötzlich ihre Lippen auf meinen spürte. Sie presste ihre Zunge in meinen Mund. Sie schmeckte nach Pfefferminz.

Ich schloss die Augen und vergaß alles um mich herum. Wie in Trance. Es war sündhaft schön, bis sie anfing zu schlucken.

Blitzschnell zog ich meinen Kopf zurück und starrte sie mit rasendem Herzschlag an. Sie atmete schwer.

»Marie, alles gut?«

»Alles gut, Lukas. Es ist wunderschön mit dir, ja, mehr als das. Ich glaube, ich ...« Sie stockte. »Manchmal denke ich, dass die Menschen nicht ehrlich genug sind«, wechselte sie das Thema.

»Was meinst du damit?«, fragte ich.

Sie schaute mir tief in die Augen.

»Bist du ehrlich? Möchtest du mich wirklich durch die letzten Tage meines Lebens begleiten? Ein Mädchen, die bei der geringsten körperlichen Anstrengung nach Luft schnappt, deren Körper so mager ist, dass sich jeder einzelne Knochen abzeichnet, die immer wieder hustet oder nach Atem ringt?«

Marie verzog ihr Gesicht. Ich war nicht imstande, auf die Fragen zu antworten.

»Warum schweigst du, Lukas? Was willst du mir sagen. Oder fehlt dir der Mut dazu? Bin ich vielleicht doch nur ein willkommener, vorübergehender Trost für die Schwierigkeiten mit deiner Familie? Spielst du nur mit mir?«, fragte sie und zog die Augenbrauen zusammen.

Meine Kehle war wie zugeschnürt. Ich spürte Tränen über mein Gesicht laufen. Ich stand auf und ging zum Fenster. Bewegungslos starrte in den Garten der Henrichs. Pappelpollen trieben durch die Luft wie dicke Schneeflocken. Das Abendlicht verfing sich darin. Vogelgezwitscher war zu hören. Alles lebte, alles strahlte. Nur ich stand regungslos da und hatte Tränen in den Augen. Ich drehte mich um und fragte zurück:

»Warum zweifelst du an mir?«

Sie sah mich flehentlich an und streckte mir beide Hände entgegen.

»Komm zu mir. Ich habe nur Angst vor einer großen Enttäuschung.«

Auf der Stelle rannte ich zurück, setzte mich wieder neben Marie, die sich eng an mich schmiegte.

»Wenn du nicht da bist, bin ich verzweifelt. Ich kann es einfach nicht glauben, dass da tatsächlich noch einer auf dieser Welt ist, der nicht nur Mitleid mit mir hat.«

Sie hielt inne. Ihr Blick traf mich mitten ins Herz.

»Ist es nur meine Schuld, dass du dich mit deinen Eltern verkracht hast? Glaubst du, es wäre anders gelaufen, wenn wir uns nicht begegnet wären?«

»Ich hasse das Wort Schuld und alles, was damit zusammenhängt. Ich habe jahrelang Schuldgefühle gehabt und habe sie immer noch. Weißt du Marie, du kannst dir gar nicht vorstellen, wie man sich fühlt, wenn man immer wieder ...« Eine innere Stimme unterbrach mich.

Wegen dir hat deine Mutter, die ganze Nacht kein Auge zugetan. Du bist schuld, wenn sie noch krank wird. Du bringst uns noch ins Grab. Wir haben so viel für dich getan, und du verhältst dich so undankbar ...

Ich schluckte. »Aber selbst Papa und Mama haben keine Schuld, weil sie so sind, wie sie sind. Dein Papa hat das schon richtig erkannt. Aber ich glaube, du hast die ganze Entwicklung beschleunigt.«

»Ich bewundere dich. Wie hast du das alles nur ausgehalten?«

»Ach, weißt du, die Schläge waren nie das Schlimmste. Das Schlimmste war ...« Ich zögerte. Meine Mutter kam mir in den Sinn.

»Das Schlimmste ist, dass ich es Papa und Mama nie recht machen kann. Und ich wollte ihnen doch keine Schande bereiten. Ich wollte doch von ihnen geliebt werden und ihnen nicht wehtun. Sie haben so viel für mich getan.« Ich zögerte einen Moment und fügte hinzu: »Vielleicht bin ich auch nur undankbar.«

»Bist du nicht«, protestierte Marie. »Die haben dir doch keine Freiräume gelassen mit ihrem weltfremden Glauben, den sie dir aufzwingen wollten. Sie haben dich immer wieder unter Druck gesetzt und sogar geschlagen. Das ist unmenschlich, einfach nur grausam.«

Sie holte kurz Luft und fuhr fort: »Du hast doch gar nicht verstanden, was sie dir angetan haben. Du hast doch alles, was sie gesagt und getan haben, widerspruchslos hingenommen«, sagte sie schwer atmend.

Ihre Ansprache wühlte mich auf und machte mich zugleich nachdenklich.

»Du hast recht, in letzter Zeit habe ich sie immer weniger verstanden«, bemerkte ich und schaute sie flehend an: »Lass uns zusammen noch viele schöne Momente erleben.«

Sie lehnte sich zurück und beäugte mich. Ihr Blick war finster. Plötzlich wandelte sich ernster Gesichtsausdruck in ein fast schelmisches Lächeln. Jetzt verstand ich gar nichts mehr.

»Was ist los, Marie?«

Sie lachte aus vollem Herzen und konnte sich nicht mehr zurückhalten.

»Schau mal in den Spiegel«, forderte sie mich auf und zeigte in Richtung Badezimmertür.

Ich richtete mich auf und folgte ihrer Bitte.

Ich zuckte zusammen. Mein ganzes Gesicht war übersät mit Lippenstift. Ich nahm den Lappen am Waschbecken und schruppte und schruppte. Mit geringem Erfolg. Ich entdeckte ein Päckchen mit Reinigungstüchern auf der Ablage. Gott sei Dank, die funktionierten. Als auch letzte Spur beseitigt war, kehrte ich zurück und baute mich grinsend vor ihr auf.

Marie lachte. »Das hat aber lange gedauert.«

»Von wegen kussecht! «

»Man sieht ja gar nichts mehr. Komm, setz dich wieder.«

Sie nahm den Koala und drückte ihn fest an ihre Brust.

»Magst du ihn noch einmal halten?«

Ich zögerte.

»Gib ihn mir mal.«

Ich setzte das Tier auf meinen Schoß und betrachtete es mit einer gewissen Zurückhaltung.

»Okay, ich habe verstanden«, sagte sie lächelnd, nahm mir den Bären wieder weg und setzte ihn auf ihre andere Seite.

»So und nun zum Lied.«

Sie holte noch einmal tief Luft und legte los:

»Ganz in Weiß mit einem Blumenstrauß,

so siehst du in meinen schönsten Träumen aus,
ganz verliebt schaust du mich strahlend an,
es gibt nichts mehr, was uns beide trennen kann.
Ganz in Weiß so gehst du neben mir,
und die Liebe lacht aus jedem Blick von dir ...«

Während sie sang, wichen unsere Blicke nicht voneinander.

»Ein schönes Lied«, sagte ich.

Marie drehte sich und legte ihre Beine über meine.

»Halt mich bitte ganz fest, damit ich weiß, dass das alles hier kein Traum ist. Weißt du was ...?«

Sie unterbrach den angefangenen Satz. Ihr Blick war traurig.

»Ich weiß nicht, wie ich es sagen soll.«

»Sag's doch einfach.«

»Ich weiß nicht viel über das Leben. Ich bin noch so jung und müsste noch viel lernen, wenn ...«

Für einen Moment schwieg sie und wischte sich die Tränen ab.

»Wenn ich doch nur noch die Zeit dafür hätte.«

Ich drückte sie fest an mich. Ihre dicken Tränen strömten über meine Wangen und über meinen Mund, wie ein Wasserfall. Wie süß sie schmeckten. Sie lehnte sich zurück und sah mich an, mit ihren taubenblauen Augen.

»Ich war noch nicht fertig. Schau mich an, Lukas. Auch wenn ich jung und unerfahren bin, eins weiß ich genau: Du bist das Beste und Wichtigste, was mir je passiert ist. So jetzt ist es endlich raus.«

Ich kämpfte mit den Tränen.

»Ich mag dich so sehr Marie, du bist jung und trotzdem schon so weise, so liebevoll, so ganz anders, als die

Menschen, die ich bisher kennengelernt habe. Ich kann dieses Gefühl gar nicht beschreiben, es ist einfach da und ich weiß, dass es gut ist.«

In diesem Moment fing sie wieder an, zu keuchen. Sie schnappte nach Luft. Ihr Atem war pfeifend und unregelmäßig. Ich ließ sie auf der Stelle los.

»Habe ich dich zu fest gedrückt?«

»Nein, nein, aber hol mir bitte das Inhaliergerät aus der Küche.« Sie

Ich lief zur Tür, öffnete sie und rannte, so schnell ich konnte. Auf dem Flur wäre ich beinahe mit Frau Henrichs zusammengestoßen, die mir mit dem Inhaliergerät bereits entgegen stürmte. Sie stieß mich zur Seite und eilte an mir vorbei. Ich folgte ihr bis zur Tür.

»Komm Marie, setz dich auf den Stuhl«. Sie drehte sich zu mir um, »Und du gehst jetzt am besten schlafen. Ich habe das Bett schon neu überzogen. Wenn du möchtest, kannst du einen Schlafanzug meines Mannes anziehen. Der liegt oben auf dem Bett. Das Zimmer ist direkt gegenüber.«

Regungslos stand ich an der Tür. Bevor ich mich umdrehte, wagte ich einen letzten Blick auf Marie, die sich den Bauch hielt und immer noch nach Luft rang und am ganzen Körper zitterte. Ihr Gesicht war knallrot. Frau Henrichs nahm ein Taschentuch und putzte Marie den Schleim vom Mund ab.

»Gute Nacht Prinzessin, schlaf gut.«

25 Böses Erwachen

Glücklich und traurig zugleich betrat ich das Gästezimmer. Es war wesentlich kleiner als das von Marie und auch karger ausgestattet. Unter dem Fenster stand ein Doppelbett. Ich zog mich aus, warf meine Kleider und den Schlafanzug von Herrn Henrichs auf den einen Stuhl und legte mich nackt ins Bett. Ich faltete meine Hände und begann zu beten.

»Ich bitte dich, lieber Gott, mach Marie wieder gesund. Gib mir ein Zeichen, dass es dich gibt.«

Ich rollte mich wie ein Embryo zusammen. Es dauerte ewig, bis ich endlich einschlief.

Irgendwann, mitten in der Nacht, wachte ich auf. Das Mondlicht erhellte den Raum. Ich spürte etwas Warmes in meinem Rücken, drehte mich um und konnte es kaum glauben. Marie lag neben mir und zog an der Decke. Ich war hellwach.

»Ich wollte nur etwas kuscheln. Du bist ja noch viel weicher als mein Paul«, sagte sie, schmiegte sich noch enger an mich und legte einen Arm um meinen Hals. Ich spürte ihre Brustwarzen.

»Marie, bist du verrückt? Du bist ja ganz nackt.«

»Du doch auch.«

Mir lief der kalte Schweiß über den Rücken. »Stell dir vor, du bekommst wieder einen Hustenanfall. Dann stehen plötzlich deine Eltern vor uns.«

»In zehn Minuten gehe ich zurück auf mein Zimmer. Jetzt entspann dich doch. Bleib so liegen«, sagte sie und versuchte, sich aufzurichten. Sie war zu schwach, fiel auf den Rücken und begann zu husten.

»Hilf mir Lukas!«

Ich sprang aus dem Bett und beugte mich über sie.

»Marie, du darfst dich nicht anstrengen«, sagte ich, zog sie an den Armen hoch und legte ihr ein Kissen ins Kreuz, sodass sie aufrecht sitzen konnte.

»Es geht schon wieder. Setz dich neben mich«, forderte sie mich auf.

Nur kein neuer Hustenanfall, dachte ich, folgte ihrem Wunsch und hüllte uns beide in die Decke ein.

»Was hast du vor?«

Sie räusperte sich und fragte: »Erfüllst du mir einen letzten Wunsch?« Ihre Augen leuchteten aus dem bleichen Gesicht.

»Ich erfülle dir noch viele Wünsche, aber doch nicht hier und jetzt.«

Ihre Augen wurden kleiner und fielen fast zu.

»Die Antwort habe ich erwartet. Überrasch mich doch mal!«

»Was meinst du?«

»Sag doch einfach mal: ja.«

»Wozu?«

»Zu meiner Bitte.«

»Welcher?«

»Schalte bitte die Nachttischlampe an.«

»Wenn es weiter nichts ist, kein Problem«, sagte ich erleichtert und drückte auf den Knopf.

»Und jetzt?«

»Ich möchte deinen Schwanz einmal in die Hand nehmen.«

Ich war schockiert. Wie ordinär. Alles zog sich in mir zusammen. Ich starrte sie an.

»Aber doch nicht heute«, stotterte ich.

Noch ehe ich etwas sagen konnte, griff sie unter die Decke. Ich spürte ihre Hand zwischen meinen Beinen.

»Der Kleine ist aber süß«, sagte sie.

»Marie, lass das!«

»Du kannst ja wirklich nicht. Begehrst du mich denn gar nicht?«

Der Vorfall mit meiner Mutter hatte bei mir alles abgetötet.

»Doch Marie. Aber mir gehen so viele andere Sachen durch den Kopf.«

»Dann lass uns ein wenig kuscheln«, flüsterte sie und schmiegte sich noch näher an mich. Ich spürte ihre Wärme.

»Der bewegt sich ja doch.«

Ihre Finger berührten die Eichel.

»Wie riesig der kleine Lümmel geworden ist.«

»Jetzt ist Schluss, Marie. Sonst …«

»Was ist sonst?«, fragte sie und fing an, ihn zu massieren.

»Marie«, stöhnte ich.

Sie ließ mich los.

»Du kannst doch gar nicht mehr zurück. Mach mir doch nichts vor«, sagte sie und streifte die Decke zurück.

Ich sah in ihr Gesicht. Ihre Augen wurden größer.

»So sieht das Teil eines erregten Mannes also aus. So majestätisch. Das ist ja ein riesiges, aber wunderschönes Monster. Danke, dass ich das noch erleben darf.«

Ich zitterte am ganzen Körper. Sie deckte mich schnell wieder zu.

»Du bibberst ja.«

»Nicht vor Kälte, sondern vor …«

»Erregung«, fiel sie mir ins Wort. »Und was willst du mir damit sagen?«, fragte sie.

Ich blickte in ihre Augen und sah auf einmal alles, was ich jetzt brauchte.

»Überrasch mich doch«, sagte sie und grinste. Sie umfasste meinen Penis noch fester als vorher. Sie schüttelte ihn und beugte ihren Kopf zu ihm hinunter.

»Wie prall die Eichel ist und wie wunderschön sie glänzt. Und diese Adern, die pochen wie eine Trommel. Darf ich?«

»Marie ...«

Sie streifte die Vorhaut vorsichtig rauf und runter und erhöhte noch einmal den Druck und die Frequenz.

»Ist es okay so?«

»Ja«, stöhnte ich, »mach weiter.«

Auch Marie atmete schwer. Ich hatte das Gefühl mehr vor Anstrengung als vor Erregung.

»Ich kann nicht mehr. Komm endlich!«

Mein Körper bäumte sich auf und ich biss mir auf die Lippen, um nicht laut aufzuschreien. Und dann passierte es. Noch heftiger als in der Badewanne.

Sie zuckte zusammen und wischte sich mit einer Hand durchs Gesicht.

»Das riecht ja gar nicht schlecht«, sagte sie und nahm einen Finger in den Mund. »Und schmecken tut es auch noch.«

Ich fühlte mich erleichtert und dieses Mal, schämte ich mich nicht.

Sie stand auf und ging in Richtung Tür. Sie drehte sich noch einmal um und grinste.

»Und spürst du schon etwas im Rücken?«, fragte sie und grinste schelmisch. »Du kannst das Licht wieder ausschalten. Danke, ein Stückchen von dir nehme ich jetzt mit«, sagte sie und verließ den Raum.

Ich nahm die Lampe und leuchtete übers Bett. Oh mein Gott, überall waren Flecken. Ich schaute auf die Uhr: halb zwei. Ich wälzte mich von einer Seite auf die andere. Immer, wenn ich kurz davor war, einzunicken, glaubte ich, Stimmen im Haus zu hören. Dann endlich war es still.

Am frühen Morgen riss mich ein lautes Klopfen aus dem Schlaf. Ich stand senkrecht im Bett und wusste nicht mehr, wo ich war. Ich schaltete das Licht ein und schaute mich um. Erst jetzt realisierte ich, dass nackt war. Und dann kamen die Erinnerungen zurück, an all die Momente mit Marie letzte Nacht. Und schon wieder trommelte jemand gegen die Tür. Ich holte tief Luft, schnappte mir das Kopfkissen und hielt es mir vor den Körper. Die Tür öffnete sich. Herr Henrichs steckte den Kopf durch den Türspalt.

»Lukas, aufstehen. Die Schule wartet«, rief er und verschwand wieder.

Ich warf einen Blick auf die Uhr: kurz nach sieben. Höchste Zeit, sonst ich nicht mehr pünktlich zu Schule, dachte ich. Insgeheim hatte ich gehofft, dass Marie mich wecken würde. Ich rieb mir die Augen, eilte ins Badezimmer und schaute in den Spiegel. Meine Augen waren rot und geschwollen. Ich putzte mir die Zähne, duschte und trocknete mich ab. Bevor ich mich anzog, musterte ich mich noch einmal im Spiegel. Na ja, im Vergleich zu vorher sehe ich schon ein wenig besser aus, dachte ich. Gleich werde ich Marie gegenübertreten. Voller Vorfreude schritt ich in Richtung Esszimmer.

Ich öffnete die Tür. Mich traf fast der Schlag. Nur ein unbenutztes Gedeck, Brot, Butter, Marmelade und ein Glas Orangensaft standen auf dem Tisch. *Komisch, wo sind die anderen?*

Ich setzte mich, trank einen Schluck und schmierte mir ein Brot. Gerade wollte ich einen Bissen nehmen, als ich hörte, wie die Haustür aufgeschlossen wurde. Plötzlich stand Herr Henrichs vor mir. Sein Gesicht war von Falten durchzogen.

»Wir mussten heute Nacht den Notarzt kommen lassen. Marie wäre beinahe erstickt. Sie liegt im Krankenhaus und wird dort weiter untersucht. Meine Frau ist gerade bei ihr.«

Ich hatte das Gefühl, nicht mehr atmen zu können und starrte schockiert ins Leere.

Das Klingeln des Telefons im Flur unterbrach die gespenstische Stille. Herr Henrichs verließ den Raum und kam nach wenigen Minuten mit noch ernsterer Miene zurück.

»Das war meine Frau. Die Ärzte haben eine akute Lungenentzündung bei Marie festgestellt. Sie versorgen sie mit Sauerstoff. Ihre Lungenfunktion ist auf unter dreißig Prozent gesunken.«

Er stockte und hielt sich beide Hände vors Gesicht. »Sie liegt auf der Intensivstation und ist nicht ansprechbar. Sie darf nur von engsten Familienangehörigen besucht werden.«

Ich rutschte vom Stuhl auf den Boden und wälzte mich.

»Aber ... aber ...«, stammelte ich. »Gott, ich habe doch gestern noch zu dir gebetet, sie gesund zu machen.«

»Setz dich wieder«, sagte Herr Henrichs und reichte mir die Hand. »Ich fahre gleich wieder ins Krankenhaus. Wenn du willst, kann ich dich an der Schule absetzen. Hier hast du noch ein Paar Schuhe von mir. Die müssten dir passen.«

»Danke, Herr Henrichs, es geht schon. Ich kann alleine zur Schule gehen«, antwortete ich leise.

Ich zog mir die Schuhe an. »Die passen.« Mehr brachte ich nicht heraus.

Beide verließen wir schweigend das Haus.

26 Kino, Wodka und The Who

Hoppla! Auf dem Weg zur Schule stolperte ich mehrmals über die Bordsteinkante.

Ob ich sie wiedersehen werde?, fragte ich mich und kämpfte mit den Tränen.

Vom Unterricht bekam ich kaum etwas mit. Ich war in Gedanken versunken. Ich dachte nur an Marie. Ich kauerte auf meinem Stuhl, ständig kurz vor dem Einnicken. In den Pausen lief ich orientierungslos auf dem Schulhof herum.

Nach der Schule begab ich mich in den Park und setzte mich auf unsere Bank. Ich weiß nicht mehr, wie lange ich dort gesessen habe. Irgendwann bin ich aufgestanden und nach Hause gegangen.

Ich erwartete ein großes Donnerwetter. Als ich das Haus betrat, war keiner da. Auf dem Esstisch lag ein Zettel.

Solltest du zufälligerweise den Weg nach Hause gefunden haben: Wir sind im Schwimmbad. Es steht alles auf dem Herd. Bediene dich. Um fünf Uhr sind wir wieder zurück. Wir müssen über die letzte Nacht reden.

Deine Mutter

Wie kühl das klingt, *deine Mutter*, dachte ich.

Das Essen rührte ich nicht an. Ich hätte auch nichts herunterbekommen. Mein Magen krampfte und mir war speiübel. Ich schlich mich auf mein Zimmer und schmiss mich aufs Bett.

»Gott, Jesus, Heiliger Geist, wo seid ihr? Warum helft ihr Marie nicht?«, schrie ich aus voller Kehle.

Plötzlich klingelte das Telefon. Ich stand auf und rannte nach unten. Vielleicht war es Frau Henrichs. Ich atmete tief durch und nahm den Hörer ab.

»Lukas Reinhardt.«

»Daniel hier.«

Ich war so überrascht, dass mir die Stimme versagte.

»Lukas, bist du noch dran?«

»Hallo Daniel. Mit dir habe ich jetzt gar nicht gerechnet. Mir geht es nicht so gut.«

»Das haben wir heute in der Schule auch gemerkt. Wir haben es nicht gewagt, dich anzusprechen. Was ist denn los?«

»Marie ist wieder im Krankenhaus. Es sieht nicht gut aus.«

»Das tut mir leid. Vielleicht brauchste mal ›ne Ablenkung. Haste nicht Lust, mit Jochen und mir heute Abend ins Kino zu gehen? Tut dir bestimmt gut.«

»Daniel, tut mir leid, ich war letzte Nacht schon nicht zu Hause. Meine Eltern schlagen mich tot, wenn ich heute wieder wegbleibe.«

Ich erschrak vor mir selbst. Wie komme ich eigentlich dazu, mich Daniel so zu öffnen, dachte ich. Aber irgendwie tat es gut, mit einem Gleichaltrigen über meine Probleme zu reden. Ansonsten hatte ich ja nur Marie. Die Frage war, wie lange noch?

»Deine Eltern sind doch sehr fromm. Das werden sie bestimmt nicht machen.«

»Ach Daniel, du hast keine Ahnung«, sagte ich und ließ die Schultern hängen.

Ich überlegte hin und her. Eigentlich stand mir der Sinn nicht nach Unternehmungen. Außerdem war ich todmüde. Auf der anderen Seite hatte ich noch weniger Lust, mich heute Abend einem Kreuzverhör und eventuell weiteren Schlägen auszusetzen.

»Wann fängt die Vorstellung denn an?«

»Um halb sechs.«

Ich schaute auf die Uhr: viertel nach vier.

»Okay, ich komme. Wo treffen wir uns?«

»Super Lukas, vor dem Eingang. Wir freuen uns tierisch. Bis dann«, entgegnete er und legte auf.

Schnell noch unter die Dusche und die Zähne putzen. Ich stank wie ein Ziegenbock und hatte fürchterlichen Mundgeruch.

Danach fühlte ich mich schon wesentlich besser. Um 16:40 machte ich mich auf. Auf keinen Fall wollte ich Mama in die Arme laufen.

Als ich am Kino ankam, warteten Daniel und Jochen schon auf mich.

»Toll, dass du gekommen bist«, sagten beide fast gleichzeitig.

»Schlag ein!«, forderten sie und streckten ihre Hand aus.

Ich klatschte sie ab und fragte: »Was läuft denn?«

»*Partyschreck*. Ist was Lustiges, das dich vielleicht aufheitern kann«, sagte Daniel.

Eine Premiere. Zum ersten Mal in meinem Leben betrat ich ein Kino. Und dann war der Film auch noch in Farbe. Eine Komödie mit Peter Sellers mit vielen lustigen Szenen. Die dargestellte Welt war viel bunter und lebendiger als die tristen Gottesdienste der Gemeinde. Ich konnte mich gar nicht sattsehen und musste immer wieder herzlich lachen. Für neunzig Minuten vergaß ich alle Sorgen.

Anschließend gingen wir in die Eisdiele nebenan, setzten uns an die Theke und bestellten drei Eis mit Sahne.

»Eh, Lukas, war das kein super Film?«, fragte Daniel.

»Ja, ich fand ihn ganz lustig.«

»Du guckst aber nicht besonders fröhlich. Ist es wegen Marie?«, fragte Jochen.

Ich schwieg.

»Lukas, du kannst offen mit uns darüber reden. Lass es einfach raus. Das tut gut. Wir sind deine Freunde. Vielleicht können wir dir helfen.«

»Ja, ihr geht's gar nicht gut. Sie liegt im Krankenhaus. Ich weiß nicht, ob sie noch lange leben wird. Was soll ich nur ohne sie machen?«, fragte ich und ließ den Kopf hängen.

Jochen klopfte mir auf die Schulter. »Hat Daniel schon erzählt.«

Für einen Moment verstummte das Gespräch.

»Das ist noch nicht alles,« stammelte ich. »Meine Eltern haben mir verboten, mich mit Marie zu treffen.«

»Und daran hältst du dich? Das ist doch unmenschlich. Denen würde ich was scheißen«, sagte Jochen und ließ fast den Löffel fallen.

Daniel nickte. »Drei Wodka«, rief er der Bedienung zu.

»Bist du denn schon achtzehn?«, fragte sie und beugte sich mit ihrem tiefen Dekolleté über die Theke.

»Das sieht man doch, oder?«

Die junge Frau griff ins Regal, nahm eine Flasche, drei Gläser und füllte sie bis zur Oberkante.

»Prost, auf dich Lukas und auf Marie, dass sie bald wieder gesund wird.« Beide erhoben ihr Glas und leerten es in einem Zug. Ich nahm das Glas, hielt es unter die Nase und schüttelte mich.

»Runter damit«, forderte mich Daniel auf.

Ich setzte an, schloss die Augen und trank es auf ex aus. Mein erster Wodka. Ich hätte mich beinahe verschluckt. Das Zeug brannte wie Feuer.

»Der hat tierisch Umdrehungen, oder?«, sagte Daniel grinsend und wandte sich an die Dame hinter der Theke. »Noch drei.«

Ich verzog das Gesicht und wedelte mit den Händen. »Für mich nicht mehr.«

»Komm Kumpel, einen schaffst du noch.«

»Aber der Letzte.«

Der zweite Wodka lief schon besser die Kehle runter.

»Schaut mal die Perle dort drüben, echt Zucker. Der würde ich gern mal in die Höcker greifen.«

Daniel stieß Jochen mit dem Ellbogen in die Seite.

»Hast wohl ›n Rad ab, Jochen«, sagte er. »Das ist jetzt ein schlechter Zeitpunkt. Und außerdem ist das Tanja, die Freundin meines älteren Bruders.« Jochen wurde kreidebleich.

»Tut mir leid Kumpel.«

Papa und Mama wären geschockt gewesen, wenn sie mich hier hätten sitzen sehen, mitten in der Hölle. Mir war alles egal.

»Komm, lass uns noch ein Stündchen zu mir gehen und was klönen. Meine Eltern sind auf einem Konzert in Hamburg. Die kehren erst morgen zurück«, sagte Daniel. »Ich hab auch noch ne edle Flasche Korn, die wir uns reinziehen können.«

»Echt super Idee«, erwiderte Jochen.

Ich zögerte. Daniel klopfte mir auf die Schulter.

»Komm Kumpel, trink dir deinen ganzen Kummer mal von der Seele. Was meinste wie gut dir das tut, nur unter Männern.«

Ich rieb mir die Nase. Er hatte nicht ganz unrecht. Eigentlich hatte ich Lust, mich mal richtig zu besaufen, um meine Sorgen einfach wegzuspülen.

»Okay, aber nur eine Stunde.«

Daniel wohnte im Erdgeschoss einer Dreizimmerwohnung vier Blöcke weiter. Er führte uns direkt ins Wohnzimmer.

»Setzt euch, de Büddel hab ich in meinem Zimmer versteckt«, sagte er und verließ den Raum.

Jochen lehnte sich im Sessel zurück und sah sich um. »Iss doch nett hier, oder?«

Na ja, dachte ich und nickte wohlwollend.

Nach wenigen Augenblicken stand Daniel mit breiter Brust vor uns. Er hielt die Flasche Korn empor. »Das isser, bisschen warm, aber das iss egal. Hauptsache, der haut rein.«

Er ging zum Wohnzimmerschrank und holte drei Schnapsgläser, stellte sie auf den Tisch und goss jedem ein.

»Auf uns Jungs. Der muss ex getrunken werden.«

Wir kippten den Schnaps runter. Er war ekelig, aber ich tat so, als spürte ich das Brennen in der Kehle gar nicht. Daniel goss sofort nach und ging zum Plattenspieler.

»Welche Scheibe soll ich auflegen? Stones, Beatles oder The Who?«

»The Who«, sagte Jochen wie aus der Pistole geschossen. »Die sind krass.«

Daniel schaute mich an. »Haste auch nen Wunsch, Lukas?«

»Vielleicht Roy Black?«, dachte ich, ohne mir etwas dabei zu denken.

Daniel und Jochen krümmten sich vor Lachen.

»Den Strahlemann hammer nicht im Angebot«, antwortete Daniel und hielt sich den Bauch fest.

»My Generation von den Who, okay?«

»Starke Scheibe«, sagte Jochen.

Daniel legte die Platte auf. Ich zuckte zusammen, als wenn mich ein Stromschlag getroffen hätte, und hielt mir die Ohren zu. Der Stottergesang und die elektronischen Verzerrungen waren kaum auszuhalten.

»Kannst du das Gekeife ein bisschen leiser stellen«, bat ich Daniel.

»Nicht dein Geschmack? Ich hab nix Deutsches. Aber vielleicht meine Eltern.«

Daniel ging zum Schrank zurück und wühlte eine Schublade durch.

»Da ist doch was Deutsches: *Marleen* von Marianne Rosenberg. Die wird dir gefallen. Aber vorher stoßen wir noch einmal an.«

Wir erhoben unsere Gläser und leerten sie in einem Zug. Ich fühlte mich schon richtig beschwingt.

»Hast du vielleicht eine Tüte Salzstangen oder so. Mir ist ganz flau im Magen.«, fragte ich.

»Könnte sein, ich schau mal in der Küche nach. Aber vorher leg ich *Marleen* auf oder Jochen, kannst du das machen?«

»Klaro, ich leg mich auf de Marleen.«

Nach kurzer Zeit kehrte Daniel mit einer geöffneten Tüte Salzstangen zurück.

»Danke.« Ich griff sofort zu.

Marleen
Eine von uns beiden musste geh'n
Marleen ... ,
tönte es aus den Lautsprechern.

Alles zog sich in mir zusammen. Oh mein Gott, Marie geh nicht ...

»Und wie gefällt dir das Lied?«, fragte Daniel.

Ich zögerte einen Moment. »Die Melodie ist wirklich sehr einprägsam, aber ...«

»Was aber?«, unterbrach mich Jochen. »Heute feiern wir und vergessen alle Sorgen«, trällerte er und füllte die Gläser erneut.

Der Schnaps ging runter wie Öl.

»Was ich dir immer schon mal sagen wollte, Lukas«, lallte Jochen.

Er kam auf mich zu und klopfte mir auf die Schulter. »Du bist nicht nur mein Kumpel, du bist wie ein Bruder für mich.«

»Genau«, stimmte Daniel zu.

»Jungs tut mir einen Gefallen. Verschont mich mit dem Wort *Bruder*. Das kann ich nicht mehr hören.«

Daniel und Jochen schauten sich an und schüttelten den Kopf. Woher sollte sie auch wissen, was das Wort *Bruder* in mir auslösen würde.

»Ach komm her, ihr seid einfach die Besten, wir sind schon tolle Typen, oder?«, versuchte Jochen die Kommunikation wieder in Gang zu setzen. Er ging auf mich zu und ließ ein breites Grinsen aufblitzen. »Wie du Daniel neulich weggehauen hass ...«

»Du biss en Arschloch«, unterbrach Daniel.

Jochen rülpste und wischte sich mit dem Handrücken über den Mund. »Das war nicht so gemeint. Lass uns noch einen wegkippen.«

Ich schaute auf die Flasche, rieb mir die Augen und guckte genauer hin. Sie war schon halb leer.

»Haste mal ein Glas Wasser, Daniel?«, fragte ich.

Er musterte mich.

»Alles okay bei dir? Du siehst ein bisschen blass aus.«

»Wasser kannste zu Hause trinken. Komm, einen schaffst du noch«, mischte sich Jochen ein, nahm einen Schluck aus der Flasche und stieß erneut auf. »Ich muss mal ne Wasserstange wegbringen, wo iss denn die Toi-let-te?«, stotterte er.

»Im Flur, erste Tür rechts.«

Jochen stand auf und wankte durchs Zimmer.

Daniel klopfte mir auf die Schulter. »Übrigens, meine Alten haben auch immer was zu meckern. Komm, saufen wir den Kummer mal einfach weg!«

»Aber das ist das al-ler-letzte Gl-ass«, antwortete ich, kippte den Schnaps hinunter und schüttelte mich.

Ich merkte, wie meine Augenmuskulatur schlaffer wurde. Ich beugte den Kopf nach vorne, stütze mich mit beiden Armen auf dem Tisch ab und nickte ein.

»Wo bleibt Joch-en?«, schallte eine Stimme durch den Raum. Ich zuckte zusammen, richtete mich auf und öffnete die Augen, langsam und zögerlich.

»Ich muss auch mal pin-ke-ln«, zischte Daniel, stand auf und wankte in Richtung Flur. Nach wenigen Augenblicken kehrte er zurück.

»Der ist wie verrü-ckt am rei-ern. Das Arschloch soll bloß alles sau-ber hinter ....«

Die letzte Silbe verschluckte er. Er schmiss sich auf den Sessel und streckte Arme und Beine aus. Ich schaute auf die Uhr. Es war bereits nach Mitternacht. Scheißegal, dachte ich. Alles scheißegal.

Jochen erschien in der Tür. Er blickte in den Raum und sackte mit der Schulter gegen den Türrahmen.

»Hallo Freun-de, da bin isch wie-der.«

»Ich glau-be, wir soll-ten nach Hau-se gehen«, sagte ich.

»Was'n das jetz schon widder für ›ne dumme Idee?«

Daniel schnarchte. Ich stand auf, wankte auf Jochen zu und schob ihn mit letzter Kraft durch den Flur nach draußen.

»Das war der geil-ste A-bend ev-er«, sagte er, bevor ich die Tür zuschlug. Ich warf einen Blick auf die Uhr. Zehn Minuten nach Mitternacht.

»Tschü-üss Lu-kas und halt die Oh-ren steif.« Ich sah ihm hinterher, bis er taumelnd in der Dunkelheit verschwand.

Ich weiß nicht mehr, wie ich es bis nach Hause geschafft habe. Unterwegs musste ich mich mehrmals übergeben. Ich war beschwipst und beschwingt zugleich, fast ein bisschen übermütig und hatte kein schlechtes Gewissen. Selbst die Angst vor meinen Eltern war verschwunden. Nur meine Prinzessin spukte mir im Kopf herum.

Als ich zu Hause ankam, suchte ich meinen Haustürschlüssel. Ich fummelte in meinen Taschen herum. Kein Schlüssel. Egal, dachte ich und klingelte einmal, zweimal, dreimal. Keine Reaktion. Also noch einmal. Es rührte sich nichts. Entweder hatten mich Papa und Mama nicht gehört, weil ihr Fenster nach hinten raus lag, oder sie wollten mich spüren lassen, wie es so ist, wenn man seinen Eltern nicht folgt. Ich bückte mich, wollte zwei Steinchen aufheben, doch ich fiel der Länge nach hin. Mit letzter Kraft zog ich mich am Geländer hoch und warf die Steinchen gegen das Schlafzimmerfenster meiner Schwestern.

Keine Reaktion. Ich hatte mich beinahe damit abgefunden, irgendwo im Garten zu übernachten, als plötzlich ein Licht anging. Papa wird mich jetzt bestimmt in seiner typischen Art empfangen, dachte ich und wankte einen Schritt zurück. Soll er doch, dachte ich.

Ich war sprachlos als Daniela plötzlich in der Tür stand und irgendetwas faselte. Ich weiß nicht mehr genau was. Schweigend schlich ich mich an ihr vorbei, ging nach oben und legte mich in voller Montur ins Bett.

27 Ernüchternde Nachrichten

Am Sonntagmorgen stand Papa vor meinem Bett, schüttelte mich und schrie: »Das ist ja ekelig, alles vollgekotzt.«

Nur weg hier, ging mir durch den Kopf. Ich sprang auf, aber er drückte mich zurück aufs Bett, packte meinen Kopf und presste mein Gesicht mitten in das Erbrochene. Ich fing an zu würgen. Er ließ mich los und starrte mich an. Sein verzerrtes Gesicht machte mir Angst. Mühsam setzte ich mich auf und rieb mir die Augen. Das Erbrochene tropfte mein Kinn herunter und landete auf der Bettwäsche. Mein Schädel brummte.

»Jetzt fängst du auch noch an, zu saufen. Du stinkst erbärmlich. Schäm dich!«

Er packte mir an den Hals. »Ich könnte dich ...«

Ich röchelte. Er ging einen Schritt zurück, drehte sich noch einmal um, bevor er schweigend das Zimmer verließ.

Ich hatte das Gefühl, als wäre ich gerade aus einem Albtraum erwacht. Mein Kopf brummte und mein ganzer Körper fühlte sich an wie ein Wrack. Ich war in Schweiß gebadet. Alles drehte sich und stand doch gleichzeitig still.

Ich erinnerte mich nur lückenhaft an das, was am Vortag passiert war. Ich betrachtete mein Bett. Überall lagen die Reste von Erbrochenem herum. Es stank wirklich bestialisch. Ich setzte mich auf die Bettkante und versuchte aufzustehen. Wie ein nasser Sack fiel ich ins Bett. Ich starrte an die Decke. Und dann kam es wieder zurück, dieses Gefühl von Ohnmacht und Hilflosigkeit. Ich hätte alles geben, um jetzt bei ihr im Krankenhaus zu sein. Ohne ein Wort zu sagen, würden wir uns aneinanderschmiegen, einfach glücklich sein. Ich konnte sie fast riechen, ihre salzige Haut, die schmeckte, wie mein Lieblingslakritz.

Plötzlich kam Mama herein. Sie hielt sich die Nase zu.

»Du liegst ja noch immer in deinem Dreck. Komm, steh mal auf und geh dich duschen.«

Sie reichte mir die Hand und zog mich aus dem Bett. Mir wurde schwarz vor Augen und ich musste mich bei ihr aufstützen.

»Komm, halt dich am Schreibtisch fest.«

Sie zog mir die Schlafanzughose runter bis auf die Knöchel, nahm meinen linken, dann meinen rechten Fuß, zog an der Hose und warf sie in die Ecke.

»So jetzt noch das Oberteil.«

Ich streifte mein T-Shirt und Unterhemd ab und übergab ihr beide Teile.

»Nun ab ins Bad.«

Ich riss die Augen auf und starrte Mama an. »Aber du kommst nicht nach, okay?«

»Nein, nein, ich werde in der Zwischenzeit die Bettbezüge wechseln.«

Ich taumelte splitternackt ins Badezimmer, ließ Wasser in die Wanne einlaufen und putzte mir die Zähne.

Ich stieg in die Badewanne, rutschte aus und schlug mit dem Kopf gegen den Rand. Mein Kopf dröhnte, als ob jemand auf mich eingeschlagen hätte. Mein Körper hing schlapp im Wasser herum, meine Seele war ausgelaugt. Ich schloss die Augen, döste vor mich hin und wäre beinah eingeschlafen.

Plötzlich ging die Tür auf.

»Mama, du hast mir doch versprochen ...«

Von wegen Mama, Papa stand in der Tür.

»Jetzt hast du es auch noch geschafft, Mama gegen mich aufzuwiegeln. Du darfst heute nicht mit uns zur Gemeinde kommen. Schlaf dich aus, damit du wieder nüchtern wirst«, brüllte er und knallte die Tür zu.

Was Besseres hätte mir nicht passieren können. Auf das Geschwafel des Predigers hatte ich ohnehin keine Lust.

Ich reckte und streckte mich. Das warme Wasser ließ meine Sinne wiedererwachen. Wenn Mama doch immer so nett sein könnte, wie vorhin, dachte ich.

Nach einer Viertelstunde stieg ich aus der Badewanne aus, trocknete mich ab und ging zurück in mein Zimmer. Das Bett war frisch überzogen und duftete wunderbar nach Lavendel. Ich legte mich nackt ins Bett und schlief kurze Zeit später ein.

Erst um vier Uhr wachte ich wieder auf, zog mich an und ging nach unten. Ich machte mir einen Nescafé, nahm ein trockenes Stück Brot, biss einmal rein und fing an zu würgen. Ich merkte, wie meine Augen brannten, als ich einen Blick durchs Fenster nach draußen warf. Die Sonnenstrahlen, die mein Gesicht erfassten, schmerzten. Ich bin eingesperrt wie in einem Käfig, dachte ich. Ich vergrub den Kopf in meinen zitternden Händen und atmete tief ein. *Nur Marie kann mich hier herausholen, aber ...*

Am späten Nachmittag kamen meine Eltern und Geschwister zurück. Ich war gerade auf dem Weg nach oben in mein Zimmer.

»Lauf nicht weg«, brüllte Papa mit versteinertem Gesicht. »Bist du wieder nüchtern?« Mama schaute mich an und fing an zu heulen. Papa sah sie kopfschüttelnd an.

»Sophie, hör auf, dein Sohn ist es nicht wert. Jetzt ist er sogar noch zum Säufer geworden.«

»Du warst ja völlig betrunken, als du heute Nacht nach Hause gekommen bist«, mischte sich Daniela ein. »Ich kann Papa und Mama verstehen, dass sie todunglücklich über deine Ausschweifungen sind.«

Ruth stand schweigend daneben und blickte nach unten. »Du kannst auch mal was sagen, Schwesterherz«, fuhr Daniela keifend fort.

Ruth schaute auf und zwinkerte mir zu, als ob wir zusammen in einem Boot säßen. Ich konnte mir ein leichtes Grinsen nicht verkneifen.

»Jetzt lacht er uns auch noch aus. Junge, wenn du keine Reue zeigst, können wir und Gott dir nicht mehr helfen«, sagte Papa, stieß mich zur Seite und marschierte ins Wohnzimmer.

Ich zog mich auf mein Zimmer zurück und legte mich aufs Bett. Tausend Gedanken schwirrten mir im Kopf herum: Warum sind Papa und Mama nicht wie Maries Eltern? Habe ich schlechte Eltern? Oder bin ich einfach nur undankbar? Warum ...?

Trotz der Vorfälle in den letzten Wochen, war ich meinen Eltern nicht wirklich böse oder doch? Schließlich war ich dabei, ihre kleine, heile Welt zu zerstören. Ich war das schwarze Schaf in der Familie nur, weil ich mir größere Freiräume gewünscht hätte. Mit dieser Situation schienen meine Eltern einfach überfordert zu sein.

Ich fühlte eine Schwere in meiner Brust. Es war, als fehlte ein Stück von mir. Ich schloss die Augen.

Eine saftige Kräuterwiese, von einer sanften Brise gestreichelt und einem tiefblauen Himmel im Hintergrund tauchte vor mir auf. Marie saß auf einem von der Sonne angestrahlten Felsen. Sie biss genüsslich in einen Apfel und schaute mich dabei freudestrahlend an. Sie hob sie die Hand und winkte mich zu sich. An ihrem weißen, seidig schimmernden Kleid zupfte der Wind. Behutsam ging ich auf sie zu. »Neige dich zu mir«, flüsterte sie. Ich spürte bereits ihren Atem auf meinem Gesicht. Ich beugte mich vor, um sie zu berühren. Doch sie schwebte wie ein Engel in Richtung Himmel davon. Zurück blieb ein weißer Sarg.

Plötzlich stand ich senkrecht im Bett. Mein Herz raste. Ich schnappte nach Luft. »Nein Marie, das kannst du nicht machen!«

Ich klatschte mir ins Gesicht, rieb mir die Augen. Langsam realisierte ich, dass es nur ein Albtraum gewesen war.

Nach der Schule am nächsten Tag konnte ich es nicht mehr aushalten. Ich musste einfach wissen, was mit Marie los war. Ich rannte ich zum Haus der Henrichs. Ich atmete auf, der Borgward stand auf der Einfahrt. Trotzdem hatte ich ein mulmiges Gefühl. Ich klingelte und wartete. Es kam mir vor wie eine Ewigkeit. Endlich öffnete sie die Tür. Sie war weiß wie ein Leintuch.

»Wie geht es Marie?«, fragte ich und hielt die Luft an.

»Komm erst einmal rein«, sagte sie mit belegter Stimme.

Im Flur blieb sie stehen. Sie schaute mich ernst an. Ihre Unterlippe zitterte.

»Nicht so gut. Alle Werte haben sich verschlechtert. Die Ärzte meinen, es könnte jetzt schnell gehen. Marie selbst behauptet, ihr ginge es besser. Vielleicht ist es ein letztes Aufbäumen vor dem Ende.«

Ich atmete tief durch und nahm Frau Henrichs in den Arm. Ich drückte sie, so fest ich konnte, so wie ich es früher immer mit meiner Mutter gemacht hatte.

»Gut, dass du gekommen bist. Sie hat nach dir gefragt und möchte dich so schnell wie möglich sehen.«

»Glauben sie, dass ich sie heute besuchen kann?«

»Mein Mann ist gerade bei ihr und ich wollte gleich auch noch zu ihr fahren. Drei Besucher auf einmal sind vielleicht zu viel für sie. Morgen scheint es mir günstiger zu sein. Wir können deinen Besuch schon einmal ankündigen. Wie wäre es am frühen Nachmittag?«

»Das passt«, antwortete ich, ohne zu zögern, und ballte die Faust.

»Danke Lukas, sei mir nicht böse, ich muss noch einige Dinge für Marie einpacken.« Sie runzelte die Stirn. »Aber eine Sache liegt mir noch am Herzen. Es gibt da etwas, was meinem Mann und mir Sorgen bereitet. Es geht um deine Eltern.«

Ich rieb mir verwundert die Augen.

»Ich habe gehört ... es gibt Gerüchte über deine Eltern.«

Sie seufzte. Es fiel ihr offensichtlich schwer, weiter zu reden. Ich musterte sie. Sie wich meinem Blick aus, rieb sich die Nase und setzte erneut an.

»Deine Eltern haben bestimmt Schreckliches im Krieg erlebt. Zumindest dein Vater war wohl ein überzeugter Nazi.«

Mir fiel vor Schreck die Schultasche auf den Boden.

»Das kann ich nicht glauben. Mein Vater war nur kurze Zeit im Krieg. Und meine Mutter ...?« Ich stockte. Von ihren Erlebnissen im Krieg wusste ich gar nichts.

»Weißt du Lukas, der Krieg alleine war nicht das einzige Verbrechen der Nazis. Da gab es auch noch andere ...«

»Die Sache mit den Juden ...«, unterbrach ich sie.

»Ja, ... sie haben Millionen von Juden und Kranke ermordet, z. B. Kinder mit Behinderungen. Sie passten nicht in ihr Bild vom reinen und überlegenen Herrenvolk, zu dem sie die Deutschen machen wollten, also mussten sie ... verschwinden.«

»Und was hat das mit meinen Eltern zu tun?«

»Deine Eltern möchten nicht, dass du dich mit Marie triffst ... Marie ist krank, auf eine Weise krank ....« Sie stockte. »Die Nazis hätten sie ermordet.«

Ich war fassungslos und konnte es kaum glauben, was ich gerade gehört hatte.

»Wenn es nur der Glaube wäre, der hinter ihrem Verbot steht, dich mit Marie zu treffen, dann wäre es ...«

Sie hielt inne und schaute mich ernst an.

»Frau Henrichs«, sagte ich. »Sie glauben doch wohl nicht, dass meine Mutter oder mein Vater irgendetwas mit diesen Verbrechen zu tun haben?«

Was war auf einmal mit Frau Henrichs los? Mein Blut kochte. Was erlaubte sich diese Frau? »Wer behauptet denn solchen Unsinn. Das ist nicht fair. Sagen sie mir doch, wer diese unverschämten Gerüchte in die Welt setzt.«

Sie schwieg und starrte an die Decke.

»Was wissen sie schon von meiner Familie«, sagte ich mit kalter Wut im Bauch.

Ich öffnete die Schultasche, nahm die Schuhe ihres Mannes heraus und schleuderte sie vor ihre Füße. »Mit vielem Dank zurück.«

Ich rannte hinaus und schlug die Tür hinter mir zu. Mit einem lauten Knall fiel sie ins Schloss.

28 Fehlendes Mitgefühl

Mit hängenden Schultern ging ich nach Hause. Das hätte Frau Henrichs nicht sagen dürfen. Mama und Papa waren keine Nazis. Oder doch? In dem Moment fiel mir Papas Anstecknadel mit der 18 wieder ein. Oh nein, das kann nicht sein – das darf nicht sein!

Mama erwartete mich schon. »Du bist spät, kannst du nicht einmal pünktlich zum Mittagessen erscheinen? Wo hast du dich denn wieder herumgetrieben?«

»Ich war bei Maries Mutter. Sie meint, es könnte mit ihrer Tochter zu Ende gehen.«

»Du bist also erneut bei den Henrichs gewesen.«

Ich zuckte mit den Schultern. Mama zeigte nicht die Spur von Mitgefühl.

»Lukas glaube mir, ich sage das nicht gerne. Du bist nach wie vor unser Sohn und wirst es auf dieser Erde auch immer bleiben, aber leider werden wir uns im Paradies nicht wiedersehen. Unsere Liebe zu dir hat sich verändert, weil deine Seele verloren gegangen ist.«

Meine Liebe zu dir hat sich auch verändert, dachte ich. »Mama, ich versteh das alles nicht mehr.«

»Genau, das ist es. Papa und ich sind verzweifelt. Der Teufel hat dich vom Pfad Gottes abgebracht.«

»Ich bin auch verzweifelt, Mama.«

»Weißt du Lukas, wir sprechen einfach nicht mehr die gleiche Sprache.«

Sie stand auf, fing an zu heulen und stapfte die Treppe hoch. Sie erwartete wohl, dass ich ihr ins Schlafzimmer folgen würde.

Ich ließ mich nicht beeindrucken.

»Was hast du während des Krieges eigentlich gemacht oder erlebt?«, fragte ich ohne Vorwarnung.

Sie drehte sich um.

Ihre Augen starrten mich an, als wäre ich ein Fremdkörper in ihren vier Wänden. »Wenn du das wüsstest, würdest du nicht so mit mir reden.«

»Dann rede mit mir darüber«, flehte ich und ließ den Kopf in die Hände sinken.

»Eines Tages werde ich vielleicht darüber sprechen können«, sagte sie mit erstickter Stimme.

Sie blieb noch einen Moment stehen. Ihr starrer Blick machte mir Angst.

Bevor sie im Schlafzimmer verschwand, drehte sie sich erneut zu mir um.

»Geh doch zu deiner Oma, die konnte mich noch nie leiden«, schrie sie und knallte die Tür zu.

Wieso Oma? Was wussten meine Großeltern? Sie waren immerhin dabei gewesen, damals.

Ich kapierte gar nichts mehr. Ich überlegte nicht lange und rannte aus dem Haus in die Garage. Ich schnappte mir mein Fahrrad und machte mich auf den Weg zu ihnen.

29 Besuch bei Oma und Opa

Nach zehn Minuten erreichte ich das Ziel. Ich stellte das Fahrrad im Hof ab.

Meine Großeltern wohnten im Obergeschoss eines aus der Vorkriegszeit stammenden Fachwerkhauses, das schon bessere Zeiten gesehen hatte. Die Fassade bröckelte überall, und die Eisengeländer der Treppe vor dem Eingang rosteten vor sich hin.

Ich ging durch die unverschlossene Haustür, betrat den düsteren Flur und stieg die schmalen Stufen hinauf. Ich klopfte drei Mal an die Wohnungstür.

»Wer ist da?«, hörte ich Omas Stimme.

»Ich bin es«, Lukas.

Oma öffnete und strahlte. »Jungchen, komm rein. Schön, dass du uns wieder einmal besuchst.«

Sie führte mich in die Wohnküche.

»Wo ist Opa?«, fragte ich.

»Der müsste jeden Moment aus der Apotheke zurückkehren.«

»Setz dich. Möchtest du etwas trinken, Limonade vielleicht? Wir haben sogar noch eine Flasche Cola. Ich weiß, deine Eltern haben dir verboten, dieses sündige Zeug zu trinken.« Sie zwinkerte mir zu und lächelte schelmisch. »Aber du brauchst ihnen ja nichts davon zu erzählen.«

»Au ja Oma, Cola habe ich neulich zum ersten Mal in meinem Leben getrunken, sogar mit Strohhalm. Hat toll geschmeckt.«

»Bin gleich zurück, Jungchen«, sagte sie und ging in die Küche.

Ich setzte mich an den großen Eichentisch in der Wohnküche. In der Mitte stand ein großer Aschenbecher mit einer halben Zigarre, eingerahmt von kalter, stinkender Asche.

»Da bin ich wieder«, sagte Oma, füllte das Glas und setzte sich zu mir an den Tisch. Ich griff den Strohhalm und trank einen Schluck.

»Dieses teuflische Zeug schmeckt tierisch gut.« Ich fuhr mir mit der Zunge über die Lippen.

In dem Augenblick ging die Tür auf und Opa kam mit einer Einkaufstüte herein.

Er strahlte übers ganze Gesicht, als er mich sah. »Lukas, wie schön, dich zu sehen.«

Er legte die Tüte auf den Tisch, kam auf mich zu und gab mir einen Kuss auf die Wange.

»Du kratzt, Opa.«

»Ich habe mich heute noch nicht rasiert«, antwortete er und grinste.

»Horst, hast du meine Medizin bekommen?«

»Natürlich Lottchen«, antwortete Opa. Er griff in die Tüte und überreichte Oma ein Gläschen Togal.

Opa setzte sich auf die andere Seite des Tisches. Seine Augen glitzerten vergnügt. »Wie geht es dir mein Junge?«

Ich atmete tief durch. »Um ehrlich zu sein, ich habe Stress mit Papa und Mama.«

»Was ist passiert?«, fragte Oma und nahm neben mir Platz.

»Die möchten mich am liebsten einsperren.«

Meine Großeltern blickten sich gegenseitig ein wenig hilflos an. Auf jeden Fall schien es so.

»Ich darf Marie, eine Klassenkameradin, die todkrank ist, nicht mehr besuchen. Könnt ihr euch das vorstellen?«

»Was haben sie dagegen einzuwenden?«, hakte Oma nach.

»Ich vermute, sie haben Angst, dass ich den Glauben verliere. Oder, weil es Sünde ist. Oder ...? Ich weiß es eben nicht, Oma.«

»Das wird bestimmt einer der Gründe sein.«

»Wieso einer? Gibt es auch noch andere?«

»Jungchen, ich möchte mich nicht in die Erziehung deiner Eltern einmischen. Das musst du verstehen.«

Ich nickte. »Das verstehe ich auch, Oma.« Aber dann rutschte mir noch etwas heraus. »Warum kannst du Mama eigentlich nicht so gut leiden?«

Sie zögerte einen Moment. »Hat dich jemand geschickt?«, fragte sie.

»Nein, nein, nur so«, wiegelte ich ab.

Sie rieb sich das Ohr und runzelte die Stirn.

»Wenn es nach uns gegangen wäre, hätte Waldemar deine Mutter nie geheiratet.«

Ich verschluckte mich fast. »Wie meinst du das? Warum nicht?«

Oma und Opa warfen sich fragende Blicke zu.

»Sie hat deinen Vater ...«

»Hör auf Horst. Das müssen sie ihm schon selbst sagen.«

»Was Opa? Erzähl schon weiter. Ist da irgendetwas, was ich nicht weiß oder nicht wissen darf?«

»Nein, nein, da ist nichts«, versuchte mich Opa zu beruhigen.

Ich spürte, dass sie mir etwas verheimlichten und gab nicht auf. »Was wisst ihr über Mamas und Papas Vergangenheit?«

»Wenig, nur dass ihre Eltern im Krieg gestorben sind, und dass sie ...«

Opa und Oma schauten sich irgendwie seltsam an.

»Jungchen, wir wissen, was los ist, aber was sollen wir machen?«, fragte Oma.

Ich spitzte meine Ohren. »Was wisst ihr?«

»Dass dich dein Vater mehrmals geschlagen hat.«

»Wer hat euch das gesagt?«

Mir fiel es wie Schuppen von den Augen. Das konnten nur Ruth oder einer von den Henrichs gewesen sein.

»Das ist doch egal. Wir wissen es halt.«

»Kennt ihr eigentlich eine Frau Henrichs?«

Oma bekam einen roten Kopf.

»Habt ihr mit ihr geredet?«, hakte ich nach.

»Sag's ihm doch einfach«, mischte sich Opa ein.

Oma zögerte einen Moment und sah mich ernst an.

»Ja, ich habe mit Frau Henrichs über deine Eltern gesprochen. Sie stand vorgestern vor der Tür. Was sollte ich denn machen? Sie hat mich so flehentlich angesehen, dass ich sie reingelassen habe.«

»Dann stimmt das alles, was sie mir erzählt hat?«

»Ich weiß nicht, was sie dir gesagt hat. Aber wir haben mit ihr gesprochen.«

»Lottchen«, sagte Opa. »Lass uns aufhören mit dem Thema.«

Oma rieb sich den Nacken. »Du hast recht Horst. Also Schluss mit deinen Fragen, Lukas.«

Ich schluckte. »Schade, ich weiß gar nicht mehr, was und wem ich glauben kann.« Ich sah Opa an.

»Bitte noch eine Frage. Die Allerletzte.«

Oma und Opa schauten sich an, stöhnten, aber nickten schließlich.

»Warum seid ihr nicht Mitglieder der Gemeinde?«

Opa schüttelte den Kopf und starrte mich an. »Gemeinde ist gut. Das ist eher eine Sekte. Deine Eltern haben uns einmal mitgenommen. Das hat gereicht.«

»Warum?«

Er griff nach dem Zigarrenstummel aus dem Aschenbecher, zündete ihn an und inhalierte tief ein. Er öffnete seinen Mund langsam und drückte den Rauch stoßweise mit der Zunge heraus, sodass Ringe in die Luft aufstiegen.

»Ist das kein tolles Kunststück?«, fragte er und hielt mir den Stummel vor die Nase. »Kannst du das auch?«

»Horst, bist du verrückt, der Junge ist erst fünfzehn«, schimpfte Oma.

»Lass ihn doch mal probieren, Lottchen.«

Ich nahm das Mundstück in die Hand und schaute Opa blinzelnd an.

»Aber nur, wenn du meine Frage beantwortest.«

»Einverstanden.«

Schon nach dem ersten Zug fing ich an zu husten.

»Das ist ja ekelig, Opa. Wie kannst du nur so ein Kraut rauchen?«

»Gut so, Jungchen. Fang erst gar nicht damit an«, sagte Oma.

»Warum Opa, begleitet ihr Mama und Papa nicht zur Andacht?«, wiederholte ich meine Frage.

Er stieß ein ärgerliches Schnauben aus und nahm mich ins Visier. »Einmal sind wir mitgefahren. Nie wieder.«

»Warum nicht?«

»Wir halten die Gemeinde für gefährlich.«

Ich spitze meine Ohren.

»Was heißt das?«

»Das heißt, – ja wie soll ich das sagen –, mit der Sprache, die da gesprochen wird ... mit diesen Bibelsprüchen kann doch heute keiner mehr etwas anfangen. Und besonders die Leute, die sich dort treffen, sind mir suspekt. Vor allem der Oberhirte.«

»Du meinst Bruder Johannes?«

»Ja, der erinnert mich irgendwie an den Führer.«

»Aber Opa, jetzt übertreibst du aber.«

»Vielleicht. Aber ich kann es einfach nicht leiden, wenn man mich für dumm verkaufen will.«

Ich wippte nervös mit den Beinen. »Was ist denn passiert?«

»Nachdem ich diesem Strahlemann erklärt hatte, dass eine Mitgliedschaft in seiner Gemeinde für uns nicht infrage käme, ist er unverschämt geworden. Stell dir vor, der hat mich tatsächlich gefragt, ob ich wüsste, dass ich dann in die Hölle käme. Das ist doch purer Unsinn.«

»Das hat er wirklich gesagt?«

»Ja«

»Ich habe ihn beim ersten Mal ganz anders erlebt. Mir hat er klar gemacht, dass ich gerade im Begriff bin, Teil von etwas Großem zu werden.«

»Du hast ihm ja auch nicht widersprochen und dich einlullen lassen. Sie benutzen Tricks zur Beeinflussung ihrer Mitglieder, um sie für ihre Sache gefügig zu machen.«

»Welche Tricks?«

»Zuerst versprechen sie dir den Himmel auf Erden. Wenn du dich fügst, dann ist es gut, wenn du widersprichst, reden sie dir ein schlechtes Gewissen ein, und wenn das immer noch nicht hilft, drohen sie dir mit Gottes Strafe.«

Ich schlug die Hände über den Kopf zusammen und sackte auf dem Stuhl zusammen.

»Das kann doch nicht wahr sein«, seufzte ich. »Mama und Papa sind auf die Tricks der Gemeinde und vor allem Bruder Johannes reingefallen.«

Opa nickte und verzog sein Gesicht. »Hinter der schönen Fassade lauert etwas anderes. Das ist wie bei den Nazis. Das ist ein totalitäres System. Ihre Versammlungen sind ein bisschen so, wie die Aufmärsche und ihre Predigten, die sind wie die Reden des Führers. Die waren auch wie diese Gottesdienste inszeniert. Alles Propaganda, reine Propaganda. Verstehst du das?«

Ich überlegte.

»Ich weiß nicht, was ich noch glauben kann. Ich frage mich allerdings, warum Papa und Mama das nicht merken.«

Opa zuckte mit den Schultern.

»Das haben wir uns auch immer wieder gefragt, aber nie eine Antwort erhalten.«

Opa zog an seiner Zigarre und ließ den Kopf hängen. Er atmete schwer. »Was hältst du davon, wenn wir noch eine Runde 66 spielen?«

»Vielleicht ein anderes Mal. Ich muss an die frische Luft«, sagte ich, sprang auf und gab beiden einen Kuss.

»Warte einen Moment.« Opa holte sein Portemonnaie aus der Hosentasche. »Hier hast du noch eine Mark.«

Ich bedankte mich und eilte in Richtung Tür.

»Komm uns doch mal häufiger besuchen«, riefen beide mir hinterher.

Ich stolperte fast die Treppe hinunter und stürmte aus dem Haus. In Gedanken versunken überquerte ich die Straße und blieb vor der Imbissstube stehen. *Portion Pommes mit Getränk (Limo, Cola oder Apfelsaft) 1 Mark.* Ich ging hinein und setzte mich an einen Tisch.

»Eine Pommes und eine Cola mit Strohhalm«, sagte ich zur Bedienung.

Ich lehnte mich zurück und ließ die letzten Wochen Revue passieren.

An meinem fünfzehnten Geburtstag war die Welt noch in Ordnung. Wir waren eine glückliche Familie und führten ein harmonisches Leben. Nichts konnte uns erschüttern. Und dann passierte etwas, was mich traf wie ein Blitz. Marie war auf einmal da. Sie zeigte mir die andere, die menschliche Seite des Lebens, außerhalb der Gemeinde. Am Anfang empfand ich nur Sympathie für sie, vielleicht auch ein bisschen Mitleid. Aber dann zog sie mich völlig in ihren Bann. Ich begann, sie immer mehr zu lieben, weil sie mir zuhörte, mich verstand und mich ernst nahm. Und sie war wunderschön, trotz ihrer Krankheit. Das war das Ende der harmonischen Beziehung zu meinen Eltern.

Und dann waren da noch die vagen Andeutungen von Frau Henrichs und meinen Großeltern. Ich schämte mich, dass ich Maries Mutter in ihrer schmerzlichen Situation beschimpft hatte. Sie hatte es wahrlich nicht leicht. Hoffentlich nimmt sie mir das nicht allzu übel, dachte ich.

Die Bedienung brachte den Teller mit den Pommes und eine Flasche Cola. Ich steckte den Strohhalm in die

Flasche und saugte genüsslich, wie ich es bei meinem ersten Besuch bei Marie gemacht hatte. Ich steckte eine Fritte in den Mund, brachte aber keinen Bissen hinunter.

Marie spukte mir im Kopf herum. Bald würde sie nicht mehr da sein. Und dann? Und dann erst recht. Ich wollte nicht zurück in mein altes Leben. Ich wollte frei sein.

Mit diesem Vorsatz verließ ich die Imbissstube und machte mich mit hängenden Schultern auf den Weg nach Hause.

Papa und Mama saßen schweigend am Wohnzimmertisch und starrten an die Wand, als ob sie sich nichts mehr zu sagen oder sogar gestritten hätten.

»Ich bin müde. Ich habe schon gegessen. Gute Nacht.« Keine Reaktion.

Ich schlich auf mein Zimmer, legte mich aufs Bett und wälzte mich hin und her. Ich war unfähig, einen klaren Gedanken zu fassen, und hatte keinen blassen Schimmer, wie es nun weitergehen sollte. Schließlich schlief ich ein und wachte erst am nächsten Morgen wieder auf.

30 Zweiter Besuch im Krankenhaus

Am Frühstückstisch herrschte betretenes Schweigen. Ruth fixierte mich mehrmals und zwinkerte mir zu, wagte anscheinend aber nicht, mich anzusprechen. Ich wusste dennoch, was sie dachte. Sie war die Einzige in der Familie, der ich blind vertraute.

Mit gemischten Gefühlen machte ich mich auf den Weg zur Schule. Einerseits freute ich mich, Marie heute Nachmittag wiederzusehen, andererseits hatte ich Angst, eventuell einem Menschen zu begegnen, der nur ein Schatten seiner selbst war. Hoffentlich schlagen die Medikamente an, dachte ich, hoffentlich bin ich stark genug, ihren Anblick zu ertragen.

Als ich nach der Schule zu Hause ankam, saßen meine Mutter und Geschwister bereits am Mittagstisch.

Mama zeigte auf den Küchenherd. »Bediene dich selbst, es gibt *Stuckkartoffeln mit süßsauren Eiern.*«

Mein Gesicht hellte sich kurz auf. »Danke, meine Lieblingsspeise«, sagte ich und ging mit dem Teller in die Küche. Ich platzierte eine Portion Kartoffelpüree auf der Mitte des Tellers, formte ein Loch, legte ein gekochtes Ei hinein und übergoss das Ganze mit der Senfsoße.

Dann kehrte ich zurück an den Tisch, nahm wieder Platz und beugte mich über den Teller. Ich schnüffelte wie ein Spürhund.

»Mph, köstlich«, bemerkte ich und schaute in die Runde.

Mama und Daniela drehten den Kopf fast synchron zur Seite, als wenn ich Luft gewesen wäre. Ruth hielt meinem Blick stand, als wolle sie mir ihr Mitgefühl signalisieren.

Keiner sagte ein Wort.

Nach dem Essen stand ich auf. »Ich bin mal weg.«

Meine Mutter schwieg und rührte sich nicht vom Fleck.

Ich ging zur Haustür und drehte mich um. »Bis später«, sagte ich. Meine Mutter würdigte mich keines Blickes. Sie fragte noch nicht einmal, wohin ich gehen würde.

Bloß weg von hier, dachte ich und rannte zur Bushaltestelle.

Kurz vor drei erreichte ich das Krankenhaus. Auf der Station kam mir Schwester Johanna entgegen.

»Warte einen Moment, Lukas, ich muss mit Marie etwas besprechen«, sagte sie, zwinkerte mir gleichzeitig zu und verschwand im Krankenzimmer.

Ich stutzte und geriet ins Grübeln. Ob etwas passiert ist?, fragte ich mich.

Ich schaute auf die Uhr. Seit drei Minuten stand ich bereits im Stationsgang. Es kam mir vor wie eine Ewigkeit. Ich setzte mich auf einen der Stühle und knetete meine feuchten Hände.

Endlich kam die Schwester heraus und schlug die Tür hastig hinter sich zu.

»Einen Moment Lukas«, sagte sie und huschte an mir vorbei ins Schwesternzimmer.

Nach wenigen Augenblicken war sie zurück. Sie hielt etwas in ihrer Hand. Es sah aus wie ein Lippenstift.

»Gleich kannst du zu ihr«, sagte sie und verschwand wieder in Maries Zimmer.

Und schon wieder dauerte es eine Ewigkeit, bis sich die Tür öffnete. Ich sprang auf und lief Schwester Johanna entgegen. Sie lächelte mich an und übergab mir einen Briefumschlag.

»Den soll ich dir geben. Marie hat ihn mir gestern diktiert. Du kannst nun reingehen. Ich werde dafür sorgen, dass euch keiner stört.«

Merkwürdig, dachte ich. Warum hat sie den nicht selbst geschrieben?

»Danke, Schwester«, sagte ich, betrat Maries Zimmer und blieb kurz stehen. Kein piepender Monitor. Die Kabel und Schläuche hingen lose und ungeordnet an den medizinischen Apparaten neben ihrem Bett. Der Infusionsbehälter war halb voll, als wenn er kurz zuvor noch benutzt worden wäre.

Ich bewegte mich langsam auf ihr Bett zu. Alles zog sich in mir zusammen, als ich Marie entdeckte. Sie war vollkommen in die Bettdecke eingewickelt. Nur ihr Kopf ragte heraus. Ihre Lippen waren knallrot geschminkt. Ihre Gesichtshaut schimmerte seidig. Ein schelmisches, aber auch irgendwie gekünsteltes Lächeln strahlte mir entgegen. Ich nahm einen Stuhl, setzte mich zu ihr und streichelte zärtlich ihre Wange. Sie glühte.

»Hast du Fieber?«, fragte ich beunruhigt.

Anstatt einer Antwort kam nur ein angestrengtes Keuchen aus ihrer Kehle. Sie starrte auf den Briefumschlag, den ich in der anderen Hand hielt.

»Wie geht es dir?«

Sie schwieg.

»Soll ich den Brief jetzt lesen?«

Sie versuchte zu nicken, doch ihr Kopf schien so schwer, dass sie ihn nur Millimeter heben konnte. Ich öffnete das Kuvert und zog ein gefaltetes rosa Papier heraus. Ich breitete es vor mir aus und warf einen ersten Blick auf den Text. Er war mit der Schreibmaschine geschrieben und in Abschnitte eingeteilt.

»Soll ich ihn laut vorlesen?«

Sie nickte.

»Kannst du nicht sprechen?«

Wie in Zeitlupe bewegte sie ihren Kopf von rechts nach links. Ich öffnete den Briefumschlag.

Mein Abschiedsgeschenk an einen Prinzen!

Ich habe Angst. Vielleicht könntest du einen falschen Eindruck von mir bekommen.

Ich hatte das Gefühl, nicht mehr atmen zu können, und rang nach passenden Worten.

»Du brauchst keine Angst zu haben, ich bin auf alles gefasst«, sagte ich mit zittriger Stimme und blickte in ihre Augen. Sie leuchteten auf, aber sie schwieg. Ich las weiter.

Setz dich bitte auf die Bettkante und streife meine Bettdecke zurück.

Ich beugte mich über sie und zog die Decke ein Stück zurück und hielt die Luft an. Sie war splitternackt. Ihr kleiner Busen war wunderschön. Ich hatte das Gefühl, ihre Brustwarzen lachten mich an.

»Soll ich wirklich weitermachen?«

Sie nickte.

Langsam zog ich an der Decke, bis ihr ganzer Körper nackt, wie Gott sie geschaffen hatte, vor mir lag. Meine Hände zitterten vor Aufregung oder Erregung. Zum ersten Mal sah ich ihren Körper bei Tageslicht.

Marie war zwar abgemagert, die Becken- und Schlüsselbeinknochen standen weit heraus, aber ihre Haut schimmerte wie rohe Seide. Sie bibberte, als wenn sie Schüttelfrost hatte. Um den Bauchnabel herum strahlte mich ein rotes Herz mit der Aufschrift *Lukas* darüber an. Ihre Hände lagen gefaltet auf dem Schoß. Meine Augen wanderten auf und ab, von ihren Fußspitzen bis zu ihren Haaren. Am liebsten hätte ich jetzt die Zeit angehalten.

Marie musterte mich. Ihr Blick war durchdringend, beinahe etwas kühl. Sie wartete wohl auf eine Reaktion von mir. Sie schien erleichtert zu sein, als sie bemerkte, dass sie mir keinen Schock zugefügt hatte. Jedenfalls glaubte ich, ein zartes Lächeln auf ihren Lippen entdeckt zu haben.

Sie schaute auf den Brief in meiner Hand, als wolle sie mir mitteilen: So das reicht jetzt. Lese weiter.

So jetzt kannst du mich wieder zudecken, ich friere.

Behutsam hüllte ich sie in die Decke ein und nahm den Brief erneut in die Hand.

Bevor ich gehe, wollte ich uns dieses Geschenk noch machen. Es war wunderschön, in deine leuchtenden Augen zu schauen.

Schade, dass wir keine gemeinsame Zukunft haben.

Ich spürte Tränen über mein Gesicht laufen.

Ich stand auf und schleppte mich zum Fenster. Die Sonne schien. Alles war grün. Die bunten Blumen im Krankenhauspark standen in voller Blüte. Ein schöner Tag. Aber nichts davon berührte mich.

Ich drehte mich um und schaute auf Marie. Sie bewegte einen Finger, als ob sie mich zu ihr winken wollte. Ich ging zurück an ihr Bett. Marie sah mich flehentlich an.

»Soll ich den Brief weiterlesen?«

Sie nickte, soweit sie dazu imstande war und zuckte mit ihren Augenlidern.

Wenn du nicht da bist, bin ich verzweifelt. Ich kann es einfach nicht glauben, dass da tatsächlich jemand auf dieser Welt ist, der nicht nur Mitleid mit mir hat, sondern auch noch etwas für mich empfindet.

Ich war wie gelähmt und hätte am liebsten meine Trauer, meinen Frust herausgeschrien. Ich setzte mich wieder auf die Bettkante. Ganz vorsichtig glitt ich mit einer Hand unter die Decke und streichelte ihren Körper. Ihre Hände lagen immer noch gefaltet über ihrem Schoß. Ich beugte mich über sie und schluckte.

»Weißt du, Marie, ich muss erst einmal selbst begreifen, was in den letzten Wochen mit mir und uns passiert ist. Zum ersten Mal habe ich einen Menschen kennengelernt, der mich akzeptiert, wie ich bin und der mich ernst nimmt. Das hat mich stark gemacht. Du hast mich stark gemacht.«

Ich blickte sie flehend an.

»Lass uns zusammen noch viele schöne Momente erleben.«

Jetzt flossen auch Tränen über ihre Wangen. Ihr Mund klaffte auf. Ihr Kopf grub sich tief ins Kissen. Mit weit aufgerissenen Augen starrte sie an die Decke und fing an, zu krampfen.

»Was hast du? Marie.«

Sie fing an, nach Luft zu schnappen. Dieses Mal klang der Husten härter, bellender als sonst. Dann Stille. Totenstille. Es schien, als hätte sie aufgehört zu atmen.

»Geh nicht, ich rufe die Schwester«, schrie ich und drückte den Alarmknopf.

Nach wenigen Augenblicken kam Schwester Johanna ins Zimmer, untersuchte Maries Puls und ihre Atmung. Sie sprang auf und stürmte panikartig in den Flur.

»Wir brauchen einen Arzt, ganz dringend«, schrie sie.

Sie kam zurück. »So Lukas, du gehst jetzt am besten, du störst nur.«

Ein Arzt mit wehendem weißem Kittel rannte herbei.

»Was ist denn passiert?«

»Marie atmet nicht mehr und hat nur einen schwachen Puls.«

»Wahrscheinlich akutes Lungenversagen. Schwester, holen sie den Oxygenator.«

Der Arzt beugte sich über Marie.

»Hallo Marie, hörst du mich?«

Er schüttelte heftig ihre Schultern. Als sie nicht reagierte, begann er mit den Reanimationsmaßnahmen.

Ich verließ das Zimmer, hielt mir die Hände vor den Kopf und bewegte mich langsam in Richtung Aufzug.

Schwester Johanna stürmte mit einem Gerät auf Rädern an mir vorbei. Ich fuhr runter ins Erdgeschoss, schleppte mich durch den Haupteingang nach draußen und setzte mich auf eine Bank.

»Gott, lass sie nicht sterben«, sprach ich zu mir selbst und schlug mit der Faust auf die Bank.

Plötzlich huschten die Henrichs an mir vorbei.

Ich hatte eine böse Vorahnung, faltete die Hände und betete:

»Gott, wenn du keine großen Wunder vollbringen willst – oder kannst –, dann lass Marie wenigstens noch eine kurze Zeit leben. Ich habe ihr noch etwas Wichtiges zu sagen. Bitte Herr, erhöre mich!«

Ich ließ die Schultern sinken und lamentierte vor mich hin. Ich fror vor Kälte und Einsamkeit. Ich hatte kein Zeitgefühl mehr.

Irgendwann kehrten die Henrichs zurück. Sie stützten sich gegenseitig. Dieses Mal erkannten sie mich und kamen auf mich zu. Ich stand auf und ging ihnen entgegen. Der Boden unter meinen Füßen schwankte, meine Glieder zitterten und meine Zähne schlugen aufeinander. Ich sah sie mit flehenden Augen an.

»Sie ist friedlich eingeschlafen.«

Alles um mich herum verblasste. Eine Welt brach zusammen. Jetzt hatte ich alles verloren: meine Eltern, Gott und auch noch meine Prinzessin.

»Warum hat Gott das zugelassen?«, fragte ich und vergrub mein Gesicht in den Händen. Die Henrichs weinten. Ich atmete schwer Luft. Ich fühlte eine innere Leere, die mich aufsog, wie ein schwarzes Loch.

»Kann ich irgendetwas für sie tun?«

»Besuch uns einmal in den nächsten Tagen. Dann besprechen wir gemeinsam Maries Beerdigung. Vielleicht fällt dir noch etwas Nettes ein. Im Moment müssen wir den Verlust unseres Kindes erst einmal verarbeiten«, sagte Frau Henrichs, bevor sie und ihr Mann schweigend weitergingen.

Ich blieb auf der Bank sitzen. Ich weiß nicht mehr, wie lange. Ich hatte das Gefühl, zu ersticken.

Ich blickte nach oben und kniff die Augen zusammen. Der Himmel war zu blau und die tiefstehende Sonne zu grell. Wie sollte es jetzt weitergehen, ohne Marie? Und die armen Eltern, die ihr ein und alles verloren hatten. Schrecklich.

31 Der endgültige Bruch

Als ich zu Hause ankam, hatte sich der Rest der Familie rund um den Esstisch versammelt. Es gab Kaffee und Kuchen.

»Schön, dass du dich auch noch einmal blicken lässt«, bemerkte mein Vater.

»Na, wie geht es deiner großen Liebe?«, fragte meine Mutter. »Du weinst ja. Was ist denn passiert?«

»Marie ist heute gestorben«, antwortete ich.

Totenstille. Alle schauten verlegen zu Seite.

»Das tut mir leid«, sagte mein Vater. »Dann kannst du ja vielleicht ...«

»Sei doch froh, dass Gott sie von ihrer schrecklichen Krankheit befreit hat. Er weiß genau was, wann und warum er etwas tut«, unterbrach meine Mutter.

Ich schüttelte den Kopf und wischte mir die Tränen weg.

»Der liebe Gott kann nichts dafür, dass Marie so krank war. Wahrscheinlich hat sie gesündigt«, fuhr mein Vater fort.

Ich biss mir auf die Unterlippe. »Wann denn? Sie hat die Krankheit seit ihrer Geburt.«

»Dann haben ihre Eltern vielleicht gesündigt.«

Ich stieß einen wütenden Schrei aus.

»Ich fass es nicht. Wenn etwas Gutes passiert, dann ist Gott daran beteiligt. Wenn etwas Schlechtes, geschieht, dann hat er nichts damit zu tun oder hat sich etwas Gutes dabei gedacht.«

»Nicht jedes Leben ist lebenswert«, sagte meine Mutter. »Manchmal ist es besser, wenn ...« Sie unterbrach den Satz.

Mir reichte es. Zum ersten Mal in meinem Leben brüllte ich meine Mutter an. Ich kochte vor Wut.

»Lass mich doch in Ruhe mit deinen Naziparolen.«

»So habe ich das nicht gemeint.«

»Wie denn?«

»Es ist mir einfach so rausgerutscht.«

Mir platzte der Kragen.

»Einfach so rausgerutscht, wenn ich das nur höre, wird mir schlecht. Ihr seid Heuchler und glaubt, euch mithilfe der Gemeinde ohne wirkliche Reue reinwaschen zu können. Ihr könnt mich alle mal.«

Ich sprang auf, stapfte die Treppe hoch und ließ mich in meinem Zimmer aufs Bett fallen. Ich weinte bitterlich und suchte nach einem Sinn für Maries Tod. Doch ich fand keinen.

Mit meinen Eltern konnte ich kein normales Gespräch mehr führen. Sie waren mir so fremd geworden. Ich fühlte mich einsam und leer.

Ich ging zum Fenster. Mittlerweile zogen dunkle Wolken vorüber. Ich sah auf den Gartenstuhl unterhalb des Galgenbaums. Mein Blick wanderte nach oben entlang der Schaukelseile.

Es hat doch alles keinen Sinn mehr, ging mir durch den Kopf. Vielleicht sollte ich Marie folgen. Ich wollte einfach nur von dieser Welt verschwinden, ließ mich aufs Bett fallen und blieb winselnd wie ein Hund liegen.

Ich schloss die Augen. Alles um mich herum war dunkel, bis plötzlich ein heller Lichtschein auftauchte und mich blendete. Ich rieb mir die Augen. Die Gestalt kam näher. Ich erkannte einen Engel. Die tiefblauen Augen strahlten wie ein Sternenpaar.

»Tu das nicht, Lukas! Du wirst noch gebraucht. Du kannst dich jetzt nicht einfach aus dem Staub machen. Du bist doch kein Feigling.«

Ich richtete mich auf. »Marie? Marie, du bist es wirklich.« Ich sprach zu ihr, als wenn sie direkt vor mir gestanden hätte. Ich zuckte schuldbewusst mit den Achseln und fasste mir an die Stirn. Wie konnte ich auch nur einen Gedanken an einen Freitod verschwenden.

»Danke Marie. Du hast recht, ich kann mich nicht einfach aus dem Staub machen. Das verspreche ich dir.«

Ich streckte die Arme nach ihr aus, doch sie verschwand wie eine Fata Morgana.

32 Maries Geschenk

Zwei Tage später wartete Frau Henrichs nach dem Unterricht vor dem Schulhof auf mich. Ich lief auf sie zu und umarmte sie fest. Mit Tränen in den Augen schluchzte ich: »Wie geht es ihnen?«

»Es geht so«, sagte sie lächelnd. Aber ihr Lächeln war nicht wie früher, unnatürlich und vollkommen überspielt.

Ich musterte sie und wunderte mich. Sie trug keine Trauerkleidung, sondern ein fröhliches weinrotes Kleid mit weißen Punkten.

»Ich möchte gerne etwas mit dir bei uns zu Hause besprechen. Hast du eine halbe Stunde Zeit?«

»Natürlich, Frau Henrichs«, antwortete ich und begleitete sie zum Auto.

Während der kurzen Fahrt redeten wir kein Wort miteinander. Sie saß verkrampft hinter dem Steuer, den Blick angestrengt nach vorne gerichtet.

Als wir ankamen, führte sie mich gleich in Maries Zimmer und zeigte mir eine auf Schreibmaschine getippte Notiz.

»Wenn es einmal so weit sein sollte, möchte ich nicht, dass ihr trauert und weint, ich will, dass ihr mich als fröhlichen Menschen in Erinnerung behaltet. Danke für alles.«

In Handschrift darunter stand.

»Das Gleiche gilt für Lukas, den ich sehr in mein Herz geschlossen habe. Er fehlt mir.«

Obwohl mir das Wasser immer noch in den Augen stand, konnte ich mir ein Lächeln nicht verkneifen.

»Weißt du Lukas, wir wussten ja schon lange, dass Marie eines Tages sterben muss, aber dass es jetzt so schnell geht, damit haben wir nicht gerechnet.«

Sie nahm ein Taschentuch und putzte sich die Tränen ab. Ich suchte nach tröstenden Worten.

»Vielleicht ist der Tod auch eine Erlösung für sie gewesen.«

»Vielleicht, aber ein paar Jährchen hätten wir sie gerne noch bei uns gehabt. Seit sie dich kennengelernt hatte, ist sie noch einmal richtig aufgeblüht. Ich glaube, sie war in dich verliebt.«

Ich versuchte die Tränen wegzublinzeln.

»Marie war die Erste, mit der ich über alles sprechen konnte, selbst über die Schwierigkeiten mit meinen Eltern. Dabei hatte sie doch viel größere Probleme als ich. Wenn sie da war, ging es mir gut. Ich habe sie geliebt und liebe sie immer noch«, seufzte ich.

»Du bist ein guter Junge. Mein Mann und ich glauben, dass es auch im Sinne Maries wäre, dir etwas zu schenken, was dich an sie erinnert. Aber nur, wenn du möchtest.«

Ich brauchte nicht lange zu überlegen.

»Den Koala hätte ich gerne und ein Bild von ihr.«

»Kein Problem«, antwortete sie.

Ich ging zum Regal, nahm Paul und drückte ihn fest gegen meine Brust. Frau Henrichs öffnete die Schreibtischschublade und holte ein Fotoalbum heraus.

»Such dir eins aus.«

Ich ließ den Koala nicht mehr los und blätterte mit der anderen Hand durch die Seiten.

»Kann ich auch zwei haben?«

»Natürlich.«

Ich zeigte auf zwei Fotos. »Dann hätte ich gerne dieses Porträt und das Bild von ihrem letzten Geburtstag. Darf ich?«

»Ja klar.«

Ich legte den Koala auf den Tisch, nahm die beiden Fotos heraus. Mein Herz setzte kurz aus.

»In neun Tagen hätte sie ihren fünfzehnten Geburtstag gehabt. Wie gerne hätte ich den mit ihr gefeiert«, schluchzte ich leise.

Frau Henrichs presste die Lippen zusammen. In ihren Augen lag tiefer Schmerz.

»Behalte sie gut in Erinnerung.« Für einen Moment hielt sie inne.

»Die Beerdigung wird übrigens im engsten Familienkreis stattfinden. Du bist natürlich auch eingeladen.«

Sie kam auf mich zu und umarmte mich.

»Marie hat dich sehr gemocht«, flüsterte sie mir ins Ohr. »Und ich mag dich auch.«

Ich spürte ihre Wärme, aber gleichzeitig ihre Verzweiflung.

»Sagen sie mir Bescheid, wie und wann ich helfen kann.«

Sie drückte mich noch etwas fester an sich. Ich schloss die Augen und streichelte ihr mit einer Hand über die roten Haare. Als ich die Augen wieder aufschlug, war meine Schulter von Tränen durchtränkt. Sie ließ mich los und ging einen Schritt zurück.

Sie rang um Fassung. »Noch etwas zur Gestaltung und zum Ablauf der Bestattung«, fuhr sie fort.

»Wir planen eine schlichte Beerdigung, wie sie sich Marie gewünscht hätte, fröhlich und bunt, keine Trauerkleidung. Wir erwarten insgesamt nur ungefähr ein Dutzend Teilnehmer. Mein Mann und ich haben uns für eine offene Aufbahrung in der Kapelle entschieden. Wir glauben, die persönliche Verabschiedung hilft uns, den Tod Maries besser zu begreifen.«

Ich schluckte.

»Ich glaube, dass schaff ich nicht, Frau Henrichs. Ich kann keine Toten sehen. Und außerdem möchte ich die lebende Marie in Erinnerung behalten.«

»Du schaffst das Lukas, Marie zuliebe. Ich glaube, sie erwartet das von dir.«

Sie sah mich an, als wenn sie mir Mut machen wollte.

»Es wird auch keinen Priester geben, sondern einen freien Redner. Am Ende der Beerdigung, wenn der Sarg der Erde übergeben wird, soll Maries Lieblingslied: *Ganz in Weiß* abgespielt werden. Wir möchten gerne, dass du vierzehn Luftballons in den Himmel aufsteigen lässt. Du gehörst doch jetzt fast zur Familie. Einverstanden?«

»Natürlich, Frau Henrichs.«

Sie schaute mich an, als würden wir uns schon jahrelang kennen. »Nenn mich doch einfach Eva«

Ich war gerührt und stolz zugleich, hatte jedoch keine Ahnung, was da gerade geschah. »Gerne«, antwortete ich und sah sie an, als ob sie ein Engel wäre.

Sie erwiderte meinen Blick. Ihre Unterlippe zitterte und Ihre Augen füllten sich mit Tränen. »Ich werde mich nun noch ein wenig hinlegen, bis mein Mann zurückkommt. Der ist auch völlig fertig. Danke Lukas, für deine Hilfe. Du kannst jederzeit zu uns kommen.«

»Danke für ihr ...« Ich verbesserte mich »dein Vertrauen«, erwiderte ich und packte die Fotos in meinen

Schulranzen. Mit der Tasche in der einen und dem Koala in der anderen Hand verließ ich das Haus.

33 Ein letzter Versuch

Als ich zu Hause ankam, saßen meine Mutter und Geschwister am Esstisch, der bereits abgeräumt war. Ich setzte mich zu ihnen.

»Die Suppe auf dem Herd ist noch warm, bediene dich selbst«, sagte meine Mutter, ohne mich anzuschauen.

Sie ignorierte mein Mitbringsel.

»Oh, ist der süß. Zeig mal«, forderte mich Ruth auf.

Ich reichte ihr den Bären. »Das war Maries Lieblingsplüschtier. Das hat mir ihre Mutter geschenkt.«

»Wie lieb von ihr«, entgegnete Ruth. »Hat er auch einen Namen?«

»Paul.«

Sie hielt ihn hoch. »Der Name passt zu ihm, aber er guckt so traurig.«

»Ist er auch. Er vermisst Marie«, seufzte ich.

Daniela rutschte unruhig auf ihrem Stuhl herum. »Seit wann hast du es mit Stofftieren?«, fragte sie dazwischen.

»Das ist etwas Besonderes. Das ist ein ganz persönliches Geschenk von Marie, die ich geliebt habe.«

Kaum hatte ich den Satz ausgesprochen, fiel meine Mutter aus allen Wolken. »Du weißt doch gar nicht, was Liebe ist. Dein teuflischer Trieb hat dich zu ihr hingetrieben, zu einem Mädchen, das besser ...«

Sie stockte und schüttelte den Kopf.

Das musst du gerade sagen, dachte ich. Mir war der Appetit vergangen. Ich stand auf, ging auf mein Zimmer und kehrte erst wieder zum Abendessen zurück.

Anschließend baten mich meine Eltern um ein Gespräch ins Wohnzimmer.

»Nimm Platz, Lukas«, forderte mich mein Vater auf. Er nahm einen tiefen Atemzug und legte los. »Deine Mutter und ich haben die ganze Angelegenheit noch einmal durchgesprochen. Wir möchten dir entgegenkommen.«

Ich spitzte die Ohren und beäugte ihn misstrauisch.

»Du darfst von unserer Seite aus, an der Beerdigung Maries teilnehmen.«

Meine Mutter nickte zustimmend.

Wie großzügig. Davon hätte ich mich ohnehin nicht abhalten lassen, ging mir durch den Kopf.

»Sehen wir die Sache doch mal ganz nüchtern«, fuhr mein Vater fort.

»Wir glauben fest daran, dass kranke Kinder besondere Kinder sind. Die Tatsache, dass Gott den Henrichs solch ein Kind anvertraut hat, bedeutet doch, dass er sie für diejenigen gehalten hat, die auch in der Lage waren, für Marie zu sorgen.«

»Dann sind die Henrichs also gute Menschen, wenn Gott sie ausgesucht hat?«, fragte ich.

Mein Vater atmete tief durch und schaute meine Mutter an. Es schien, als hätte ich ihn wieder einmal aus dem Konzept gebracht.

»So kann man das nicht sagen«, fuhr meine Mutter fort. »Es gehört noch viel mehr dazu, Gott zu gefallen. Du kennst doch ...«

Ich unterbrach sie, hob den Kopf und drückte die Brust heraus. »Ich glaube, Gott hat versagt. Ich muss jetzt meinen eigenen Weg gehen.«

»Das sollst du ja auch Junge. Wenn Marie nicht mehr da ist, ...« Sie verbesserte sich. »Wenn sie nun im Himmel ist, dann hast du doch wieder Zeit zu Jesus zurückzufinden und ihn in dein Herz zu schließen.«

Ich kochte vor Wut. »Das mag sein, aber anders als bisher.«

Meine Eltern Sie schauten sich an und schüttelten den Kopf. Ich hatte beinahe Mitleid mit ihnen.

»Ich möchte euch nicht wehtun, ich möchte euch glücklich machen. Ich brauche nur mehr Freiräume«, versuchte ich sie aufzumuntern.

Papa starrte mich an, als ob er meine Worte nicht begreifen konnte.

»Junge, wir haben alles versucht, um dich auf den richtigen Weg zurückzubringen, aber jetzt wissen wir auch nicht mehr, wie es weitergehen soll.«

Eine gespenstische Stille senkte sich über uns.

Ich stand auf und ging, wie so oft in den letzten Tagen, schweigend in mein Zimmer.

34 Der Schock

Am Abend vor der Beerdigung wälzte ich mich im Bett. Mein Kopf war leer und schwer. Ich konnte es nicht begreifen, dass ich meine Prinzessin am nächsten Tag zum letzten Mal sehen würde. Ich wusste nicht, ob und wie ich auf den Anblick der toten Marie würde ertragen können. Ich sah den offenen Sarg mit Marie vor mir, wie dieser geschlossen wurde und wie er schließlich in einem Loch verschwand. Wie ein Film zogen diese Szenen vor meinem inneren Auge vorbei. Ein Schauer lief mir über den Rücken.

Plötzlich wurden meine Gedanken durch ein leises Klopfen an der Tür unterbrochen. Ich richtete mich auf und setzte mich auf die Bettkante.

»Komm rein Ruth.«

Die Tür öffnete sich und ich traute meinen Augen nicht. Da stand Mama und fragte: »Hast du einen Moment Zeit für mich, Lukas?«

Mir verschlug es fast die Sprache. Es war irgendwie unheimlich. Noch nie hatte Mama vor Betreten meines Zimmers angeklopft, noch nie hatte sie mich so freundlich gefragt. Ich schaute sie an. Sie machte einen tiefen Atemzug und fuhr sich mit einer Hand durch die Haare.

»Komm rein, aber lass die Tür bitte offen«, antwortete ich mit einem mulmigen Gefühl im Bauch.

»Ich muss dich unbedingt sprechen.«

Sie setzte sich neben mich. Reflexartig rückte ich von ihr ab.

»Ich weiß gar nicht, wo ich anfangen soll«, sagte sie und fasste sich an den Kopf.

Sie fing an zu weinen.

Ich beobachtete sie genau. Das ist bestimmt wieder einer ihrer Maschen, um mich gefügig zu machen, dachte ich. Aber dieses Mal schienen ihre Tränen echt zu sein.

»Lukas, du kennst mich nicht wirklich. Ich habe zwei Gesichter. Vielleicht hast du das schon bemerkt.«

Ich nickte.

»Ich bin deshalb in psychiatrischer Behandlung bei Bruder Markus.«

Jetzt fiel es mir wie Schuppen von den Augen.

»Du hast ihn aufgesucht, wenn du zum Arzt gegangen bist?«

»Ja, ich kämpfe seit Jahren mit dem, was ich im Krieg erlebt habe. Es erdrückt mich. Hast du dich schon einmal gefragt, wo meine Eltern geblieben sind?«

»Du hast doch keine mehr. Du hast mir nie erzählt, wie sie gestorben sind. Ich habe mich nicht getraut, danach zu fragen.«

Sie schluckte.

»Das hatte auch seine Gründe.«

»So, so«, sagte ich und sah die Wand an.

»Lukas, schau mich bitte an. Was ich dir jetzt sagen werde, wissen nur Papa und ich ... und Bruder Markus.«

Ich drehte mich zu ihr um und beäugte sie mit einem kritischen Blick.

»Meine Eltern waren Kommunisten und wurden von den Nazis erschossen.«

Sie vergoss Tränen, wie ich sie vorher noch nie bei ihr gesehen hatte. Sie bekam Weinkrämpfe und schlug mit der Faust mehrmals aufs Bett.

»Warum nur, warum nur habe ich euch das nicht schon eher erzählt?«, jammerte sie.

Mir war die ganze Sache immer noch suspekt. Auf der anderen Seite fiel mir ein Stein vom Herzen. Meine Mutter war also kein Nazi, wie es Frau Henrichs angedeutet hatte.

»Und was war mit Papa?«

»Den habe ich erst viel später kennengelernt.«

»War er ein Nazi?«

»Am besten, du fragst ihn selbst.«

Sie stand auf, griff in die Seitentasche ihres Kleides, zog ein Foto heraus und reichte es mir.

»Meine Eltern. Das ist das letzte Foto von ihnen. Wenige Tage später sind sie hingerichtet worden, weil sie eine Jüdin bei sich versteckt hatten. Offizielle Todesursache: Herzstillstand.«

Ich sah sie mit großen Augen an. Ich wusste nicht mehr, was ich glauben sollte. Meine Gefühle schwankten zwischen Mitleid, Ohnmacht und Skepsis.

»Als ich mich dann wenige Monate vor Kriegsende weigerte, dem *Bund Deutscher Mädchen* beizutreten, haben sie mich mit siebzehn in das Lagerbordell Mauthausen eingeliefert.« Sie senkte den Blick. Es schien ihr wirklich unangenehm zu sein, über ihre Vergangenheit zu reden.

»Mama, du im Bordell, das ist doch ein Witz.«

»Leider nicht.«

Ich wollte ihr vorsichtig über die Haare streicheln, zog meine Hand aber im letzten Moment wieder zurück. »Und was passierte da?«

»Ich wurde dort zur Sex-Zwangsarbeit gezwungen. Es war eine Belohnung für die Häftlinge, die eine besondere Arbeitsleistung erbracht hatten. Sie durften sich fünfzehn Minuten in meiner Zelle aufhalten. Manchmal waren es bis zu drei Besuche am Tag. Und dann sind sie über mich hergefallen.«

Ich war wie gelähmt und schnappte nach Luft.

»Mein Kind hatte keine Chance.«

»Welches Kind?«

»Eines Tages wurde ich schwanger von einem dieser Kerle. Mein Kind wurde abgetrieben.«

Sie wischte sich die Tränen ab. Ihr Blick war starr und glasig.

»Lukas, du kannst dir gar nicht vorstellen, wie das ist, wenn dir jemand mit einer Nadel ...«

»Mama, hör auf. Das ist ja furchtbar.« Ich zitterte am ganzen Körper und war völlig durcheinander.

»Warum hast du nicht schon früher mit uns darüber gesprochen? Dann hätten wir einige deiner Handlungen besser verstanden.«

»Ich wollte euch nicht damit belasten. Wahrscheinlich war ich auch zu feige.«

Das klang für mich plausibel. Allerdings war ich hin- und hergerissen. Spielt sie nur mit mir oder sagt sie die Wahrheit?, fragte ich mich. Eine Frage musste ihr unbedingt noch stellen.

»Warum, Mama ...«? Ich stockte. »Warum Mama hast du mich angefasst und so komische Sachen mit mir gemacht?«

Sie vergrub ihr Gesicht in beiden Händen.

»Mama, warum?«

»Es tut mir alles unheimlich leid. Ich weiß es nicht. Ich schäme mich so. Manchmal sehe ich die Männer, die mich damals vergewaltigt hatten, direkt vor mir und mein Kopf und mein Körper spielen verrückt.«

Zum ersten Mal zeigte Mama Ansätze von Reue, eine Eigenschaft, die ich bisher bei ihr nicht kannte.

»Und deshalb seid ihr der Gemeinde beigetreten?«

»Ja, wir hatten eine Sehnsucht nach Ruhe und Geborgenheit. Wir waren auf der Suche nach einem festen Halt. Und den fanden wir in Jesus Christus.«

Ich zögerte einen Moment und stützte den Kopf auf die Hände. »So ist das also gewesen.«

Ich versuchte, meine Gedanken zu sortieren.

»Ihr seid doch unsere Eltern, warum habt ihr uns das nicht schon früher gesagt?«, fragte ich noch einmal nach.

Sie zupfte an ihrem Kleid und atmete tief durch.

»Lukas, du musst jetzt ganz stark sein. Ich will reinen Tisch machen. Da ist noch etwas.«

»Noch was?«, fragte ich ahnungslos.

Zögernd setzte sie an.

»Waldemar ist nicht dein Vater. Dein Vater ist bei einem Verkehrsunfall ums Leben gekommen, nachdem ich schwanger von ihm war. Eine Abtreibung kam für mich nicht infrage. Ich wollte nicht noch einmal ein Kind verlieren. Waldemar hat das akzeptiert. Dafür bin ich ihm bis heute dankbar.«

Ich verstand die Welt nicht mehr. »Das kann doch nicht wahr sein!«, brüllte ich und starrte sie mit rasendem Herzschlag an.

Sie kam auf mich zu und streckte ihre Arme aus. Ich wich ihr aus.

»Mama, ich muss das Ganze erst einmal verkraften. Ich weiß nicht, ob mir das jemals gelingen wird.«

»Und wie geht es jetzt weiter?«, fragte sie und stieß ein niedergeschlagenes Seufzen aus.

»Ich weiß es auch nicht. Tut mir leid.«

Schweigend schlich sie aus dem Zimmer. Ich blickte ihr hinterher und zitterte am ganzen Körper.

Meine kleine Welt brach zusammen. Wie sollte es jetzt weitergehen? Ich wusste es auch nicht. Es tat weh, an die Zukunft zu denken.

35 Der besondere Abschied

Als ich am Samstagmorgen um halb acht aufstand, steckte mir das Gespräch mit Mama vom Vorabend noch in den Knochen. Ich lief hin und her und schaute immer wieder aus dem Fenster. Dunkle Wolken hingen tief am Himmel. Es nieselte.

Um halb zehn sollte Maries Begräbnis stattfinden. Ich ging ins Bad und sah in den Spiegel. Ein bleiches Gesicht starrte mir entgegen. Meine Augen zuckten hin und her. Ich hatte unheimlichen Bammel vor der Beerdigung. Ich wusste nicht, was auf mich zukommen würde, noch nie hatte ich ein Begräbnis miterlebt. Vor allem der offene Sarg bereitete mir Kopfzerbrechen. Marie als Leiche konnte und wollte ich mir einfach nicht vorstellen.

Ich putzte mir die Zähne, wusch mich und ging zurück in mein Zimmer. Immer noch in Gedanken versunken zog ich mir meinen einzigen Anzug, mit den etwas zu langen Hosenbeinen, an und stieg die Treppe hinab, um zu frühstücken.

Die ganze Familie hatte sich bereits um den Tisch herum versammelt.

»Wir haben auf dich gewartet«, sagte Mama. Sie sah müde aus und hatte Tränenränder unter den Augen. Ich setzte mich und entdeckte einen Trauerumschlag an meinem Platz mit der Aufschrift: *An das Trauerhaus Henrichs.* Daneben lag ein Kärtchen.

»Ich bin die Auferstehung und das Leben. Wer an mich glaubt, der wird leben, auch wenn er stirbt.«

Johannes 11,25

Ihr macht es euch alle sehr einfach, dachte ich. Papa und Mama sahen mich an, als wenn sie meine Gedanken hätten lesen können.

Ich brachte keinen Bissen runter und starrte minutenlang vor mich hin.

»Geht es dir nicht gut?«, fragte Mama.

Ich schaute sie an. Die Frage hätte sie sich ersparen können.

»Ich habe so ein mulmiges Gefühl im Bauch. Irgendwie habe ich Angst vor der Beerdigung.«

»Das kann ich gut verstehen, ich mag diese Veranstaltungen auch nicht. Bleib doch zu Hause. Wir können die Beileidskarte mit der Post zuschicken oder in den Briefkasten werfen.«

Papa verzog keine Miene.

»Mama hat recht, alle heulen nur und helfen kann man der Verstorbenen auch nicht mehr«, sagte Daniela.

Jetzt schien Ruth der Kragen zu platzen. So hatte ich sie noch nie erlebt. Sie sah Daniela wütend an.

»Dumme Kuh, wie kannst du so etwas sagen. Du bist doch nie auf einer Beerdigung gewesen. Und außerdem ist es nicht irgendein Mädchen, es ist immerhin Lukas‹ Freundin. Wie kann man nur so gefühlskalt sein. Pfui, ich schäme mich für dich.«

Daniela schaute Hilfe suchend Mama und Papa an. Als diese nicht reagierten, stand sie auf.

»Das muss ich mir nicht bieten lassen«, schrie sie hysterisch und verließ das Zimmer.

Ich schaute Ruth an und versuchte zu lächeln. »Danke, du hast recht. Sie ist mehr als eine Freundin gewesen.«

Ich schaute auf die Uhr und erschrak: zehn nach neun. Ich musste mich beeilen. Ich griff nach der Beileidskarte, stecke sie in das Kuvert und beides in die Innentasche meines Anzugs. Ich stand auf, zog mir den Anorak an und verließ das Haus.

Der Regen war stärker geworden. Ich zog mir die Kapuze hoch und hetzte in Richtung Friedhof. Und schon wieder quälten mich Zweifel, ob ich die ganze Zeremonie überhaupt durchstehen würde.

Als ich am Friedhof ankam, war ich völlig durchnässt und außer Puste. Mir war abwechselnd heiß und kalt zugleich. Kein Mensch war zu sehen. Nur ein weißer Leichenwagen parkte vor dem Eingang. Ich war zu spät. Die Tür zur Friedhofskapelle stand offen. Ich ging auf sie zu und hörte ein leises Gemurmel. Als ich eintrat, entdeckte ich die Henrichs in der ersten Reihe. Sie hatten ihre Gesichter in den Händen vergraben. Ich setzte mich schnell auf einen freien Stuhl in der letzten Reihe.

Wie angekündigt war es eine Beerdigung im kleinen Kreis. Es waren wohl nur Familienmitglieder gekommen, sonst nur noch Frau Wienands, die Klassenlehrerin.

Der freie Redner stand bereits vor dem etwa zehn Meter vor mir stehendem Pult. Er trug ein helles kariertes Sakko ohne Krawatte.

Maries offener weißer Sarg befand sich vor einem schlichten Altar. Er war umgeben von einem Meer aus weißen Rosen. Ich konnte nur den Deckel sehen.

Es kam mir so vor, als hätte der Redner auf mich gewartet. Jedenfalls begann mit er der Rede kurz, nachdem ich mich gesetzt hatte. Er las zuerst Maries Abschiedsbrief vor.

Wenn es einmal so weit sein sollte, möchte ich nicht, dass ihr trauert und weint, ich will, dass ihr mich als fröhlichen Menschen in Erinnerung behaltet. Danke für alles.

»Marie möchte also, dass ihr sie in fröhlicher Erinnerung behaltet. Sie selbst war trotz ihrer Krankheit ein lebensfroher und humorvoller Mensch. Bis zuletzt hat sie den Mut nicht verloren. Wie mir ihre Eltern erzählt haben, ist sie in den letzten Wochen noch einmal aufgeblüht. Ein Prinz sei in ihr Leben getreten und habe sie verzaubert.«

Er unterbrach seine Ansprache und schaute mich an. Meine Lippen zitterten. Einige Leute drehten sich um und beäugten mich.

»Hinter euren Tränen der Trauer verbirgt sich das Lächeln der Erinnerung und überall sind Spuren ihres Lebens, Gedanken, Augenblicke, Gefühle zu finden. Sie werden uns immer an sie erinnern.«

Der Redner fand genau die richtigen Worte und sprach mir aus der Seele. Einige der Trauernden lächelten sogar. Andere schienen am Ende der Ansprache auf ein Bibelzitat zu warten.

Aber es kam keins. Stattdessen zeigte er auf den offenen Sarg und sagte: »Maries Eltern möchten jedem der hier Anwesenden die Gelegenheit geben, sich persönlich von ihr zu verabschieden.«

Der Redner setzte sich. Die Henrichs standen auf. Maries Vater musste seine Frau stützen. Sie verharrten für Minuten vor dem Sarg. Nur ein leises Schluchzen war zu vernehmen. Die anderen Leute folgten ihnen. Ich blieb sitzen und hielt die Hände vors Gesicht. Mir fehlte einfach der Mut.

»Lukas, Marie wartet auf dich«, hörte ich plötzlich Frau Henrichs Stimme. Ich blickte auf. Sie stand direkt vor mir.

»Ich komme, Frau Henrichs«, entgegnete ich zögernd.

Sie beugte sich zu mir herunter. »Wir haben eine Vereinbarung getroffen. Erinnerst du dich?«

Ich musste nur kurz überlegen, was sie meinte. »Ich komme, Eva.«

Ihr Gesicht entspannte sich, ich glaubte sogar, ein zartes Lächeln auf ihren Lippen zu erkennen. Sie reichte mir die Hand und führte mich zum Altar. Ich warf einen scheuen Blick in den Sarg. Oh mein Gott! Meine Glieder waren starr vor Schreck. Ich sah nur Maries Hülle. Kein Lächeln, ihre taubenblauen Augen waren geschlossen. Und trotzdem war sie schön, nur anders als zu Lebzeiten. Sie war geschminkt, trug ein weißes Kleid und eine weiße Rose im Haar. Meine zittrige Hand bewegte sich langsam auf ihr Gesicht zu, bis die Fingerspitzen ihre Stirn erreichten. Das Zittern hörte schlagartig auf. Ihr Körper war kalt. Ich streichelte ihre Wangen und fuhr mit dem Handrücken sanft über ihren Schönheitsfleck, der mich anzustrahlen schien.

Die Angst vor der Begegnung mit der toten Marie war auf einmal wie weggeblasen. Ich neigte meinen

Kopf zu ihr hinunter und gab ihr einen Kuss auf den Mund.

»Prinzessin, du wirst immer bei mir sein.«

Ich richtete mich wieder auf und schaute sie zum letzten Mal an. Ich war stolz und fast glücklich. Ich war der Letzte, der sie geküsst hatte.

Vier Männer kamen, schlossen den Sarg und trugen Marie zum Grab. Als sie der Erde übergeben wurde, riefen mich ihre Eltern zu sich heran und umarmten mich. Eva übergab mir einen Strauß mit vierzehn weißen Rosen.

Ich atmete tief durch. Langsam wurde der weiße Sarg herabgelassen.

»Geh nicht,«, schluchzte Eva.

Ein Vogel zwitscherte, ein einzelner Vogel. Er saß irgendwo in einem der Bäume.

»Danke Prinzessin«, flüsterte ich und ließ die Rosen ins Grab fallen.

Kurz darauf ertönte *ganz in Weiß*. Ich summte die Melodie mit. Bei der Zeile: *»Es gibt nichts mehr, was uns beide trennen kann«*, kullerten Tränen wie ein Wasserfall über meine Wangen.

Mittlerweile hatte es aufgehört zu regnen. Die Wolken waren fast verschwunden. Die Sonne schien durch die Bäume und tauchte den Friedhof in ein goldenes, warmes Licht. Herr Henrichs gab mir ein Zeichen und zeigte auf das Luftballon-Helium-Set, das er an einem Rhododendronstrauch befestigt hatte. Es bestand aus vierzehn weißen und roten Ballons in Herzform.

Mein Herz schlug bis zum Hals. Langsam näherte ich mich dem Strauch. Ich hatte das Gefühl, als lachten mich die Herzen an. Ich nahm sie in die Hand, ließ sie einzeln in den blauen Himmel aufsteigen und sah ihnen mit brennenden Augen hinterher.

»Prinzessin, ich werde dich wiedersehen«, sagte ich zu mir selbst, traurig und zugleich lächelnd.

Epilog

Würde Marie heute geboren, hätte sie eine wesentlich höhere Lebenserwartung.

Obwohl Mukoviszidose immer noch unheilbar ist, hat sich die Lebenserwartung der Patienten in den vergangenen Jahren deutlich erhöht.

Starben in den Sechzigerjahren noch neunzig Prozent der Kranken vor dem zehnten Lebensjahr, so werden sie heute durchschnittlich vierzig Jahre alt. Einzelne erreichen sogar das fünfte oder sechste Lebensjahrzehnt.

Dies ist nicht zuletzt neuen, fortschrittlichen Therapiemöglichkeiten zu verdanken. Zurzeit führen Wissenschaftler außerdem Studien durch, in denen versucht wird, das ursächliche kranke Gen durch ein gesundes zu ersetzen. Mithilfe der Gentherapie hofft man, die Krankheit irgendwann heilen zu können.

Lukas brauchte lange, bis er die Ereignisse, zumindest teilweise, verarbeiten konnte. Er schloss die Schule mit der Mittleren Reife ab und begann eine Lehre als Bankkaufmann. Die Henrichs, mit denen er viel Zeit verbrachte, übernahmen vorübergehend die Rolle von Ersatzeltern.

Bruder Johannes wurde wegen Totschlags in einem minder schweren Fall zu zwei Jahren mit Bewährung verurteilt.

Mit zwanzig verpflichtete sich Lukas für vier Jahre bei der Marine. Mit dreiundzwanzig lernte er seine heutige Frau, Sarah, kennen. Sie bekamen zwei Kinder und wohnen heute in einer Kleinstadt im Norden Schleswig-Holsteins.

Das Verhältnis zu seinen Eltern hat sich mittlerweile entspannt. Sie sind jetzt über neunzig Jahre alt und leben immer noch religiös, haben sich aber von der Gemeinde losgesagt. Auch ihre politische Gesinnung änderte sich. 1980 traten sie in die SPD ein. Die Ereignisse im Krieg wurden nie mehr thematisiert.

Während Lukas eine enge Beziehung zu seiner ledigen Schwester, Ruth, pflegt, ist der Kontakt zu Daniela völlig abgebrochen. Sie hat sich einer freikirchlichen Vereinigung in Niedersachsen angeschlossen, heiratete einen *Bruder* aus der Gemeinde und lebt heute mit ihm und ihren drei Kindern abgeschieden auf einem Bauernhof.